Reinhold Erz

Maskenball

Reinhold Erz

Maskenball

Ein Baden-Württemberg-Krimi

Silberburg-Verlag

Reinhold Erz, geboren 1952, hat Germanistik, Politikwissenschaft und Journalistik studiert. Er arbeitet als Autor und Redakteur in der Wirtschaftsredaktion des SWR-Fernsehens in Stuttgart. Nach vielen dokumentarischen Stories hat es ihn gereizt, selbst Geschichten zu erfinden, dabei aber nah dran zu bleiben an der gesellschaftlichen Wirklichkeit. Mit »Maskenball« legt er seinen ersten Krimi vor.

Für Barbara

1. Auflage 2012

Umschlaggestaltung: Christoph Wöhler, Tübingen.
Coverfoto: © johnnyscriv – iStockphoto.
Lektorat: Michael Raffel, Tübingen.
Druck: CPI books, Leck.
Printed in Germany.

ISBN 978-3-8425-1219-1

1

Die Maske kneift. Das dünne Gummiband schneidet in die Haut. Und die Schweißdrüsen unter den Kunstfasern verrichten Schwerstarbeit. Doch abnehmen kommt nicht in Frage. Jetzt sowieso nicht mehr. Jetzt, da der Dicke tot ist.

Er löscht das Licht, öffnet vorsichtig die Tür einen Spalt – und schließt sie im gleichen Moment wieder. Auf dem Flur hat er Stimmen gehört. Zitternd lehnt er sich mit dem Rücken gegen die Wand – bereit zu ... ja, zu was eigentlich, wenn jetzt jemand hereinkäme? Die Stimmen entfernen sich. Er legt den Schalter wieder um. Erneut richtet sich der rote Lichtkegel auf einen viel zu weißen Bauch, der über den Bund einer viel zu kleinen Calvin-Klein-Unterhose quillt. Der Tote liegt in grotesker Verrenkung auf dem schwarzen Fliesenboden. Muss heftig gezappelt haben, denkt der Mann mit der Maske. Doch irgendwann war dem Zwei-Zentner-Mann die Luft ausgegangen. Kein Wunder: Die Schnur am Ende des durchsichtigen Plastiksacks ist fest um den Hals zusammengezogen, der massige Schädel vakuumverpackt.

Unwillkürlich lockert er den Sitz seiner Maske und atmet tief ein. Ruhig bleiben, ganz ruhig ...

Er schaut sich um. Von der Decke baumelt ein massiver hochglanzpolierter Kettenzug. An eine Wand sind zwei ösenbewehrte Holzbalken in X-Form gedübelt, die an ein Warnkreuz an Bahnübergängen erinnern. Vor dunkelroten Samttapeten reihen sich Schraubzwingen, Handschellen, Fußfesseln, Lederpeitschen in grimmiger Eintracht. Eine Folterkammer, gut sortiert, soweit er das beurteilen kann.

In dem deckenhohen Spiegel gegenüber sieht er einen seltsam ausstaffierten Typen mit schwarzer Augenbinde, breitkrempigem Hut, schwarzem Umhang und einem winzigen Tanga-Slip darunter. Zorro auf Brautschau, der Rächer der Witwen und Waisen auf erotischen Irrwegen. Er lacht lautlos in sich hinein. Es ist kein fröhliches Lachen.

Eigentlich war es Zufall gewesen, dass er sich für die Mantel-und-Degen-Nummer entschieden hatte. Er hätte ebenso gut als *Käpt'n Blaubär* oder *Guido Westerwelle* gehen können. Doch die Zorro-Utensilien gab es in seiner Größe, und den Zweck, ihn unkenntlich zu machen, erfüllten sie schließlich. »Soll es denn für Sie sein?«, hatte die Verkäuferin in der Faschings-Abteilung bei Kaufhof gefragt. Er glaubte einen spöttischen Zug um ihren Mundwinkel zu sehen. Vielleicht meinte sie, das sei nicht ganz die passende Verkleidung für einen gestandenen Mittfünfziger. Irgendwie fand er das ja auch – und zögerte. Es war der Moment, in dem er das Ganze hätte abblasen können. Stattdessen hatte er etwas von einer privaten Karnevalsparty gemurmelt, bei der nun mal Kostümzwang herrsche, und sich den Weg zur Kasse gebahnt.

Natürlich hatte er sich die Sache schön geredet. Er würde nicht in einen öden Rein-Raus-Swingerclub gehen, sondern in ein gesellschaftlich gehobenes Etablissement. Einen Abend mit kultivierten Menschen verleben. Einen *Erotischen Maskenball*, so wie es die Annonce im *Wochenblatt* angekündigt hatte.

Das Wort »Maske« war es gewesen, das ihn auf der Seite festgehalten hatte. Nie zuvor, selbst in den Stunden schwärzester Einsamkeit, hätte er sich vorstellen können, in so einen … Club zu gehen – auch wenn er einen bürgerlich-piefigen Namen wie *Exquisit – Der elegante Treff* trug. In seiner Position – undenkbar. Aber maskiert? War das nicht die Chance, einfach mal auszubrechen aus dem zermürbenden Trott, dem lähmenden Alltag mit Esther? Er hatte an Kubricks *Eyes Wide Shut* gedacht, plötzlich ein lange nicht mehr gefühltes Kribbeln in der Magengegend gespürt und zum Hörer gegriffen.

Auf dem Ansageband eine »Brischitt«, im Tonfall forciert verrucht, aber auch anheimelnd komisch, wenn sie »tabulosen Paaren und dischtinguierten Singels luschtvolle Begegnungen auf hohem Niveau« in Aussicht stellte. Auf selbigem bewegte sich zumindest schon mal der Preis der Distinktion: 200 Euro für den Herrn ohne Begleitung – für Paare die Hälfte, einzelne Damen waren mit 25 Euro dabei. Den Gedanken, dass dies nicht nur schwäbischer Sparsamkeit, sondern auch jedem Gerechtigkeitsempfinden Hohn sprach, hatte er erfolgreich unterdrückt. Und das »umfangreiche Buffet« war schließlich inbegriffen …

Die Villa, die den *Eleganten Treff* beherbergte, lag ein paar Kilometer vor den Toren Stuttgarts, versteckt in einem weitläufigen Park. Er bugsierte den silbergrauen 3er BMW, den er sich für zwei Tage gemietet hatte, in eine der Parkbuchten. Den dicken Wollmantel ließ er im Auto und fror daher ordentlich, als er in seinem dünnen Kostüm der Eingangstür zueilte. Er hatte sich als »Zorro Klemmerle« angemeldet (und das am Telefon noch halbwegs lustig gefunden). Jetzt, als er den Namen in die Sprechanlage flüsterte, war es ihm doch einigermaßen peinlich.

Drinnen begrüßte ihn Louis Quatorze. Grellweiß geschminkt, tiefrote Lippen unter langgelockter Perücke. »Mir hen Schtammgäschte hier, die erkenn ich sogar mit Maske, aber Sie sen glaub ich neu«, parlierte der Franzosenkönig in lupenreinem Honoratiorenschwäbisch.

»Ja, stimmt«, gab Zorro einsilbig zurück. Er marschierte entschlossen auf die langgestreckte Bar zu, eroberte einen freien Hocker und schaute neugierig um sich. Er befand sich in einem riesigen Saal, der durch eine Vielzahl von Sitz- und Liegeecken gegliedert war. Stuckelemente an den Wänden – nicht original, aber immerhin – verliehen dem Raum, zusammen mit einigen etwas überladenen Kronleuchtern, eine gediegene Atmosphäre. Während aus den Boxen gregorianische Gesänge dröhnten, füllte sich der Saal nach und nach.

Es mochten an die hundert Personen sein, die sich mittlerweile eingefunden hatten. Die Damen, leicht in der Minderheit, gaben sich als Madame Pompadour, Lady Chatterley, als Mätresse oder verschleierte Haremsdame die Ehre; bei den Herren fiel die große Zahl von Mönchskutten mit in die Stirn gezogener Kapuze auf. Einige waren in violette Kardinalsgewänder geschlüpft, unter denen schwarzglänzende Latex-Slips hervorblitzten. Zwei Päpsten stand eine viermal so große Armee von Teufeln gegenüber.

»Schon interessant, dieser Drang, mal so richtig die antiklerikale Sau rauszulassen«, sagte der Mann auf dem Barhocker neben Zorro. Er hatte auf seine Verkleidung wenig Fantasie verschwendet. Er trug lediglich eine Augenmaske mit Verlängerung bis zum Kinn, ein schwarzes Lederarmband mit spitz zulaufenden silberfarbenen Nieten und einen knappen Calvin-Klein-Slip, den sein mächtiger Bauch nahezu verdeckte.

»Vielleicht die späte Aufarbeitung eines pietistischen Kindheitstraumas«, schwadronierte er weiter. »Was meinen Sie?«

»Schon möglich«, sagte Zorro. Er hatte wenig Lust auf einen küchenpsychologischen Diskurs.

»Und Sie?«, fuhr der Dicke ungerührt fort, »Was prädestiniert Sie zum Rächer der Enterbten?«

»Ein schweres Kinderfaschingstrauma«, entgegnete Zorro und wandte seinen Blick demonstrativ in den Saal.

Die Party kam langsam in Gang. Einige Paare tanzten (die gregorianischen Gesänge waren von einem *Best-of-Johann-Strauß*-Sampler abgelöst worden), andere fläzten sich in den Sitz- und Liegeecken. Hände wanderten unter Reifröcke und Korsagen, doch noch fielen keine Masken. Für Zorro interessierte sich niemand. Wo waren hier die einsamen Damen? Er entschloss sich zu einem kleinen Rundgang.

Eine Treppe führte ins erste Obergeschoss. Kleine Hinweispfeile mit der Aufschrift »Wasserspiele« deuteten an, was dort geboten war. Links von der Treppe befand sich eine höhlenartige Nische. Rote Glühbirnchen formten das Wort »Spielwiese«. Der Raum war ausgelegt mit samtbezogenen Matratzen. Darauf bunt verstreut schwere seidenglänzende Kissen, ein paar Boxen Kleenex-Tücher, und – auf einem kleinen Wandregal – körbchenweise Kondome. Noch war hier nicht viel los. Zwei knutschende Pärchen verloren sich auf dem weitläufigen Terrain.

Zorro bog in einen schwach beleuchteten Gang ein, von dem mehrere Türen abgingen. Er öffnete die erste. Der Raum war fast flächendeckend mit goldener Glanzfolie ausgeschlagen, und wo keine Folie war, waren Spiegel. Spiegel über Spiegel. Neben der Eingangstür entdeckte Zorro eine Respekt einflößende Leiste mit jeder Menge Schaltern und Drehknöpfen. Er konnte nicht widerstehen. Das Licht, stellte er schnell fest, konnte man nicht nur dimmen, es ließen sich auch verschiedene Farben programmieren. Er nahm eine Fernbedienung aus der Wandleiste, drückte die Taste »Surround« und hörte erst mal nur ein nervendes Summen und Sirren. Dann sah er, wo es herkam: das Bett in der Mitte des Raums, das locker zwei bis drei Paaren Manövrierfläche bot – es vibrierte! Er setzte sich auf den Rand der Matratze. Tatsächlich – eine leichte Massagewirkung! High-Tech-Bumsen, dachte er, und grinste vor sich hin. So recht wusste er nicht, was er davon halten sollte.

»Tolle Sache, was!« Ein dröhnender Bass riss Zorro aus seinen Betrachtungen. In der Tür stand ein voluminöser Scheich, den Arm um seine mäßig verschleierte Konkubine gelegt.

»Das Zimmer ist natürlich sehr gefragt«, erläuterte der Wüstensohn, »aber wer zuerst kommt, hat eben die besten Plätze. Wollen Sie zugucken?«

»Äh, nein«, sagte Zorro etwas irritiert, machte das Bett frei und überreichte dem Scheich als Abschiedsgeste die Fernbedienung.

Zorro verzichtete auf die Inspektion der weiteren Zimmer. Er machte kehrt, bahnte sich den Weg durch ein Knäuel Sekt schlürfender Gäste und blieb schließlich am Buffet hängen. Er stellte sich in der kurzen Schlange an. Vor ihm stand ein Gast in einer sehr luftigen Musketier-Version: Pluderhose, Federhut, ein ärmelloses Westchen auf nackter Haut, das war's. Zorros Blick fiel auf ein Tattoo auf dem Oberarm: zwei sehr fein gearbeitete kopulierende Nashörner. Was das wohl bedeuten sollte? Wäre sicher ein Fall für den Hobby-Psychologen an der Bar, dachte Zorro und wandte sich um. Er sah gerade noch, wie der Dicke von seinem Hocker aufstand und sich Richtung »Spielwiese« entfernte. Es war das letzte Mal, dass Zorro ihn an diesem Abend lebend sah.

»Darf ich mich dazusetzen?« Zorro schaute von seinem Garnelenspieß auf – und direkt auf einen gewaltigen Busen. Er war in ein Korsett eingeschnürt, das in jeder Hinsicht atemberaubend war. Zorro wurde fast schwindelig.

»Ja, bitte, natürlich«, stammelte er. Die weiß gepuderte Hofdame mit dem hochtoupierten, platinblonden Haar und der beigen Augenmaske wünschte ihm guten Appetit und wandte sich ihrem Teller zu, in dem ein paar Salatblättchen in Joghurtsoße schwammen.

»Du müsstest erst mal meinen Arsch sehen!«, platzte sie heraus.

»Wie?«

»Na, ich sehe doch, wie du mir dauernd fasziniert ins Dekolletee starrst.«

»Ist ja auch … sehenswert.« Die direkte Art seiner Tischdame machte ihn verlegen.

»Aber ich wette, du glaubst jetzt wie die meisten: Massig Holz vor der Hütte – aber kein Arsch in der Hose. Und damit bist du gewaltig auf dem Holzweg.«

»Wie kommen Sie … kommst du darauf, dass …«

»Ach, schau dich doch um! Didi hat sogar mal so 'ne Art Erhebung gemacht, also durchgezählt, und das Ergebnis war eindeutig. Wer's vorne drauf hat, bei dem fehlt's hinten – und umgekehrt. In neunzig Prozent der Fälle.«

»Und du hast's in jeder Hinsicht drauf.« Zorro fand langsam Gefallen an dem absurden Gespräch.

»Das glaubst du aber!« Sie legte ihre Finger sanft auf seinen Handrücken. »Vielleicht könntest du ja nachher mal eine Inspektion durchführen, ganz hinterrücks«, säuselte sie.

Der Mann im Zorro-Kostüm konnte sich nicht entsinnen, je so unverblümt angemacht worden zu sein. Doch, ja ... es erregte ihn.

»Ach Sylvie, da biste ja. Schon orntlich wat jefuttert, wa?«

Zorro drehte sich zur Seite und traute seinen Augen nicht. Die Berliner Schnauze steckte in einer Art Ganzkörperkondom, nachtblaues Latex von Kopf bis Fuß, Reißverschluss vom Bauchnabel abwärts, die Aussparungen an Augen, Mund und Nase blutrot umrandet.

»Das ist Didi«, stellte die Hofdame ihn vor, »und das« – sie zeigte auf den schwarzen Rächer – »das ist ... ja, wir haben uns gar nicht vorgestellt ...«

»Zorro. Hallo Didi.«

»Ja hallo, geilet Kostüm. Supi!« Und zu Sylvie gewandt: »Matze is übrigens oben, suhlt sich schon mal im Pool. Ick hab jesagt, wir holn ihn ab.«

Sylvie erhob sich: »Matze ist ein Freund von uns. Übrigens bi.« Sie zwinkerte Zorro zu. »Wir treffen uns auf der Spielwiese. Du bist dabei, Zorro, oder?«

»Ja, mal sehn.« Seine Erregungskurve näherte sich dem Nullpunkt.

Wenig später war sie am Anschlag. Zorro hatte die Toilette gesucht, das Licht im Flur war erloschen, er hatte sich an der Wand entlanggehangelt, war schließlich in dem Sadomaso-Studio gelandet und hatte den dicken Hobby-Psychologen gefunden. Stranguliert.

Lange Minuten hatte Zorro in dem makabren Raum gestanden und fieberhaft seine Handlungsmöglichkeiten sortiert. Was hätte jeder andere in dieser Situation gemacht? Den Hausherrn gerufen, die Polizei verständigt. Was sonst?

Sicher, das Verhör hätte peinlich werden können. Doch er hätte darauf hoffen dürfen, dass die ganze Sache einigermaßen diskret behandelt würde. Dass die Beamten auf die Privatsphäre Rücksicht nehmen würden. Wenn ..., ja wenn da nicht die Situation so unerbittlich vorhersehbar gewesen wäre: Jener Augenblick, da er seine Maske abgenommen und der Beamte ihn ungläubig gefragt hätte: »Was machen Sie denn hier, Kollege Schwertfeger?« Und was hätte Martin Schwertfeger, der Leiter des Dezernats Tötungsdelikte beim Polizeipräsidium Stuttgart, da antworten sollen?

2

»Darf ich nachschenken?« Die hochgewachsene blonde Kellnerin steckte in einer akkurat gebügelten tiefschwarzen Hose und trug eine gleichfarbige Seidenkrawatte über ihrer blütenweißen Bluse. Sie sah Frank Schultes erwartungsfroh an, als sie ihm eine Flasche *Châteauneuf-du-Pape* vor die Nase hielt.

»Ihnen kann ich doch keinen Wunsch abschlagen«, flötete er und warf ihr einen Dackelblick zu, den er für verführerisch halten mochte.

Während die Servicekraft ein professionelles Lächeln anknipste und Schultes mit dem Spruch »Einer geht noch, einer geht noch rein« brillierte, zuckte Sara Blohm verächtlich mit den Mundwinkeln. »Was für ein Arschloch!«, dachte sie.

Ihr Problem war nur, dass das Arschloch in letzter Zeit die besseren Storys hatte. Zumindest war ihr Chefredakteur dieser Meinung. Sie selbst würde sagen: Er hatte Geschichten im Blatt, die nichts erklärten, nichts analysierten, sondern schlicht den Voyeurismus des Publikums bedienten: Schlüsselloch-Storys über Zoff und Intrigen in der Managerkaste, auch »Enthüllungen« über private Fehltritte der Wirtschaftsführer. Weiß der Teufel, wer ihm das steckte.

Schultes war Wirtschaftsredakteur beim *Stuttgarter Tagblatt*, Sara sein Pendant bei der *Stuttgarter Rundschau*. Die Regie der KONZERN-Pressestelle hatte es so gewollt, dass beide am gleichen Tisch saßen – beim *get together*, wie das große Fressen am Vorabend der Bilanzpressekonferenz neuerdings hieß.

Der KONZERN hatte wie üblich keine Kosten gescheut und die Journaille in eins der besten Häuser am Platz geladen. In diesem Jahr war es die *Speisemeisterei* im Schloss Hohenheim. Ein moderner Gourmet-Tempel in historischem Gemäuer. Das opulente Rokoko-Erbe – weißer Stuck, blattgoldverzierte Spiegel, verspielte Kronleuchter –

hatten die neuen Betreiber mit einer schnörkellosen, fernöstlich inspirierten Inneneinrichtung kombiniert. Statt wie ehedem auf Stilmöbeln saß man jetzt auf schwarzem Leder und roten Samtpolstern. Eine eigenwillige Sinfonie aus Lack und Plüsch, die für kontroversen Gesprächsstoff an den Tischen sorgte, während in Nussbutter pochierte Täubchen-Brüste und Kaninchenrücken mit schwarzem Trüffel aufgetragen wurden.

»Prost Kollegin!« Frank Schultes grinste Sara boshaft an, als er sein Weinglas an ihres stieß. Er beugte sich zu ihr hin, dass sie seinen Atem spürte: »Na, wann pflanzen wir denn wieder die rote Fahne aufs KONZERN-Dach?« Er hatte geflüstert – aber nicht so leise, dass es die anderen Kollegen am Tisch nicht hätten hören sollen. Die volle Aufmerksamkeit war ihrer Antwort gewiss.

Sie kam ein bisschen zu schrill. »Wir? Was willst du damit sagen? Die einzige Fahne, mit der ich dich je erlebt habe, ist die, die du nach ein paar Vierteln zu viel vor dir herträgst!«

Sara biss sich auf die Lippen. Was ließ sie sich auf solche Scharmützel ein?

»Oh, ich wollte dich nicht aufregen.« Schultes lehnte sich genüsslich zurück und verschränkte die Arme vor der Brust. »Ich hab mich nur gewundert, was aus der Stimme der Revolution geworden ist. Willst du nicht mehr, oder lassen sie dich nicht mehr?«

»Ich denke nicht, dass wir das jetzt hier erörtern müssen«, entgegnete sie lahm. Schlagfertig war anders.

Schultes hatte ihren wunden Punkt getroffen. Vor einem guten halben Jahr hatte sie in einer Artikelserie unzumutbare Arbeitsbedingungen beim KONZERN angeprangert. Ein Betriebsrat hatte sie mit Insider-Informationen versorgt. Doch irgendjemand hatte ihn zum Schweigen gebracht. Und mit ihm sie. Seither standen keine kritischen Exklusiv-Geschichten über den KONZERN mehr in der *Rundschau*.

»So, ich darf doch mal!« Otfried Kisch quetschte sich mit seinem Stuhl in die Runde, die anderen rückten notgedrungen zusammen. Kisch war der oberste Pressemann im KONZERN, und es war üblich, dass er an solchen Abenden immer mal wieder an einen anderen Journalistentisch wechselte.

»Wir werden morgen erstmals nach der Finanzkrise wieder eine Bilanz mit deutlich schwarzen Zahlen vorlegen«, verkündete er strahlend. »Und ich möchte mich an dieser Stelle für Ihre kritische, aber immer faire Begleitung bedanken.«

Sara Blohm räusperte sich. »Was ist mit den Entlassungen?«

Kisch warf ihr einen ungnädigen Blick zu. »Es gibt keine Entlassungen.«

»Aber …«

»Es gibt einen sozialverträglichen Stellenabbau. Damit machen wir unsere Produktion international konkurrenzfähig und sichern die Arbeitsplätze der Stammbelegschaft. Über die Größenordnung der Freisetzungen ist noch nicht entschieden.«

»Finden Sie es nicht abwegig«, beharrte Sara, »dass Sie ausgerechnet dann, wenn es wieder aufwärts geht, Tausende Arbeitsplätze vernichten?«

»Nochmal.« Kischs Ton wurde schärfer. »Niemand wird entlassen. Es wird Vorruhestandsregelungen und freiwillige Ausscheidensvereinbarungen geben.«

»Und wer so frei ist, einen anderen Willen zu äußern?«

»Reden Sie doch nicht von vornherein alles runter. Wir sind hervorragend aufgestellt und sind sehr zuversichtlich, dass wir am Ende des Restrukturierungsprozesses für die Zukunft noch besser gerüstet sind – im Interesse aller unserer Mitarbeiter. Darauf sollten wir anstoßen. Trockene Zahlen müssen ja manchmal sein, trockene Kehlen nicht. Prost!«

Die Runde erhob die Gläser – Sara zögerte. Ihr lag ein Trinkspruch auf den Lippen, mit dem sie Kisch und Konsorten den Abend mühelos hätte verderben können. Doch die Zeit war nicht reif. Noch nicht. Ein bisschen musste sie zuwarten. Aber dann …

In wenigen Tagen würde sie mit einer Geschichte herauskommen, die den KONZERN erbeben lassen würde. Und Schultes, der sie jetzt wieder so herausfordernd ansah, würde sich vor Neid in den Hintern beißen.

Jetzt hob auch Sara das Glas, stieß als Letzte in der Runde mit an. »Auf saubere Geschäfte!«, sagte sie – und registrierte Kischs misstrauischen Augenaufschlag mit klammheimlicher Freude.

3

Zorro fuhr zu schnell. Viel zu schnell. Der Stuttgarter Stadtteil Sillenbuch war eine ruhige Wohngegend. In den kleinen Sträßchen galt fast überall Tempo 30. Der Tacho des Daimlers zeigte 65. Zorro schaltete einen Gang zurück. Nicht auszudenken, wenn ihn hier eine verirrte Streife anhalten würde.

Ich bin Zorro, hier gilt mein Gesetz.

Der Kommissar lachte lautlos in sich hinein. Es war wieder ein unfrohes Lachen. Langsam bog er in die Friedrich-Zundel-Straße ein. Seit Esther das Haus vor zwölf Jahren von ihren Eltern geerbt hatte, wohnten sie hier.

Damals, bei ihrem Einzug, hatte er keine Ahnung, wer der Namensgeber der Straße war. Aber: Er hatte einen Verdacht. Er erinnerte sich dunkel an Johann Peter Hebels Geschichten vom Zundelheiner und Zundelfrieder, die sie in der Schule lesen mussten. Aber – konnte es tatsächlich wahr sein, dass eine Straße nach notorischen Halsabschneidern benannt wurde? In Stuttgart? Als er Esther mit seinem Verdacht konfrontierte, hatte sie schallend gelacht. Sie wusste natürlich, dass Friedrich Zundel keinesfalls der Spitzbub aus Hebels *Schatzkästlein* war, sondern ein renommierter Maler, der sich um die Jahrhundertwende in dem damaligen Dorf Sillenbuch ein Landhaus gebaut hatte, in dem er mit der bekannten Kommunistin und Frauenrechtlerin Clara Zetkin zusammenlebte. Illustre Gäste gingen in dem Haus aus und ein. August Bebel, Rosa Luxemburg, sogar Lenin machten mal Station. Und als ob das alles nicht genug Sensation im Dorf gewesen wäre, brauste Friedrich Zundel auch als erster Sillenbucher mit einem Automobil durch die Straßen.

Der rasende Maler, die glühende Kommunistin – Martin Schwertfeger hatte die Vorstellung, dass sie das biedere Sillenbuch einst aufgemischt hatten, irgendwie apart gefunden.

Noch heute besaß der Wohnort der Betuchten und Betagten einen irritierend roten Fleck. In der Gorch-Fock-Straße, direkt am Waldrand, lag das Clara-Zetkin-Heim. Ein traditionsreicher Treff der Arbeiterbewegung, vor über hundert Jahren erbaut, um Arbeitern und armen Familien ein bisschen Erholung abseits rauchender Fabrikschlote zu ermöglichen. »Kommunisten-Waldheim« nannten es viele Stuttgarter – bis heute. Was sie nicht davon abhielt, sonntags ganz unideologisch in dem idyllischen Garten unter Schatten spendenden Bäumen bei Kaffee und hausgemachtem Zwetschgenkuchen zu entspannen. Auch Martin Schwertfeger hatte dort häufig und gern mit Esther zusammengesessen. In letzter Zeit allerdings immer seltener. Um genau zu sein: in den vergangenen zwei Jahren überhaupt nicht mehr.

Warum ging ihm das ausgerechnet jetzt durch den Kopf? Er fingerte nach der Fernbedienung. Im Zeitlupentempo fuhr das Garagentor nach oben. Die Digitaluhr des Bordcomputers zeigte 22:18 Uhr. Zorro schaute sich um. Weit und breit niemand zu sehen. Sacht setzte er die C-Klasse in die Garage. Er klaubte seine zerknitterte Zivilkleidung aus der Sporttasche und zog sich um. Zorro wurde wieder Martin Schwertfeger.

Er atmete tief durch. O Gott, was hatte er gemacht? Er hätte die Kollegen rufen müssen. Selbst gleich die ersten Ermittlungen anstellen. Im Zorro-Kostüm? Ja, vielleicht auch das! Stattdessen war er panisch geflüchtet. Er glaubte, dass ihn niemand beobachtet hatte, als er aus der Villa schlich. Aber sicher war er sich nicht.

Seinen Daimler hatte er auf einem Parkplatz am Königsträßle in Degerloch geparkt gehabt. Dort hatte er nun den Miet-BMW zurückgelassen, als er umgestiegen war. Er musste unbedingt morgen daran denken, ihn zur *Sixt*-Filiale zurückzubringen.

Der Kommissar schaltete sein Handy ein. Elf entgangene Anrufe, die Mobilbox quoll über. »Verdammt, Martin, melde dich!« Die Stimme Gräbers, seines Stellvertreters. »Schwertfeger, wo sind Sie? Melden Sie sich, dringend!« Gudrun Merck, seine Sekretärin. Er schaltete das Gerät ab, hämmerte mit den flachen Händen gegen die Garagenwand. »Scheiße! Scheiße! Scheiße!«

Dann versuchte er sich zu beruhigen. Einen klaren Gedanken zu fassen. Doch sein Kopf war absolut leer.

Martin Schwertfeger schloss das Garagentor ab, wandte sich um – und erstarrte. Im Wohnzimmer brannte Licht! Verdammt, warum war sie nicht beim Canasta? *Murphys Gesetz! Ich halt's nicht aus!*

Dabei hatte alles so gut gepasst. Dienstag war sein Saunatag, an dem er sich, wann immer es ging, nach Feierabend mit ein paar Freunden – alles keine Polizisten – im Mineralbad *Leuze* traf. Schwitzen, schwimmen, schwadronieren: ihr Motto. Esther hatte zur gleichen Zeit den Canasta-Abend mit ihren besten Freundinnen. Ob dabei tatsächlich Karten gespielt oder nur hemmungslos getratscht wurde, wie Schwertfeger vermutete – egal. Entscheidend war, dass das Ganze ein Ritual war, das noch niemals ausgefallen war. Bis auf heute ...

»Wo kommst du her?«, fuhr Esther ihn an, kaum dass er die Wohnung betreten hatte. Sie trug einen eleganten beigen Hosenanzug und eine hellblaue Bluse, die er nicht kannte – offenbar wollte sie doch weggehen? Oder war sie schon weg gewesen? Und noch etwas war verändert an ihr. Die Frisur! Sie hatte sich die Haare kurz schneiden lassen. Streichholzkurz. Und sie schienen ihm dunkler als bisher. Kein Grauschleier mehr. Fast schwarz. Fängt sie jetzt an, sich die Haare zu färben?

Ihre schneidende Stimme riss ihn aus seinen Betrachtungen.

»Ich frage dich noch mal: Wo kommst du her?«

»Wieso fragst du? Du weißt doch, was heute ist. Es war die übliche Runde und wir haben ...«

»Lüg nicht!«, fuhr sie dazwischen.

»Was heißt hier lügen? Und was soll das überhaupt?« Er bemühte sich, seiner Stimme Stärke zu geben. »Ich frage dich ja auch nicht, warum du heute Abend …«

»Du hast auch nichts zu fragen!«, schnitt sie ihm das Wort ab. »Hier klingelt im Minutentakt das Telefon. Deine Leute sind völlig von der Rolle. Ein Mord, und der Chef ist nicht zu erreichen.«

»Die Handy-Batterie, das Drecksding, war leer.« Er kam sich erbärmlich vor.

»Was oder wer hier ein Drecksding ist, wird sich ja noch zeigen«, sagte Esther. Ihr Tonfall war plötzlich ganz ruhig. Aber ihre Augen verengten sich. »Die Kollegen haben natürlich auch im *Leuze* angerufen. Sie haben dich ausrufen lassen. Mehrfach.« Sie stand jetzt dicht vor ihm und schaute ihm in die Augen.

Er konnte ihrem Blick nicht standhalten. »Da war ich dann wohl schon weg«, sagte er, drehte sich abrupt um, schulterte seine Sporttasche und verschwand in seinem Schlafzimmer, in dem er seit gut einem Jahr die Nächte von Esther getrennt zu verbringen pflegte.

Es war nicht der erste Streit mit Esther, aber noch nie war er in einer solch schlechten Position gewesen. Doch er hatte keine Zeit darüber nachzudenken. Er wuchtete die Tasche mit den Zorro-Klamotten in eine hintere Schrankecke und wählte Gräbers Nummer.

»Martin, endlich! Wo steckst du?«

»Wo seid ihr?«

»Am Tatort. Swingerclub *Exquisit*. Das ist …«

»Keine langen Erklärungen. Ich bin in zwanzig Minuten bei euch.«

»Weißt du denn, wo das ist?«

»Natür…« Schwertfeger biss sich auf die Zunge. »Natürlich nicht.«

Er ließ sich die Adresse durchgeben und drückte die »Auflegen«-Taste, bevor Gräber noch mal fragen konnte, wo der Chef bis jetzt eigentlich gewesen war.

4

Es war kurz vor halb zwölf, als sich Martin Schwertfeger dem Swingerclub *Exquisit* an diesem Abend zum zweiten Mal näherte. Jetzt verwehrte ein rot-weißes Absperrband den Zugang. Zwei Streifenwagen mit rotierendem Blaulicht hatten ein Dutzend Neugierige angelockt, die von einem Streifenpolizisten in Schach gehalten wurden.

»Halt! Hier kommt keiner rein!« Der junge Beamte stellte sich Schwertfeger in den Weg.

»Ich leite hier die Ermittlungen«, blaffte der Kriminalhauptkommissar.

»Und ich bin der Kaiser von China«, versetzte der Uniformierte ungerührt.

Schwertfeger griff nach seinem Dienstausweis. Und griff ins Leere. Die Marke lag daheim in der Schublade. Zorro brauchte keinen Ausweis. Schwertfeger schon. Verflucht, warum kannte ihn dieser Idiot nicht?

»Hören Sie, ich bin Kriminalhauptkommissar Schwertfeger …«

»Und Sie können das sicher auch beweisen.«

»Sicher. Ich habe nur meinen Ausweis …«

»Daheim liegen lassen«, ergänzte die Nachwuchskraft mit süffisantem Grinsen. »Handbuch der guten Ausreden, Kapitel 1. Gut gelernt, aber nicht gut genug. Sie müssen leider draußen bleiben.«

Schwertfeger war baff. Er verfluchte diese Rotznase, er verfluchte Zorro, er verfluchte sich – und musste sich doch eingestehen, dass der Bursche seinen Job professionell machte. Doch für Bewunderung war jetzt kein Raum. Ohne Vorwarnung gab er dem Kollegen einen kräftigen Stoß gegen die Brust, witschte an ihm vorbei – und befand sich Sekundenbruchteile später im freien Fall. Der Beamte hatte blitzartig seinen Fuß ausgefahren, der Chefermittler landete in der Waagrechten und klatschte der Länge nach aufs Kopfsteinpflaster.

»Erst kommt er gar nicht, dann kommt er geflogen, was soll man davon halten?« Ganz unverkennbar: das war die Stimme von Manfred Sperling, dem Gerichtsmediziner. »Der hat mir jetzt noch gefehlt«, dachte Schwertfeger, der mühsam wieder auf die Beine zu kommen versuchte.

»Der Herr Hauptkommissar vor mir auf den Knien, dass ich das noch erleben darf!« Sperling kannte keine Gnade.

Seit Jahren schon waren sich die beiden in herzlicher Abneigung verbunden.

Schwertfeger schätzte, der Pathologe würde heute noch eine Flasche Schampus köpfen, zur Feier des unverhofften Triumphs.

Erst mal aber ging er an seinen Wagen und holte ein Köfferchen aus dem Gepäckraum. Schwertfeger klopfte sich währenddessen Staub und Dreckkrümel von der Hose, registrierte einen breiten Riss auf Kniehöhe und hastete ins Haus.

»Nehmen Sie auch noch die Perücke ab! Und Sie auch!« Günter Gräber führte das Kommando, das war nicht zu überhören. Er drehte sich um.

»Martin! Endlich!« Sein Blick blieb auf dem Loch in Schwertfegers Hose hängen.

»Alle Erklärungen später!«, kam sein Vorgesetzter peinlichen Fragen zuvor. »Wie weit seid ihr?«

»Na ja, Mellenkamp ...«, er deutete in Richtung eines teuer gekleideten jungen Mannes, der mit einem älteren Paar an einem Clubtischchen hockte und sein Netbook traktierte, »Mellenkamp und ich sind noch dabei, die Personalien aufzunehmen. Alles potentielle Zeugen. Der Täter ist wohl nicht darunter.«

»Das wisst ihr schon?«

»Ja, der scheint abgehauen zu sein. Der Einzige, der vorzeitig die Fliege gemacht hat. Ein Typ in einem Zorro-Kostüm. Hab schon 'ne Fahndung rausgegeben.«

»Nach Zorro? Du glaubst, der läuft immer noch in dem Kostüm rum?«

Gräber zuckte die Achseln.

»Und überhaupt«, fuhr Schwertfeger fort, »ich bin strikt gegen voreilige Festlegungen. Wir wissen nicht, warum der Mann gegangen ist. Der Täter kann auch noch unter den Gästen hier sein.«

»Theoretisch ja.« Gräber schien wenig überzeugt.

Schwertfeger seufzte und schaute sich um. Die korsettbewehrten Mätressen und die leicht geschürzten Prinzessinnen, die geilen Kardinäle und die Edelmänner in Latex hatten sich wieder in Bankangestellte, Hausfrauen, Rechtsanwälte und Studienräte zurückverwandelt. Nicht alle zu ihrem Vorteil, befand der Mann, der Zorro war.

»Sen Sie au 'n Kriminaler?« Ein kleiner dicklicher Mann um die fünfzig, die schwarzen Haare zu einem Zopf zusammengebunden, kam auf Schwertfeger zu. Die Stimme kannte er doch! Louis Quatorze trug inzwischen eine eng anliegende weiße Jeans und ein dunkelrotes Netzhemd.

Ob er auch seine Stimme wieder erkennen würde? Schwertfeger überlegte fieberhaft. Er hatte nur zwei, drei Worte mit ihm gewechselt. Trotzdem versuchte er seiner Stimme eine dezidierte Bass-Note zu geben.

»Ich bin Hauptkommissar Schwertfeger. Ich leite die polizeilichen Ermittlungen.«

»Angenehm, Schmälzle. Sigurd Schmälzle. Ich leite des Lokal hier. Solang's des noch gibt. Des Ganze isch eine Kataschtrophe. Glaubet Sie, Sie könnet unsre Gäschte einigermaßen diskret und unser Haus ... ich mein, die Presse wird sich draufstürzen ...«

»Und das werden wir auch nicht verhindern können«, fuhr ihm Schwertfeger in die Parade. »Wer hat denn die Leiche gefunden, und wann?«

»Ich selber. Ich wollt grad zwei Gäschten unser SM-Studio zeigen, da isch er am Boden glegen ... schrecklich!«

»Führen Sie mich bitte hin!«

Auf dem Flur kamen ihnen Sperling und seine Leute entgegen. »Todeszeitpunkt zwischen acht und neun. Strangulation. Tod durch Ersticken. Weiteres im Obduktionsbericht. Vergnüglichen Abend noch.« Sperling rauschte vorbei.

Schwertfeger, Gräber und Schmälzle betraten die Folterkammer. Der Hauptkommissar warf einen flüchtigen Blick auf den Toten.

»Wissen Sie, wer das ist?«, fragte Schwertfeger.

»Ja«, sagte Schmälzle leise. »Robert Mutius.«

»Kennen Sie denn alle Ihre Gäste?«

»Nein. Viele wollet auch unerkannt bleiben und melden sich mit Pseudonym an. Aber Mutius war Stammgascht, fascht ein Freund.« Schmälzle schluckte. Er warf aus den Augenwinkeln einen scheuen Blick auf den Toten.

»Hatte er öfter … Kontakt mit anderen Gästen?«

Der *Exquisit*-Chef zögerte. »Also … ja, zu einer Frau, besser g'sagt …«

»Ja?« Schwertfeger lächelte ihm aufmunternd zu.

»Also ich weiß net. Diskretion isch meine Gschäftsgrundlage.«

»Und meine ist es, einen Mörder hinter Gitter zu bringen. Und dabei werden Sie mir helfen. Ich bin mir sicher.« Schwertfegers Stimmlage hatte übergangslos von sanft zu schneidend gewechselt.

»Natürlich.« Schmälzle senkte den Blick. »Es isch das Ehepaar Michaelis.«

»Das Ehepaar?«

»Ja, warum net?«

»Ein flotter Dreier also«, mischte sich Gräber ein, der bislang geschwiegen hatte.

»Isch ja net strafbar«, brummte Schmälzle.

Schwertfeger wurde etwas ungeduldig. »Mich interessieren eigentlich nur zwei Dinge: Steht das Paar auf SM – und war es heute Abend anwesend?«

»Zweimal ja«, bestätigte Schmälzle.

»Na, dann werden wir uns die beiden mal ansehen«, sagte Schwertfeger und eilte aus dem Raum.

»Also eins, Martin«, meinte Gräber, der ihm folgte, »eins wundert mich ja ein bisschen: Du kannst doch sonst nie lang genug am Tatort sein und dir jede Einzelheit einprägen, und heute scheint dich das kaum zu interessieren.«

Stimmt. Ich muss verdammt noch mal aufpassen.

»Ich geh nachher noch mal hin«, versicherte er. »Jetzt schnapp ich mir erst mal die Michaelis-Truppe.«

Er ging hinüber zu Mellenkamp. »Haben Sie schon mit einem Ehepaar Michaelis gesprochen?«

»Ja, vor zehn Minuten vielleicht.«

»Und, wo sind die jetzt?«

»Gegangen.«

»Gegangen? Das sind wichtige Zeugen! Vielleicht mehr! Wie können Sie die ziehen lassen?«

»Ich kann nicht hundert Leute hier festhalten. Ich nehm hier im Akkord die Personalien auf, frage, ob jemand was Verdächtiges bemerkt hat, und damit hat sich's. Alles Weitere muss späteren Vernehmungen vorbehalten sein. Außerdem ist der mutmaßliche Täter eh schon auf der Flucht.«

»Sie reden von Zorro?«

»Ja, der fehlt hier, und das lässt ja vermuten ...«

»Vermuten! Vermuten! Wir ermitteln hier Fakten, verdammt noch mal!«

Mellenkamp hob pikiert die Augenbrauen.

5

»Arsch vom Fuß! Fuß vom Sitz!« In schneidendem Kasernenhofton bellte Gerhard Bausch sein Kommando durch den Raum. Dabei grinste er maliziös.

Sara Blohm zuckte kurz zusammen, tat dann aber sofort, wie ihr geheißen. Sie presste die Hände auf die Armlehnen des Bürosessels, hievte ihren Körper ein Stück weit hoch, zog ihren linken Fuß unterm Hintern hervor und streckte das bis dato angewinkelte Bein kräftig aus. Sie spürte ein schmerzhaftes Ziehen im Knie und ließ sich wieder sacht auf den Sitz zurückgleiten.

Eine saublöde Angewohnheit. Während des Studiums hatte sie damit angefangen. Sie hatte den Eindruck gehabt, sich so besser konzentrieren zu können. Und irgendwann war ihr die seltsame Sitzhaltung in Fleisch und Blut übergegangen.

Sie nahm sie meist erst wahr, wenn ihr Fuß eingeschlafen war.

Ihr Rücken hatte schon vor Jahren heftig gegen die Tortur protestiert. Der Orthopäde hatte sie in die AOK-Rückenschule geschickt. Seitdem wusste sie, wie man richtig sitzt. Leider haperte es immer wieder mit der Praxis. Schließlich hatte sie ihrem Zimmerkollegen Gerhard Bausch die Vollmacht erteilt, sie »mit verbaler oder schlimmstenfalls körperlicher Gewalt« zu disziplinieren, wenn er ihrer sitztechnischen Verfehlung ansichtig wurde.

Bausch, Anfang vierzig, im Wirtschaftsressort zuständig für die lokalen Kreditinstitute, nickte zufrieden, als Sara in vorbildlicher Rückenschul-Haltung auf ihrem Stuhl saß. Sie deutete mit ihrer rechten Hand einen militärischen Gruß an und klickte sich dann weiter durch ihre E-Mails.

Wieder mal würde sie das freundliche Angebot zur Penisverlängerung nicht annehmen. Auch an der Potenzcreme *Manpower* hatte sie nach wie vor kein gesteigertes Interesse.

»Möchte mal wissen, wo das Haus den Spam-Filter her hat«, seufzte sie.

»Vom Flohmarkt, mein Verdacht seit langem.« Gerhard Bausch hatte den Ball aufgenommen und strahlte sie an. Der Kollege amüsierte sich über sein Witzchen.

Normalerweise pflegte Sara die müden Scherze ihres Redaktionskollegen zu ignorieren. Heute lächelte sie sogar ein bisschen. »Vielleicht gar kein so abwegiger Gedanke. Du erinnerst dich an Meyer-Helbigs Rede.« Sie ahmte den näselnden Tonfall des neuen Verlagschefs nach: »Wir müssen sparen, sparen, sparen. Sonst kann ich für nichts mehr garantieren.«

Das war sein letzter Satz auf der Betriebsversammlung am Donnerstag gewesen. Seitdem war Feuer unterm Dach.

Die Auflage der *Stuttgarter Rundschau* war in den vergangenen zwei Jahren um zwölf Prozent eingebrochen. Die Anzeigenerlöse um fast zwanzig Prozent. Währenddessen hatte das konkurrierende *Stuttgarter Tagblatt* sogar leicht zulegen können.

»Die sind einfach näher dran am Leser«, hatte Meyer-Helbig den Kollegen auf der Betriebsversammlung einzuschärfen versucht. »Fehlt nur noch die Augenhöhe«, hatte Sara ihrem Sitznachbarn Valentin Fauser zugeraunt. Der Mann vom Feuilleton nickte nur.

»Das Wichtigste ist«, rief Meyer-Helbig tatsächlich wie auf Kommando, »unser Blatt muss mit dem Leser auf Augenhöhe sein.« Er stieß die rechte Faust nach vorn wie ein Boxer.

»Genau: die Faust aufs Auge und die Leute mit Boulevard zumüllen«, knurrte Fauser.

Sara Blohm saß in sich zusammengesunken und schrak plötzlich hoch.

»Ich könnte mir zum Beispiel vorstellen«, schlug der Verlagschef gerade vor, »dass unser Wirtschaftsteil auch mal die menschliche Seite unserer Firmenbosse beleuchtet. Welche Hobbys pflegen sie, wie erziehen sie ihre Kinder, wie machen sie Urlaub, in welchen Restaurants essen sie? Muss es immer das Sternelokal sein – oder futtern ... sie lieber Bratkartoffeln wie bei Muttern?«

Meyer-Helbig hatte nach »futtern« eine Pause gemacht, so dass ein kleiner Reim entstand. Der Verlagschef schaute erwartungsvoll in den Saal. In den vorderen Reihen gab es tatsächlich ein paar wohlwollende Lacher.

»Tusch, Narrhallamarsch!«, kommentierte Fauser leise.

»Ich fass es nicht!« Sara Blohm schüttelte den Kopf. Doch Meyer-Helbigs Lehrstunde war noch nicht zu Ende.

»Ich sage Ihnen: Ohne Emotion keine Information! Wir müssen den Leser da packen, wo er am empfindlichsten ist. Und das ist nun mal, ich sage das ohne Umschweife« – er schlug sich an die Brust – »das ist nun mal das Herz!«

»Du mich auch«, murmelte Sara, während spärlicher Beifall den Schluss der Rede begleitete. Und an Fauser gewandt: »Der wird seine Emotions-Story bekommen, aber ein bisschen anders, als er sich das vorstellt.«

»Du machst mich neugierig«, sagte Fauser. Er war der einzige Kollege in der Redaktion, der Sara ein Vertrauter, fast ein Freund war. Trotzdem sagte sie nur lächelnd: »Wart's ab!«

Das war vor vier Tagen gewesen. Heute, hoffte Sara, würde sie klarer sehen. Jetzt gleich noch die Redaktionssitzung, anschließend die Bilanz-Pressekonferenz des KONZERNs – ein Pflichttermin mit viel Arbeit –, doch dann am Abend der lang ersehnte erste Treff mit *Deep Throat*, wie sie ihren Informanten schon fast liebevoll nannte.

Die Zehn-Uhr-Konferenz lief nach einem festgefügten Ritual ab. Zu Anfang die Blattkritik, reihum wechselnd zwischen den Ressorts. Heute war Gerald Maurer von der Landespolitik an der Reihe. Überraschungen waren nicht zu erwarten. Er würde den drögen Aufmacher des Südwest-Teils loben, die missglückte Glosse seines Ressortleiters mit Schweigen übergehen und ein Revanchefoul an Oliver Maile vom Sport begehen. Der hatte kürzlich einen regierungsfreundlichen Kommentar von Maurer verrissen.

So war es fast immer. Trittst du mich, tret ich dich. Tust du mir nichts, tu ich dir nicht weh. Koalitionen wurden gebildet und verworfen, Nichtangriffspakte geschlossen und aufgekündigt. Konferenzdiplomatie. Machtspiele nach festen Regeln.

Sara Blohm hasste die Mechanismen – und war doch Teil von ihnen. Oft merkte sie kaum noch, wie taktisch sie ihre Kritik formulierte. Wenn es ihr bewusst wurde, hasste sie sich selbst.

»Wir haben ja heute die Bilanz-PK des KONZERNs. Morgen unser Aufmacher plus Sonderseite im Wirtschaftsteil. Einsprüche? Keine.« Chefredakteur Gunnar Schönfeld war inzwischen zur Themenverteilung der morgigen Ausgabe übergegangen.

»Die Kollegin Blohm ist dort.« Und direkt an Sara gewandt, in väterlichem Gestus: »Sie sind natürlich völlig frei in der Berichterstattung, aber denken Sie vielleicht ein wenig an die Anregung von Herrn Meyer-Helbig. Also nicht nur Zahlen und Fakten, lassen Sie's auch ein bisschen menscheln!«

Sara nickte mechanisch und presste die Lippen aufeinander.

Auf den Plätzen des Lokalressorts war unterdessen Unruhe aufgekommen. Mark Mattern, der Polizeireporter, war zur Tür hereingestürzt und redete aufgeregt auf Lokalchef Karl-Heinz Niederer ein. Und der alte Fuchs mit dem grauen Stoppelhaar, in unzähligen kommunalpolitischen Scharmützeln und redaktionsinternen Grabenkämpfen gestählt, hob jetzt beide Hände.

»Kollegen!« Sein dröhnender Bass verschaffte ihm sofort ungeteilte Aufmerksamkeit.

»Antrag zur Geschäftsordnung: Wir müssen die Frage des Aufmachers neu diskutieren. Wir haben einen Mord in Stuttgart. Gestern Nacht im Swingerclub *Exquisit*. Kennt ihr alle, oder?« Niederer stieß ein kurzes meckerndes Lachen aus.

»Also: ein Mord mit Zutaten vom Feinsten. Ein besonders scheußliches Verbrechen, Sadomaso, ein perverser Maskenball. Sex and Crime, was willst du mehr? Unserem Verlagschef wird das Herz aufgehen.« Wieder das meckernde Lachen. Ein schneller tadelnder Blick des Chefredakteurs.

»Der Kollege Mattern«, fuhr Niederer fort, »hat exklusive Detailinformationen. Damit stechen wir endlich mal wieder das *Tagblatt* aus. Logisch, dass das auf den Titel muss. Bei allem Respekt vor den Kollegen der Wirtschaft: Damit stinkt die Bilanz-PK des KONZERNs ab.«

»Unglaublich!« – »Da hört sich doch alles auf!« Erregte Zwischenrufe von den Wirtschaftsredakteuren. Ressortchef Stefan Marx erhob sich: »Ich warne dringend vor einer Verwahrlosung der journalistischen Sitten. Wenn Mord und Totschlag jetzt schon vor der Bilanz eines Top-Unternehmens unserer Region rangieren, dann gute Nacht!«

»Und was ist«, Niederer kniff die Augen lauernd zusammen, »was ist, wenn es sich bei dem Ermordeten um einen« – er kostete die Kunstpause aus – »hohen Manager des KONZERNs handelt?«

Atemlose Stille in der Runde. Marx durchbrach das Schweigen: »Wer soll das denn sein?«

Der Lokalchef spielte seinen letzten Trumpf aus: »Nur wir wissen das. Er ist … er war Mitglied im geschäftsführenden Vorstand, Leiter des Vertriebs. Sein Name ist – Robert Mutius.«

Sara Blohm wurde schwarz vor Augen.

6

Als Hauptkommissar Schwertfeger um neun Uhr die erste Sitzung der Soko »Swinger« eröffnete, schaute er ringsum in verschlafene Gesichter. Bis um fünf heute früh hatten sie im *Exquisit* Personalien aufgenommen und erste Verhöre geführt, sich dann zwei bis drei Stunden aufs Ohr gelegt, und jetzt saßen sie in dem kleinen, überheizten Konferenzraum, und jeder wusste: es würde ein verdammt langer Tag werden. Dass der erste Tag nach der Tat der wichtigste ist, dass mit jedem weiteren die Wahrscheinlichkeit, den Täter zu fassen, sinkt: Polizisteneinmaleins – das musste man hier keinem erklären.

»Morgen, Kollegen«, begann Schwertfeger. »Bevor wir zur Sache kommen, habe ich die angenehme Pflicht, Ihnen die neue Kollegin vorzustellen, die ja schon in unserer Runde Platz genommen hat. Herzlich willkommen an Bord, Frau … äh …«

»Dürkheim«, ergänzte die Frau mit der pechschwarzen Pagenfrisur, die Gräber und Mellenkamp in ihre Mitte genommen hatten. »Nadine Dürkheim«.

»Ja, danke, Entschuldigung«, stammelte Schwertfeger. Klar, er war mit seinen Gedanken woanders, doch er musste sich zusammenreißen. Seine Autorität hatte ohnehin schon einen Knacks bekommen. Als er kurz vor der Sitzung den Flur entlanggegangen war, hatte er aus Mellenkamps Büro Stimmen gehört. Als sein Name fiel, war er stehengeblieben und hatte – na ja, gelauscht.

»Hast du denn jetzt rausgekriegt, wo Schwertfeger gestern Abend gewesen ist?«, hatte Mellenkamp gefragt.

»Du, ich hab's noch mal versucht, aber er ist verschlossen wie eine Auster. Er sei auf einem privaten Termin gewesen, Schluss, aus.« Gräber zuckte die Schultern.

»Privater Termin?« Mellenkamps Stimme klang spöttisch. »Hört sich interessant an. Na ja, vermutlich war er im

Exquisit«, prustete er los. Auch Gräber fand das lustig; sein kehliges Lachen klang Schwertfeger noch im Ohr, als er sich lautlos umdrehte und Richtung Kaffeeautomat verschwand.

»Frau Dürkheim« – der Hauptkommissar hatte sich wieder gefangen – »darf ich Sie bitten – bevor ich es tu und wieder das Wichtigste vergesse –, darf ich Sie also bitten, sich und Ihren Werdegang kurz vorzustellen?«

»Ja, gern. Ich bin Nadine Dürkheim, 32 Jahre alt, ich bin in Karlsruhe aufgewachsen, nach dem Abitur zur Polizei gegangen, ganz unten angefangen, Streifendienst, KDD. Dann auf die Polizeihochschule, nach dem Abschluss zurück nach Karlsruhe. Dort hab ich im Dezernat für Sexualdelikte gearbeitet, doch mein Wunsch war schon immer die Mordkommission. Ja, und jetzt bin ich hier und freu mich sehr, dass ich gleich quasi ins Feuer hineingeworfen werde. Ich hoffe, ich kann dabei sehr viel von Ihrer Erfahrung lernen und Ihnen auch schon ein bisschen nützlich sein.«

»Frisches Blut kann man immer brauchen, auch wenn's aus Baden kommt.« Egon Dörflinger grinste, Martin Schwertfeger hob missbilligend die Augenbrauen. Dörflinger war 43 Jahre alt, stämmig, ein bisschen pausbäckig; seine Garderobe – großkarierte Hemden und Cordhosen, die knapp oberhalb des Knöchels endeten – war gewöhnungsbedürftig, sein Humor ebenso.

Nadine Dürkheim ließ sich nichts anmerken. Sie lächelte in die Runde. Schwertfeger nickte ihr zu. Ihm gefiel ihr munteres, unerschrockenes Auftreten. Und nicht nur das. Hübsch war sie, fand er. Vielleicht nicht hübsch im üblichen Sinn. Ihre Nase war etwas zu groß, ihr Mund zu breit, doch ihre Lippen waren voll, und ihr Lächeln … umwerfend.

»Also noch mal: Herzlich willkommen im Team«, sagte er schließlich. »Und damit zu unserem Fall. Wo stehen wir, Gräber?«

Schwertfegers Stellvertreter erhob sich. »Wir haben die Personalien von 107 Gästen aus dem Club aufgenommen und erste Vernehmungen geführt. Fest steht: Der Tote, den wir so im SM-Studio des *Exquisit* vorgefunden haben, heißt Robert Mutius.« Gräber heftete ein Tatort-Foto im Plakat-Format an eine Pinnwand. »Todeszeitpunkt zwischen 20 und 21 Uhr. Gefunden wurde die Leiche vom Club-Betreiber Schmälzle und zwei Gästen, die sich zu irgendwelchen Spielchen zurückziehen wollten, um 21.40 Uhr. Der Tote war ein höherer Manager des KONZERNs und Stammgast in dem Etablissement. Verheiratet, keine Kinder. Mit einem Ehepaar Michaelis soll er regelmäßig im Club verkehrt haben. SM-Spiele oder so. Auffällige Kontakte der drei an diesem Abend werden bisher von niemandem berichtet. Am Tatort wurden Fingerabdrücke gefunden, die nach bisherigem Kenntnisstand nicht zugeordnet werden können. Von höchstem Interesse erscheint uns aber, dass ein Besucher, der als Zorro verkleidet war, offenbar vor unserem Eintreffen das Weite gesucht hat. Seine Identität ist unbekannt.«

»Ziemlich ungewöhnlich, dass Zorro jemanden auf diese Weise meuchelt«, brummte Peter Zielinski und strich seinen Pferdeschwanz zurecht. Der 48-Jährige, der auf seinem Stuhl mehr lag als saß, war der Exot in Schwertfegers Mannschaft. Der Comic-Fan zupfte in seiner Freizeit den Bass in einer Band mit dem beziehungsreichen Namen *Bullshit*. Er war der jüngste in der angejahrten Truppe, die von *AC/DC* bis *Motörhead* so ziemlich alles herunterklampfte, was in den 70ern und 80ern als Hardrock durchging. Ihre Auftritte auf der Weihnachtsfeier des Präsidiums waren legendär.

»Irgendwas stimmt da nicht«, fuhr Zielinski fort. »Das Zeichen des Zorro, mit dem Degen ritsch-ratsch quer über die Brust gezogen, das wär standesgemäß gewesen. Aber so … phhh!«

Mit einem Mal beugte sich Zielinski nach vorn. »Also ernsthaft: Es ist doch ziemlich offensichtlich, dass uns der Mörder mit der ausgefallenen Todesart etwas sagen will. Uns auf eine Spur setzen will. Möglicherweise auf eine falsche.«

»Aber lass uns doch erst mal das Naheliegende prüfen«, wandte Mellenkamp ein. »Eine Tat im SM-Milieu. Motiv: Eifersucht vielleicht. Bei den Herrschaften da geht's ja drunter und drüber. Da kann einer schon mal durchdrehen.«

»Sind wir denn sicher, dass es sich überhaupt um Mord handelt?« Alle Blicke wandten sich erstaunt Nadine Dürkheim zu.

»Na, er wird sich ja nicht selbst in Zellophan verpackt haben«, sagte Dörflinger und sah sich Beifall heischend um.

»Das vielleicht nicht«, fuhr die neue Kollegin fort. »Aber es könnte ja ein Spiel gewesen sein, das unabsichtlich tödlich endete. *Breath Control* – sagt Ihnen das etwas?«

Kopfschütteln. Irritierte Blicke.

»In sadomasochistischen Kreisen eine Spielart zur Luststeigerung. Manche nennen es auch Würgespiele. Da wird die Blutzufuhr zum Hirn für wenige Momente unterbrochen. Durch den Kohlendioxidüberschuss können leichte Rauschzustände entstehen, auch intensivere Orgasmen sollen möglich sein.«

»Und? *Sind* sie möglich?« Dörflinger schaute Nadine Dürkheim herausfordernd an.

»Ich hab's noch nicht ausprobiert«, beschied sie ihm kühl.

»Aber Sie scheinen sich gut auszukennen«, bohrte er weiter.

»Nun, wie ich erwähnt habe, war ich in Karlsruhe einige Zeit bei der Sitte. Da bekommt man so manches mit.«

Schwertfeger gefiel, wie beherrscht und souverän sie sich gegen Dörflingers Impertinenzen behauptete. Jetzt aber griff er selbst ein.

»Sie meinen also, da könnte ein bizarres Sexspiel aus dem Ruder gelaufen sein.«

»Ja, es ist in den einschlägigen Kreisen auch durchaus bekannt, dass das lebensgefährlich sein kann. Deshalb wird vor so einer Session, wie das heißt, ein sogenanntes *Safeword* vereinbart, das dann bedeutet: Session sofort abbrechen. Wobei in unserem speziellen Fall Sprechen nicht so einfach ist. Da gibt es dann aber auch Gesten, die man vorher absprechen kann.«

»Das schließt aber nicht aus, dass der Mörder es darauf angelegt haben könnte, es wie einen Unfall aussehen zu lassen«, kam Zielinski auf seine Anfangstheorie zurück.

»Durchaus«, räumte Nadine Dürkheim ein.

»Okay«, sagte Schwertfeger. »Ich denke, die Ersten, die wir uns in dem Zusammenhang vornehmen sollten, sind die Eheleute Michaelis. Sie sollen ja … wie soll ich sagen, so was wie Mutius' Spielgefährten gewesen sein.«

Der Kommissar spürte, wie er langsam wieder etwas Oberwasser bekam. Wenn die Michaelis-Spur eine heiße war – egal, ob Mord oder Unfall –, dann würde sich schon bald keiner mehr um den verschwundenen Zorro scheren.

»Ich selbst werde den Kameraden einen Besuch abstatten. Und Frau Dürkheim, ich würde mich freuen, wenn Sie mich begleiten würden. Als Spezialistin sozusagen.«

Sie schenkte ihm ein verhaltenes Lächeln.

»Und Gräber, Mellenkamp, Dörflinger: ihr kümmert euch um die anderen *Exquisit*-Gäste … und um diesen Zorro!«

»Vor allem sollten wir alle Läden abklappern, die Faschingskostüme verkaufen«, schlug Gräber vor.

Schwertfeger nickte schwach.

7

Sara Blohm riss erschreckt die Augen auf. Diese ganzen Fahrzeuge, aus allen Richtungen – wo kamen die auf einmal her? Sie trat die Bremse bis zum Anschlag durch. Rechts von ihr Hupen, Quietschen, Kreischen. Ein grauer Siebener-BMW kam eine Handbreit vor ihrem roten Alfa Spider zum Stehen. Der Fahrer, Typ Geschäftsmann im mittleren Alter, ließ die Seitenscheiben herunter und schrie irgendetwas, das Sara im allgemeinen Tohuwabohu nicht verstehen konnte. Sie stieg – Blick links, Blick rechts – aufs Gaspedal und brachte sich mit einem Satz in Sicherheit. Im Schritttempo setzte Sara die Fahrt fort. Ihre zitternden Hände umklammerten das Lenkrad. Offenbar war sie bei Rot über die Kreuzung gefahren. War sie auch geblitzt worden? Sie war sich nicht sicher.

Die vergangenen Stunden seit der Redaktionssitzung hatte sie durch einen dichten Nebelschleier wahrgenommen. Wie in Trance war sie auf der Bilanz-Pressekonferenz des KONZERNs gesessen, wo die Vorstandsriege voller Stolz aufmarschiert war.

Noch schien die Nachricht nicht durchgedrungen zu sein, dass der Mord im *Exquisit* einen ihrer Manager getroffen hatte. Mutius' Platz im Tagungspräsidium war leer geblieben. Niemand hatte eine Begründung dafür gegeben, niemand eine verlangt.

Die 12-Uhr-Nachrichten, die Sara auf der Fahrt im Autoradio gehört hatte, hatten lediglich einen unbekannten männlichen Toten vermeldet. Vielleicht würde die *Rundschau* die News, dass Robert Mutius der Tote war, morgen tatsächlich exklusiv haben.

Robert Mutius … auf ihn hatte Sara alle Hoffnung gesetzt. Heute Abend wäre er gewesen, der lang ersehnte Treff mit ihm. In einem verschwiegenen Landgasthof in einem abgelegenen Kaff auf der Schwäbischen Alb. »Mein Glückstag?«, hatte sie unter dem heutigen Datum in ihrem Kalender notiert. Ja, heute sollten die Grundsteine gelegt werden ... für den großen *Scoop*.

Seit Monaten war sie der Geschichte auf der Spur. Es ging um Steuerhinterziehung in gigantischem Ausmaß. Geschmierte Finanzbeamte. Gekaufte Politiker.

Mutius war in die Machenschaften verwickelt, doch er wollte aussteigen. Er hatte ihr einen Brief geschickt – anonym, in dem er ihr in eher allgemeiner Form Enthüllungen versprochen hatte. Mit der Zeit hatten sie eine Art geschäftliches Vertrauensverhältnis entwickelt. Die Informationen wurden immer konkreter. Immer unglaublicher auch.

Sara war nicht naiv. Sie wusste, dass sie hier instrumentalisiert werden sollte. Sie hatte ihm versprechen müssen, ihn aus der Geschichte rauszuhalten. Erst dann hatte er seine Identität gelüftet. Gut möglich, dass er am Ende als der Saubermann dastehen wollte, der den Saustall namens Vorstand ausgemistet hatte. Vielleicht war er gar nicht der große Moralist, sondern suchte nur ein Karrieresprungbrett. Egal. Sie sah in der Geschichte ihre große Chance, und sie stand dabei, so fand sie, auf der Seite der Guten.

Auf der Bilanz-Pressekonferenz hatte mittlerweile der Finanzchef des KONZERNs das Wort ergriffen. »Wir haben den *Turnaround* geschafft«, frohlockte er, ehe er mit ernster Miene fortfuhr: »Mit dem Ergebnis des laufenden Geschäftsjahrs sind wir allerdings noch nicht ganz dort, wo wir hin wollen. Ungünstige Rahmenbedingungen haben dafür gesorgt ...«

Wie durch Watte drangen die Ausführungen des Finanzchefs an ihr Ohr. Worthülsen, hinter denen sich ein gigantischer Betrug verbarg. Den sie hätte aufdecken können. Hätte ... hätte ... Verdammt, wo waren jetzt die Dokumente, die Mutius heute Abend übergeben wollte? In seinem Schreibtisch? Bei ihm zu Hause im Safe? Herrgott, warum musste dieser Vollidiot ausgerechnet gestern Abend noch in diesen dämlichen Bums-Club gehen? Sie knallte den bronzefarbenen Design-Kugelschreiber, den der KONZERN jedem Reporter nebst Blöckchen spendiert hatte, auf den Tisch – und fand damit ein dankbares Publikum, dem jede Ablenkung von der Zahlenorgie des Finanzchefs recht war.

»Tsss, tsss, tsss …« Frank Schultes, der in der Reihe schräg hinter ihr saß, schüttelte tadelnd den Kopf.

Als ob er's hier mit einem kleinen ungezogenen Kind zu tun hätte, dieses Arschgesicht! Sara hob entschuldigend die Hand, die Kollegen wandten sich wieder dem Herrn der Zahlen zu. Nur Schultes schien sie weiter zu beobachten.

Nach der Pressekonferenz kam er auf sie zu und bot ihr mit zuvorkommendem Lächeln ein Traubenzuckerdragee an. »Hilft gegen Nervosität, Kollegin.« Sara war zu kaputt, ihm Paroli zu bieten. Sie ließ ihn einfach stehen.

In der Redaktion hackte sie noch ein paar zahlenstrotzende Artikel ins System, die im Wesentlichen die Pressemitteilungen des KONZERNs wiederkäuten. Heute ließ sie sich das mal durchgehen.

Gegen 19 Uhr steuerte Sara schließlich ihren Alfa die Lenzhalde hoch. Sie hatte sich dort, ein Stück unterhalb des Kräherwalds, eine Zwei-Zimmer-Altbauwohnung gemietet. Drinnen war es eiskalt. Sie drehte den Thermostat zum Anschlag, doch sie wusste, es würde ewig dauern, bis die schlecht gedämmte Wohnung mit ihren hohen Wänden und den zugigen Fenstern mollig warm wäre. Sara ging ins Bad, ließ heißes Wasser einlaufen, zog sich rasch aus und legte sich in die Wanne.

Es dauerte ein paar Minuten, bis sie sich entspannen und ihre Gedanken einigermaßen ordnen konnte.

Was hatte Mutius gestern in dem ominösen Club gesucht? Ging es um Sex, oder um mehr? Vor allem aber: Konnte es Zufall sein, dass er unmittelbar vor seinem Treffen mit ihr eines gewaltsamen Todes starb? Andererseits: War es wirklich vorstellbar, dass der KONZERN einen seiner leitenden Mitarbeiter ermorden ließ? Und wenn ja – woher wusste der Mörder, wo sich Mutius an diesem

Abend aufhalten würde? Warum hatte man nicht schon vorher eine diskretere Lokalität gewählt? Schließlich gab es Orte, wo man unerwünschte Personen weit gefahrloser beseitigen konnte. Nein, das alles machte noch keinen Sinn. Sara ließ sich sacht nach hinten gleiten und tauchte ihren Kopf unter Wasser. Ganz von fern hörte sie eine Melodie. Die kannte sie doch! Blitzartig setzte sie sich auf, schüttelte Wasser aus Haaren und Ohren. Jetzt wurde sie lauter, die Titelmelodie der *Sendung mit der Maus*. Das Telefon. Mischa!

Patschnass lief Sara aus dem Bad und nahm auf dem Flur den Hörer ab.

»Hallo Mama!«, krähte es aus der Leitung.

»Mischa-Schatz, was ist los mit dir, wie geht's dir?« Es war ungewöhnlich, dass der fünfjährige Mischa unter der Woche einfach mal so anrief. Sven, sein Vater, von dem sie seit eineinhalb Jahren geschieden war, sah das gar nicht gern. Er hatte nach der Trennung gleich wieder geheiratet und das Sorgerecht für Mischa erhalten. Sara erinnerte sich ungern an die erbitterten Auseinandersetzungen, aus denen sie als klare Verliererin hervorgegangen war. Heile Familie kontra karrieregeile Singlefrau – die Entscheidung des Familiengerichts war von vornherein programmiert. Seitdem durfte sie den Kleinen jedes zweite Wochenende für sich haben – und Sven achtete peinlich darauf, dass die gemeinsame Zeit um keine Minute überzogen wurde.

»Mir ist langweilig«, beschwerte sich Mischa.

»Wo ist denn dein Vater oder … Luisa?« Sie nahm den Namen der neuen Frau ihres Ex nur ungern in den Mund. Sie hatte bisher, wenn sie Mischa abgeholt hatte, kaum ein Wort mit ihr geredet. Auch Luisa hatte sich stets mehr als reserviert verhalten. Der Kampf tobte unterschwellig – ein Fernduell um die Gunst des Kindes. Mischa hatte ihr kürzlich erzählt, Luisa hätte ihm angeboten, Mutti zu ihr zu sagen. »Aber *du* bist doch meine Mama!«, hatte Mischa zu Sara gesagt, und sie hatte ihn ganz fest an sich gedrückt.

»Die sind beide fort«, kam jetzt seine Stimme aus dem Hörer. »Weiß nicht, wann die kommen.«

»Und – hast du Angst allein?«

»Nein, keine Angst. Aber mir ist langweilig. Hab jetzt alles Fernsehn geguckt.«

»Wie? Die lassen dich allein und alle Programme kucken?«

»Klar, mit der Fernbedienung«, erklärte er eifrig. »Aber jetzt möchte ich lieber, dass du da bist.«

Sara spürte, wie ihr Tränen in die Augen stiegen.

»Schatz, du weißt doch, das geht nur am Wochenende.«

»Mama, weinst du?«

»Nein, mein Schatz, es ist nur …« Sie riss sich zusammen. »Es ist nur so, dass ich auch gern mit dir zusammen bin. Und nächstes Wochenende sind wir ja wieder dran. Was meinst du – sollen wir in den Zoo gehen, in die Wilhelma?«

»Au ja, zu den Eisbären!«

»Okay, zu den Eisbären. Versprochen!«

8

Martin Schwertfeger konnte sich schon kaum mehr erinnern, wann er das letzte Mal mit einer Frau zu einem dienstlichen Termin gefahren war. Während er den Mercedes Richtung Heusteigviertel steuerte, blickte er einige Male verstohlen in Richtung Nadine Dürkheim. Er bemerkte, dass sie einen perlmuttglänzenden Lipgloss aufgetragen und ihren Lidstrich nachgezogen hatte – oder bildete er sich das nur ein?

»Schön, dass Sie bei uns sind«, sagte Schwertfeger. »Und ich hab ja schon gesehen, Sie lassen sich nicht so leicht abschrecken, wenn der eine oder andere Kollege … nun ja, noch etwas Probleme damit hat, dass jetzt eine Frau in unserem Team ist.«

»Machen Sie sich keine Gedanken. Ich bin Skorpion, ich kann stechen und, wenn's sein muss, ziemlich giftig sein«, lachte sie.

»Okay, ich nehm mich in acht«, grinste Schwertfeger und bugsierte den Wagen in eine Parklücke vor einem vierstöckigen Jugendstilhaus in der Heusteigstraße.

Über knarrende, frisch gebohnerte Holzstufen erreichten die beiden den dritten Stock. Schwertfeger drückte den Messingklingelknopf ein ums andre Mal. Es schien niemand zu Haus zu sein. Als sie nach dem achten Klingeln gerade kehrt machten, öffnete sich die Tür einen Spalt.

Eine Frau um die vierzig im Morgenmantel, die blonden Haare unfrisiert, die Oberlippe geschwollen, die Augen zusammengekniffen, fragte heiser: »Was wollen Sie?«

»Frau Michaelis? Kriminalpolizei.« Schwertfeger und Dürkheim zeigten ihre Ausweise. »Wir würden im Fall Mutius gern mit Ihnen sprechen.«

Erst als sie die Tür etwas weiter öffnete und der Lichtschein des Treppenhauses auf ihr Gesicht fiel, bemerkte Schwertfeger, dass ihr rechtes Auge rötlich-blau unterlaufen war.

»Dann kommen Sie halt rein«, sagte sie müde, und führte sie ins Wohnzimmer. Schwertfeger sah sich staunend um. Der spärlich möblierte Raum hatte beinahe den Charakter einer Bibliothek. Zwei Wände wurden deckenhoch von Bücherregalen eingenommen. Moderne Belletristik, Klassiker, Sachbücher über Gesellschaft, Politik, Religion.

»Ihr Mann ist nicht da?«

»Nein, der arbeitet.«

»Was und wo?«

»Er ist Theologe.«

»Pfarrer also?«, fragte Schwertfeger verblüfft.

»Er ist Universitäts-Professor. An der Evangelisch-Theologischen Fakultät in Tübingen.«

»Aha. Und das Motto ›Auge um Auge, Zahn um Zahn‹ nimmt er manchmal wohl etwas wörtlich.«

»Ach das meinen Sie.« Gudrun Michaelis strich sacht über ihr rechtes Auge, das im Wohnzimmerlicht noch weitere Farbnuancen hinzugewonnen hatte.

Sie lächelte gequält. »Ich könnte jetzt natürlich behaupten, ich wäre in der Nacht aus Versehen gegen den Schrank gelaufen, aber Sie würden es mir ja eh nicht glauben. Also: Ja, wir hatten eine Auseinandersetzung, mein Mann und ich. Und die war nicht nur verbaler Natur.«

»Worum ging es denn?«

»Sie kriegen es ja vermutlich sowieso raus, vielleicht hat es Ihnen der Sigurd ja auch schon gesteckt. Bernhard war nicht ganz einverstanden mit dem, was sich da zwischen Robert und mir entwickelt hatte.«

»Robert Mutius?«

»Ja.«

»Und was hatte sich da entwickelt?«

»Wir haben uns …«, Gudrun Michaelis schluckte, »… ja, nennen Sie's verliebt.« Tränen schossen in ihre verklebten Augen. Sie schluckte abermals.

»Mein Mann war ja anfangs immer dabei. Da ging es einzig um Sex. Wir lagen da auf einer Welle.«

»Waren auch Würgespiele dabei?«, fragte Nadine Dürkheim schnell.

Gudrun Michaelis schaute irritiert auf, blickte von einem zum anderen. »Ich weiß nicht, ob ich Ihnen Rechenschaft über einzelne Praktiken schuldig bin.«

»Es geht um Mord, Frau Michaelis.«

»Aber ich habe ... wir haben damit doch nichts zu tun. Glauben Sie etwa ...«

»Wir glauben gar nichts«, sagte Nadine Dürkheim ganz ruhig. »Wir wollen nur wissen, ob zu Ihrem Repertoire auch Würgespiele gehörten.«

»Nächste Frage.«

»Nun gut.« Martin Schwertfeger schaltete sich wieder ein. »War Ihr Mann eifersüchtig auf Robert Mutius?«

Gudrun Michaelis seufzte, starrte auf den Boden und sagte schließlich: »Er weiß es ja noch gar nicht lange. Vor drei, vier Wochen hat er mitgekriegt, dass ich mich mit Robert im Club auch getroffen habe, wenn er nicht dabei war. Ich hab ihm dann gesagt, dass es mir mit Robert auch zu zweit Spaß macht. Das hat ihm ziemlich zu schaffen gemacht.«

»Hat er Sie deshalb schon früher geschlagen?«

»Nein, geschlagen nie. Das heute Nacht war ... wir waren ja beide geschockt, dass Robert tot war. Ich habe geweint, war ziemlich von der Rolle. Da fing er an, ich hätte Robert wohl mehr geliebt als ihn, und ... na ja, es wurde ein ziemlich hässlicher Streit, auch mit Beleidigungen hin und her, und da hat er mir mal eine gelangt ... oder zwei. Ich hab ihn auch getroffen. Ich kann aber nicht so hart zuschlagen.« Sie zeigte ein schiefes Grinsen.

Schwertfeger wechselte das Thema. »Wann sind Sie gestern in den Club gekommen?«

»So kurz nach acht etwa.«

»Und waren Sie immer mit Ihrem Mann zusammen?«

»Nein. Wir hatten uns gleich zu Anfang getrennt. Bernhard hatte vorgeschlagen, so 'nen kleinen Wettbewerb zu machen. Jeder geht allein auf die Pirsch und versucht 'rauszubekommen, wie viele Gäste er trotz Maskerade erkennt. Später wollten wir dann unsere Tipps zusammentragen. Dazu ist es dann ja nicht mehr gekommen.«

»Ist es nicht etwas merkwürdig«, fragte Nadine Dürkheim, »dass Ihr Mann Ihnen auf einer Veranstaltung, bei der auch der verhasste Nebenbuhler anwesend ist, solch unbeschwerte Spielchen vorschlägt?«

»Ich hab mich auch ein bisschen gewundert, dachte mir dann aber: Vielleicht will er mich heut Abend einfach 'ne Weile los sein.«

»Weil er etwas vorhatte, das Sie nicht mitkriegen sollten?«

»Wollen Sie im Ernst behaupten ...«

»Hatten Sie gestern Abend noch Kontakt mit Robert Mutius?«, fiel Schwertfeger ihr ins Wort.

»Wir haben uns nur kurz gegrüßt. Robert wollte, dass ich mich zu ihm setze. Aber ich wollte kein Öl ins Feuer gießen.«

»Sie wollten Ihrem Mann die Laune nicht verderben.«

»Wenn Sie so wollen, ja.«

»Als was war Ihr Mann eigentlich verkleidet?«

»Er hatte sich einen wilden Vollbart angeklebt, trug eine Art Turban und steckte in so einem langen weißen Gewand.«

Schwertfeger starrte Gudrun Michaelis ungläubig an.

»Ja, er war als Osama bin Laden unterwegs.«

Nadine Dürkheim prustete los.

Der Himmel hing stahlgrau über dem Stuttgarter Talkessel. In der City hatte sich der Schnee der vergangenen Tage in unansehnlichen Matsch verwandelt. Ein böiger Wind pfiff durch die Straßen.

Martin Schwertfeger und Nadine Dürkheim hatten die unwirtliche Außenwelt für eine kleine Weile ausgesperrt. Sie saßen im *Grand Café Planie* am Karlsplatz, steckten die Köpfe zusammen und glucksten vor Vergnügen.

Nadine, die sachlich-kühle Nadine, schien völlig aufgedreht. »Er war als Osama bin Laden unterwegs«, ahmte sie Gudrun Michaelis' Tonfall nach, »unser Mordkandidat: ausgerechnet als Osama bin Laden. Warum nicht gleich als Adolf Hitler oder Josef Stalin?«

»Aber ich bitte Sie, liebe Kollegin«, Martin erhob den Zeigefinger in gespielter Strenge, »keine Vorverurteilungen. Auch wenn Osama einschlägig vorbelastet ist: Wir ermitteln in alle Richtungen!«

»Jawohl, Herr Staatsanwalt!« Nadine schlug unter dem Tisch hörbar die Hacken zusammen, grinste und saugte mit dem Strohhalm den letzten Rest heiße Schokolade aus ihrer Tasse.

Schwertfeger beobachtete sie. Irgendwie war er ein bisschen erhitzt. Was war hier los?

Er blickte in tiefbraune Augen.

»Ich hätte nie gedacht, dass man mit einem Kriminalhauptkommissar so herumalbern kann. Ich hab lang nicht mehr so gelacht.«

»So geht mir's auch«, sagte Schwertfeger. Und dabei fiel ihm ein, dass er bald nichts mehr zu lachen haben würde, wenn er nicht besser aufpasste.

»Ich ... ich sollte kurz dringend ein wichtiges Telefonat führen. Du ent... Sie entschuldigen doch bitte für einen Moment.«

Nadine sah ihn fragend an, Martin sparte sich jedoch weitere Ausflüchte, stand auf und folgte dem Richtungspfeil mit der Aufschrift »WC«.

»Ich Idiot«, dachte Schwertfeger. »Hätte ihr ja auch sagen können, ich müsste auf die Toilette.«

Er vergewisserte sich, dass er allein war, schloss sich in eine Kabine ein und wählte Gräbers Nummer.

»Hallo du, nur ganz kurz: Ich war gerade nach der Michaelis-Vernehmung noch rasch beim Kaufhof. Mir ist eingefallen, dass ich dringend ein Geburtstagsgeschenk für meinen kleinen Neffen brauche, und wo ich eh schon dort war, hab ich gleich noch in der Faschingsabteilung die Verkäuferin befragt. Also: dort hat keiner ein Zorro-Kostüm gekauft. Die haben so was auch gar nicht im Angebot.«

»Ich hab eigentlich den Dörflinger dahin geschickt. Der ist gerade losgegangen.«

»Dann pfeif ihn halt zurück.«

»Tja, wenn du meinst, so was ist Chefsache …« Gräbers Stimme klang etwas beleidigt.

»Ach, darum geht's doch nicht. Wichtig ist, dass wir effektiv arbeiten. Und Dörflinger bekommt auch ohne dies genug zu tun. Wir sehn uns später.«

Schwertfeger legte grußlos auf.

9

Es war kurz nach sieben, als Martin Schwertfeger die Haustür aufschloss. Am Esstisch im Wohnzimmer saß Esther, vor sich einen Stapel Hefte. Sie schien Aufsätze zu korrigieren, während im Fernsehen ein dick vermummter Wetter-Reporter der *Landesschau* für den nächsten Tag Schnee- und Graupelschauer ankündigte. Esther blickte kurz auf, als Martin ihr mit etwas belegter Stimme ein »Hallo!« zuwarf. Sie erwiderte den Gruß nicht, sondern schaute demonstrativ auf den Bildschirm, auf dem die Regionalkarten eine Fortdauer des Schmuddelwetters für die kommenden Tage verhießen.

»Wenigstens das Wetter könnte heiterer sein – wenn wir's schon nicht sind«, startete Martin einen zweiten Anlauf. Keine Reaktion.

Er atmete einmal tief durch und verschwand in seinem Arbeitszimmer. Es war nicht nur der Raum, in dem er abends und am Wochenende noch oft genug Akten durcharbeitete. Es war auch ein Rückzugsort, den er sich in den letzten Jahren ganz nach seinem Geschmack eingerichtet hatte.

Den mit Ordnern und Papieren übersäten schweren Eichenschreibtisch hatte er einst auf dem Sperrmüll entdeckt und bei einem Restaurator im Bohnenviertel aufarbeiten lassen. Das moderne Stehpult daneben, das ihm sein Orthopäde empfohlen hatte, war als Ablage für jede Menge Zeitungen und Zeitschriften zweckentfremdet. Auch auf dem Parkettboden, in den Ecken stapelte sich Altpapier, das Martin freilich nie so nennen würde. Er sprach lieber von einem »Archiv« und pries das »kreative Chaos«, wenn Esther wieder einmal mit Staubsauger und Müllsack anrückte.

Er kniete sich nieder und zog eine Schallplatte aus dem Regal. In Sachen Tonträger war er Traditionalist. Er brauchte keinen MP3-Player. Selbst sein CD-Abspielgerät war nur selten in Betrieb. Martin liebte die Vinyl-Scheiben. Das Rauschen und gelegentliche Kratzen – das war für ihn die Melodie hinter der Melodie. Die Historie, die ganz eigene Geschichten erzählte. Für ihn gehörte es dazu wie das Rascheln der Seiten zu einem guten Buch.

Mit der Fingerspitze schob Martin den »Cueing«-Regler nach rechts. Behutsam führte er den Tonarm auf die vierte Position und ließ die Nadel mit einem weiteren Griff am Regler sanft hinabgleiten.

Ein paar Riffs auf der akustischen Gitarre, das Piano setzte ein, dann die unverkennbare Stimme von Bruce Springsteen: *»It's so hard to be a saint in the city.«*

Passt, schmunzelte Martin bitter. Er nahm die Plattenhülle zur Hand. Das Album *Greetings From Asbury Park* war 1973 herausgekommen, eines der ersten Lebenszeichen von Bruce Springsteen und der E-Street-Band. Und was für grandiose Songs bereits damals!

Esther und er waren eingeschworene Fans des »Boss« gewesen. Unvergesslich das Konzert, zu dem sie beide nach Frankfurt gefahren waren. Vier Stunden lang war Springsteen wie ein Derwisch auf der Bühne herumgewirbelt, ein Energiebündel sondergleichen, und hatte noch fünf Zugaben gespielt. Nie zuvor und nie hinterher hatte Martin ein solches Live-Konzert erlebt.

Doch leider – die Liebe währte nicht ewiglich. 1984 – mit der Veröffentlichung von *Born in the USA* – begann in Martins Augen der Niedergang des »Boss«. Die Songs wurden immer einfallsloser, beliebiger, musikalisch austauschbar. Der Rebellen-Habitus: nur noch Pose. Martin reagierte wie ein enttäuschter Liebhaber: Er schleppte die neueren Platten zum Weihnachts-Basar ins Präsidium und spendete den Erlös dem Witwen- und Waisenfonds der Polizei-Stiftung. Die alten Springsteens dagegen hütete er wie einen Schatz.

Nicht weit vom Plattenschrank hütete Martin Schwertfeger Schätze ganz anderer Art. Schätze des Landes. Flüssige. Rote und weiße.

Vor einem Jahr hatte er sich einen lang gehegten Wunsch erfüllt: Einen Weinschrank mit verschiedenen Kühlzonen für Rot- und Weißwein. Zwanzig Flaschen lagen stets hinter der gebürsteten Edelstahltür auf den ausziehbaren Holzlagerböden. Württemberger zumeist. Nein, keine Trollinger. Kein einziger war darunter.

Martin Schwertfeger hatte noch nie verstanden, wie es das dünne hellrote Gesöff geschafft hatte, zu einer Art schwäbischem Nationalgetränk zu werden. Dabei gab es hier in der Region Stuttgart Winzer, die gerade auch mit Rotweinen in den letzten Jahren internationale Preise eingeheimst hatten. Martin hatte sie alle im Schrank, die Wöhrwags, Ellwangers, Aldingers, Haidles und Schnaitmanns. Gut, ihre Premiumweine waren nicht gerade billig. Einen ordentlichen Spanier bekam man für die Hälfte. Aber das gönnte sich Martin. In dem Punkt war er, wenn auch waschechter Stuttgarter, kein Schwabe. Und es bereitete ihm ein diebisches Vergnügen, wenn er seinen Saunakumpels in einer Blindverkostung Weine vorsetzen konnte, die sie für Tropfen aus dem Bordelais oder der Toskana hielten, und sie dann ungläubig den Kopf schüttelten, wenn er ihnen das Etikett zeigte.

Martin warf einen begehrlichen Blick durch den Glaseinsatz des Weinschranks. Ein im Holzfass ausgebauter Lemberger oder ein Dornfelder – er war sich nicht schlüssig. Und eigentlich stand ihm im Moment der Sinn auch eher nach Höherprozentigem. Er goss sich einen portugiesischen *Maceira* ein und sank in sein Lieblingsmöbel, einen rotbraunen Büffelledersessel. Der weiche Brandy, den er vor Jahren in einem Urlaub an der Algarve entdeckt hatte, wirkte beruhigend, Martin lehnte sich weit zurück und fixierte einen imaginären Punkt an der Zimmerdecke.

Er rekapitulierte den Stand der Ermittlungen.

Bernhard Michaelis hatte ein Motiv, er hatte eine Gelegenheit und – er hatte kein Alibi.

Schwertfeger und Nadine Dürkheim waren gleich nach dem Verhör seiner Frau nach Tübingen an die Universität gefahren. Professor Michaelis hatte gerade seine Vorlesung »Fundamentaltheologie und Religionsphilosophie« beendet. Er stand mit zwei ausnehmend hübschen Nachwuchstheologinnen am Hörsaal-Eingang und schien sich prächtig zu amüsieren. Lautes Gelächter schlug den beiden Beamten entgegen, als sie sich dem Trio näherten.

»Entschuldigen Sie, wenn wir in Ihre fröhliche Runde so einbrechen, aber wir sollten Sie dringend in einer ernsthaften Angelegenheit sprechen.« Nadine sah Martin leicht verwundert an, als wollte Sie sagen: Hoppla, immer so taktvoll, Herr Kriminalhauptkommissar?

Michaelis musterte Schwertfeger abschätzig, Nadine Dürkheim gönnte er immerhin ein unechtes Lächeln. »Ein Womanizer«, dachte Martin. »Glaubt wahrscheinlich, speziell für ihn hat Gott die Frau erschaffen.« Michaelis sah tatsächlich blendend aus. Er mochte Ende vierzig sein, hatte volles blondes Haar, ließ sich gerade einen Fünf-Tage-Bart stehen und hatte sein rechtes Ohrläppchen mit einem winzigen Brillanten aufgewertet. Trotz der Jahreszeit trug er ein leichtes weißes Leinenhemd, das bis zur Brust aufgeknöpft war. Martin irritierte, dass er jungenhaft und männlich zugleich wirkte. Er betrachtete Nadine aus den Augenwinkeln. Sie schien amüsiert – oder fasziniert? Von diesem Robert Redford für Arme? Schwertfeger spürte so etwas wie Eifersucht, Neid – und Abneigung. He, was sollte das? Hatte er momentan keine anderen Sorgen? Martin rief sich innerlich zur Ordnung. Plötzlich hatte er das Bild des Ermordeten vor Augen. Der Dicke, in seinem lächerlich winzigen Calvin-Klein-Slip. Wie um alles in der Welt hatte er zu einer ernsthaften Konkurrenz für den schönen Professor werden können? Die Erotik der Macht? Des Geldes?

»Kommen Sie mit!« Die unerwartet harte, fast metallische Stimme von Bernhard Michaelis riss Martin aus seinen Gedanken. Der Professor verabschiedete sich mit einem knappen Kopfnicken von den verblüfft dreinschauenden Studentinnen und verließ den Hörsaal mit raumgreifenden Schritten.

Martin und Nadine folgten ihm durch einen langen Flur und zwei Stockwerke hinauf in sein Büro. Als Michaelis die Tür geschlossen hatte, legte er die Unterarme auf seinen Schreibtisch, beugte sich angriffslustig vor und sagte: »Vielen Dank auch, dass Sie mich nicht direkt während der Vorlesung verhaftet haben.«

»Sie können sich Ihren Sarkasmus sparen«, blaffte Schwertfeger. »Warum glauben Sie übrigens, dass wir Sie verhaften sollten?«

»Ich bin zwar von Haus aus kein Mathematiker, aber ich kann eins und eins zusammenzählen.«

»Okay. Zählen wir also zusammen. Sie sind eifersüchtig auf Robert Mutius. Sie kennen die Folterkammer im Club *Exquisit*. Es bedarf keiner großen Kunst, Mutius in einem unbeobachteten Moment dorthin zu locken – zumal auch der Weg zur Toilette durch den entsprechenden Flur führt. Der Rest ist Routine. Würgespiele gehören bei Ihnen ja zum Alltag.«

»Was Sie nicht sagen.« Michaelis' Stimme klang auf einmal müde. »Sie können das alles bestimmt auch beweisen.«

»Sie könnten es widerlegen. Was haben Sie gestern zwischen acht und neun getan?«

Schwertfeger schenkte sich ein zweites Glas *Macieira* ein. Es war nicht viel herausgekommen bei der Befragung. Bernhard Michaelis hatte ein paar Namen genannt. Gäste, die er erkannt hatte. Doch er hatte auch mit anderen gesprochen. Er wisse weder, wer sie gewesen seien, noch ob sie ihn erkannt hätten. Mutius? Er habe ihn zur Begrüßung kurz in den Arm genommen und sich nicht weiter um ihn gekümmert. Die Prügel für seine Frau? Ein normaler Ehekrach.

Schwertfeger seufzte. Man müsste Bernhard Michaelis zu einem DNA-Test zwingen. Aber reichten die Verdachtsmomente aus? Die anderen Kollegen fuhren nach wie vor auf der Zorro-Schiene. Nadine Dürkheim würde ihn aber wohl unterstützen. Nadine …

Er spürte ein Kribbeln im Unterleib. Wenn das alles vorbei war … Vielleicht …

»Blödsinn!«, sagte Martin laut. Wie oft wollte er sich noch zum Affen machen? Er war doch keine tickende Midlife-Crisis-Zeitbombe.

Aus der Küche drang Geschirrklappern an sein Ohr. Esther machte offenbar ein Abendessen. Für sich allein. Sie konnte so stur sein. Nun ja, er auch.

Früher kam das meistens wieder ins Lot. Vor 32 Jahren hatten sie sich kennengelernt. Sie studierte im vierten Semester Germanistik und Romanistik an der Uni Stuttgart, er stand auf der Polizeihochschule kurz vor dem Abschluss und absolvierte gerade ein Praktikum bei der Stuttgarter Polizei.

Es passierte auf einem Fest der Fachschaften Anglistik-Romanistik-Germanistik. Ein junger Kollege vom Innenstadtrevier hatte ihm den Tipp gegeben. »Jede Menge hübsche Mädels dort. Frauenüberschuss garantiert, und keiner fragt, woher du kommst.«

In Esther hatte er sich sofort verguckt. Sie trug ihre kastanienbraunen Haare damals fast hüftlang. Und sie hatte ein Lächeln, das ihm den Atem nahm. Wie Nadine heute? War es das, was ihn zu ihr hinzog? Martin hatte Esther angesprochen, ein bisschen unbeholfen zwar, doch sie fand ihn »süß«, wie sie ihm später erklärte. Dass er Polizist war, hatte er ihr zunächst verschwiegen. Es galt in geisteswissenschaftlichen Kreisen nicht gerade als chic, einen Bullen zum Freund zu haben.

Martin hatte sich als Philosophiestudent ausgegeben. Dummerweise war Esther an philosophischen Fragen sehr interessiert und hatte bald herausgefunden, dass er sich unter Leibniz allenfalls einen Keksfabrikanten vorstellen konnte.

Als er mit seinem Geständnis herausrückte, war sie weniger empört als amüsiert. »Drah di net um, der Kommissar geht um«, gluckste sie. »Alles klar, Herr Kommissar? Oder muss ich mich noch auf weitere Enthüllungen gefasst machen? Welche Leichen hat der Herr Detektiv noch im Keller?«

Von Anfang an zog sie ihn auf mit seiner Polizeikarriere – und fand es doch auch faszinierend, einen »Gangsterjäger« an ihrer Seite zu haben. Martin wiederum stichelte gern gegen ihr angebliches »Leben im literarischen Wolkenkuckucksheim«. Von der harten Realität seien schöngeistige Bücherwürmer wie sie doch Lichtjahre entfernt. »Wozu Menschen wirklich fähig sind, was für Abgründe sich da auftun, davon macht ihr euch keine Vorstellung.«

Doch damit kam er bei ihr an die Richtige. Sie schleppte Schillers *Verbrecher aus verlorener Ehre* und Kleists *Michael Kohlhaas* an – zwei Reclam-Heftchen: »Die kannst du in deinen Vorlesungen unter der Bank lesen. Bringt garantiert mehr als zwanzig Semester Polizeihochschule.« Sie brachte ihm bei, Weltliteratur als Kriminalgeschichte zu lesen. Wodurch werden Menschen zu Verbrechern? Was macht sie zu Dieben und Mördern? »Schlag nach bei Shakespeare!«

Zu jedem Geburtstag, jedem Weihnachtsfest gab's ein Buch als Geschenk, mit Widmung. »Inzest und Vatermord – unschuldig schuldig. Die Macht des Schicksals – starker Tobak für den nüchternen Kriminalisten!?« hatte ihm Esther in eine Ausgabe von Sophokles' *König Ödipus* geschrieben.

Ja, sie hatte ihn zu einem Leser gemacht ... Martins Blick schweifte über das gut bestückte Bücherregal in seinem »Arbeitszimmer«. Doch irgendwann hatten sie aufgehört, sich über Literatur zu unterhalten. Hatten überhaupt aufgehört, sich zu unterhalten.

Ihnen war die Liebe abhanden gekommen, ja. Aber wann? Und warum? Und wer war schuld? Schwertfeger hatte sich das in den letzten Monaten immer wieder gefragt. War es der Dienst, der ihn auffraß? Der ein geregeltes Familienleben fast unmöglich machte? Der ihn nervlich zerrüttete? Ihn bis in den Schlaf verfolgte? Der kaum noch Raum ließ für andere Gedanken, für Muße, für ... Esther?

Anfangs hatte er ihr noch häufig von den Fällen erzählt, sie war beinahe schon seine Beraterin, doch es war eine einseitige Beziehung. Esthers Probleme standen fast nie zur Debatte, und als er einmal wirklich für sie da sein sollte ... Es gab ihm heute noch einen Stich, wenn er zurückdachte.

Sie hatte damals eine besonders schwierige Klasse. Zwei Schülergangs, die sich bekriegten. Die dealten, erpressten, andere Schüler einschüchterten. Als Esther einem der Anführer den Schulverweis androhte, nachdem er eine Schülerin in der Mädchentoilette fast vergewaltigt hatte, hatte der ein Messer gezückt: »Wenn du das Maul nicht hältst, stech ich dich ab, du Fotze!« Esther hatte keine Sekunde gezögert, legte alle Kraft, die ihr der wochenlang aufgestaute Frust verlieh, in den Schlag. Das Messer flog durch die Luft, der Junge hinterher. Er prallte mit dem Hinterkopf gegen ein Schreibpult und blieb regungslos liegen. Im Krankenhaus wurde ihm später eine schwere Gehirnerschütterung bescheinigt. Das Messer hingegen blieb unauffindbar, und kein einziger Schüler war bereit zu bezeugen, dass bei der Auseinandersetzung je ein Messer im Spiel war. Die Eltern des verletzten Jungen erstatteten Strafanzeige wegen schwerer Körperverletzung, das Oberschulamt strengte ein Disziplinarverfahren gegen Esther an.

Der Tag, an dem Esther den Messerhelden krankenhausreif schlug, war ein brütend heißer Sommertag gewesen. Martin kam abends vollkommen verschwitzt zur Tür herein und rief Esther, die regungslos am Küchentisch saß, zu: »Hallo Liebes, du, ich bin nur kurz hier, muss unter die Dusche und Kleider wechseln, dann geht's weiter, wir sind nah dran an dem Schwein!« Das »Schwein«, das war der sogenannte »Mitternachtsmörder«, ein Triebtäter, der nachts junge Frauen in ihren Wohnungen überfiel, misshandelte und sich an ihrem Entsetzen weidete. Zwei Frauen hatten die Misshandlungen nicht überlebt. Bevölkerung und Medien waren in hellem Aufruhr, die Kripo stand unter mächtigem Druck. Schwertfeger gehörte der Sonderkommission an, die Jagd auf den Mörder machte. Sie hatten an diesem Tag einen heißen Tipp über seinen Aufenthaltsort bekommen.

Als Schwertfeger sich gerade hastig ein frisches T-Shirt überzog, legte ihm Esther sanft eine Hand auf den Arm: »Martin, wir müssen reden.«

Er blickte sie verständnislos an: »Was willst du denn reden? Hat das keine Zeit? Verstehst du nicht, ich muss weg!«

Sie blickte ihm tief in die Augen. »Martin, ich brauch dich heute. Ganz dringend.«

»Was glaubst du denn, wer mich heute noch ganz dringend braucht? Was ... Also gut, komm, dann erzähl mir, was los ist – kurz!«

»Nein, nicht kurz«, sagte Esther.

»Okay, dann ... eben später. Ich muss los.«

Als Martin spät in der Nacht zurückkam – die Aktion gegen den »Mitternachtsmörder« war ein Fehlschlag gewesen – brannte in der Küche noch Licht. Er wollte gerade den Schalter umlegen, als sein Blick erst auf eine leere Whiskey-Flasche fiel und dann – auf Esther. Sie lag zusammengekrümmt auf dem Boden. Ihren Kummer hatte sie *Jack Daniels* anvertraut.

Ob ihre Liebe damals den ersten Knacks bekommen hatte? Martin Schwertfeger schenkte sich noch mal einen *Macieira* ein. Vielleicht war es so. Noch schlimmer aber war vermutlich, dass sich an dem Grundmuster über die Jahre nichts änderte. Immer zu wenig Zeit – für Esther, dann auch für die beiden Kinder. Immer auf dem Sprung.

Der gemeinsame Freundeskreis bröckelte. Esther suchte neue Kontakte.

Solange die Kinder noch im Haus waren, waren sie der Kitt, der die brüchig gewordene Beziehung zusammenhielt.

Danach merkten beide, dass sie sich kaum mehr etwas zu sagen hatten.

Was war an die Stelle der Liebe getreten? Routine, Gleichgültigkeit, Verbitterung?

Natürlich hatte er auch schon an Scheidung gedacht. Immer wieder. Doch was käme danach? Was sollte überhaupt noch kommen? Martin wusste es nicht. Nur eins wusste er: Er hatte sich in eine lächerliche Eskapade geflüchtet, die alles, was er noch vom Leben erwarten mochte, von Grund auf zerstören konnte. Er musste den Mörder finden.

Martin trank aus und drückte sich aus dem Sessel. Ganz sicher auf den Beinen war er nicht mehr.

10

Sara Blohm zog die Kapuze tiefer in die Stirn. Eisige Windböen peitschten ihr Gesicht. Minus zwölf Grad hatte das Thermometer angezeigt, als sie aus dem Haus gegangen war. Gefühlt waren es locker minus zwanzig.

Ausgerechnet heute hatte sich ihr Alfa daran erinnert, dass er eigentlich ein Sommerfahrzeug war. Seine Batterie streikte. »Arbeitsverweigerer, italienischer!« Sara trat dem *Spider* gegen den Hinterreifen. Da war sie eh schon spät dran, hatte noch mühsam die dicke Eisschicht Scheibe für Scheibe abgekratzt – und dann blieb das verwöhnte Ding einfach stehen.

Leider tat der Stadtbus nichts dergleichen. Der 43er fuhr ihr vor der Nase weg.

Im nächsten Bus war sie schließlich eingepennt und eine Haltestelle zu weit gefahren. Die Strafe: eine Viertelstunde Fußmarsch. Sie fühlte sich wie ein Eisklumpen. Irgendwo im hintersten Winkel ihres Kleiderschranks musste sie liegen, die lange graue Schurwoll-Unterhose. »Erwarte ich heute noch einen Liebhaber, oder warum habe ich das Mistding nicht angezogen?«, fragte sich Sara, als sie dem Eingang des *Rundschau*-Pressehauses entgegenhastete.

Davor hatte sich eine Handvoll Menschen postiert, alle dick vermummt, und – so glaubte Sara zu wissen – bestimmt in langen Schurwoll-Unterhosen. Sie stemmten ein paar Transparente gegen den Wind: »*Rundschau*-Mitarbeiter sind keine Sparschweine!« und: »Keine Tarifflucht! Kein Outsourcing!« Einer hielt sich an einer ver.di-Fahne fest.

Die Kollegen der Druckerei waren die Ersten, die Meyer-Helbigs Sparkurs zu spüren bekamen. Der Bereich sollte in eine selbständige Einheit ausgegliedert, ein Teil der Mitarbeiter entlassen, die anderen zu verschlechterten Konditionen weiterbeschäftigt werden.

»Scheiß-Wetter, was?«, sagte sie zu dem Kollegen, der ihr ein Flugblatt in die Hand drückte. Es sollte mitfühlend klingen.

»Ja und?«, entgegnete der. »Sollen wir uns wie die Kälber abschlachten lassen? Ihr Griffelspitzer solltet auch was tun. Ihr seid als Nächste dran.«

»Ich weiß«, sagte Sara leise. Es hörte sich nicht sehr kämpferisch an. Sie war zwar auch in der Gewerkschaft. In der Wirtschaftsredaktion allerdings war sie die Einzige. Die anderen: unorganisiert oder im Deutschen Journalistenverband. In dem waren auch die Chefs Mitglied. Die meisten jedenfalls. Meyer-Helbig auch? Es würde Sara nicht wundern.

»Ich mach euch 'ne Thermoskanne Tee«, versprach sie.

»Kannst ruhig auch 'ne kleine Buddel Rum reinkippen«, presste einer unter seinem roten Schal hervor, den er sich um Nase und Mund geschlungen hatte.

»Ich schau mal, was die Kantine hergibt«, lächelte Sara und verschwand hinter der Drehtür.

Kaum war sie im Warmen, überfiel sie wieder eine bleierne Müdigkeit. Sie hatte in der Nacht kaum ein Auge zugetan. Mutius tot! Was hatte das zu bedeuten? Sie hatte sich hin und her gewälzt, abwechselnd geschwitzt und gefroren, sie hatte die dicke Winterdecke weggeworfen und sich wieder unter ihr verkrochen, um schließlich, als der Morgen graute, in einen kurzen unruhigen Schlaf zu verfallen. Sie träumte, sie sei mit Frank Schultes zusammen in einem Swingerclub gewesen, in dem der KONZERN seine Bilanz-Pressekonferenz abhielt. Sie trug ein schwarzes Latex-Catsuit – hatte sie nicht kürzlich in einem Schaufenster so was gesehen? – Schultes machte in knallroten Boxershorts *bella figura*. Sie waren in einem Whirlpool gesessen und hatten mit den Presseunterlagen, die sich als erstaunlich wasserfest erwiesen, Schiffchenversenken gespielt. Plötzlich spülten die Düsen eine Wasserleiche nach oben. In dem aufgedunsenen Gesicht glaubte sie Sven, ihren Ex-Mann zu erkennen. Sie bekam Panik. Ein Strudel schien sie Richtung Abfluss ziehen zu wollen. Schultes lachte: »Warum so nervös, Kollegin?« Sara fiel mit einem Mal auf, dass sie nackt war – wie Schultes.

»Das ist die perfekte Welle, das ist der perfekte Tag«, plärrte der Radiowecker, als er um halb sieben dem Alptraum gnädig ein Ende machte.

Schultes und ich im Pool – ich fass es nicht! Sie wollte lieber nicht wissen, wie das ein Analytiker interpretieren würde. Sie holte aus ihrem Büro eine Thermoskanne und schlurfte Richtung Teeküche. Auf dem Flur tänzelte ihr Gunnar Schönfeld entgegen. Der Chefredakteur schien bester Laune.

»Aber Frau Blohm, seit wann temperiert man denn Schampus in solchen Kannen?«

»Schampus? Ich ...«

»Na kommen Sie. So was kann ruhig mal gefeiert werden. Wir haben dem *Tagblatt* dermaßen die lange Nase gezeigt. Das ist jetzt hoffentlich die Wende. Unsre Geschichte! Wir sind vorne dran. Und da müssen wir bleiben.«

»Finde ich auch. Ich bin übrigens überzeugt, dass das Ganze viel mehr ist als eine Mordgeschichte fürs Lokale. Das ist ein Wirtschaftskrimi, der vielleicht alles sprengt, was wir uns vorstellen können.«

»Aha. Und Sie sind die Sprengmeisterin?« Schönfeld schaute sie leicht belustigt an.

»Ich wär's gewesen – wenn mir der Mörder nicht zuvorgekommen wäre.«

»Sie belieben in Rätseln zu sprechen, Frau Kollegin.«

Also gut: es musste raus. »Mutius war mein Informant. Er wollte mir gestern belastende Dokumente übergeben. Gegen den KONZERN und die Politiker, die die Machenschaften gedeckt haben.«

»Aha. Und wo sind jetzt diese Dokumente?«

»Keine Ahnung.«

»Das heißt, Sie haben überhaupt nichts in der Hand.«

»Ja. Aber wir müssen schauen, ob es nicht andere Wege gibt, an die Sachen ranzukommen. Vielleicht war seine Frau eingeweiht. Oder er hat Vertraute, die durch seinen Tod aufgeschreckt sind und jetzt bereit wären, Informationen rauszurücken. Um damit möglicherweise die Auftraggeber ans Messer zu liefern.«

»Hm. Sie glauben also …« – Schönfeld kniff die Augen zusammen – »… dass der KONZERN hinter Mutius' Ermordung stecken könnte?«

»Könnte. Ja.«

»Finden Sie nicht, dass der Schuh ein bisschen groß ist, den Sie sich da anziehen wollen?«

»Noch sind wir vorne dran. Doch da müssen wir auch bleiben. Ihre Worte. Wenn sich das *Tagblatt* von seinem ersten Schock erholt hat, werden die alles daransetzen, wieder an uns vorbeizuziehen. Und da tun's dann auch mal Gerüchte und Halbwahrheiten à la Frank Schultes – es sei denn, wir haben die wirklichen *facts*.«

Der Chefredakteur kratzte sich die Wange. »Was also schlagen Sie vor?«

»Dass die weiteren Recherchen zu den Hintergründen des Mordfalls Mutius dem Wirtschaftsressort übertragen werden. Dass Mattern raus aus der Sache ist. Und dass ich die nächsten Tage ausschließlich für diese Geschichte freigestellt werde.«

»So einfach geht das nicht. Aber … ich werde mit dem Lokalen reden. Wir klären das noch vor der Konferenz.« Schönfeld rauschte ab.

Sara Blohm setzte den Wasserkocher in Betrieb und suchte das Regal nach Teebeuteln ab. Nichts zu finden. »Teeküche ohne Beutel, ja super!«, knurrte sie. Ihr fiel ein, dass in ihrem Schreibtisch noch ein Päckchen »Christkindles-Tee« stehen musste. Ein Werbegeschenk der Landesbank zu Weihnachten. Na ja, zu vorletzten Weihnachten. Keine Ahnung, warum die Bänker der Meinung waren, in Journalistenkreisen herrsche der Teenotstand. Jetzt immerhin war es so weit.

»Ja hallo, das is ja 'n Ding, was?« Sara hatte kaum die Klinke in der Hand, als ihr Zimmerkollege Gerhard Bausch sie mit unverkennbaren Anzeichen von Enthusiasmus traktierte. »Da ham wir ja mal die Nase vorn«, rief er und schwenkte ihr die *Rundschau*-Ausgabe von heute entgegen.

Perverse Spiele im Sexclub – KONZERN-Boss getötet – War es Mord?, schrie ihr die Schlagzeile entgegen. Daneben ein Foto von Mutius mit Familie – da sieh mal an, Mattern zeigte auch Qualitäten als Witwenschüttler! Sara nahm sich den Aufmacher, den sie am Morgen im Halbschlaf nur quergelesen hatte, genauer vor.

Stuttgart. – Eine herrschaftliche Villa in einem gepflegten Park wenige Kilometer vor den Toren der Landeshauptstadt ist Schauplatz eines scheußlichen Verbrechens geworden. Robert Mutius, der als Vertriebschef zum engsten Führungszirkel des KONZERNs gehört, wurde dort in der Nacht zum Mittwoch tot aufgefunden. Er hatte an einem »Erotischen Maskenball« teilgenommen. Veranstalter war der Swingerclub »Exquisit – Der elegante Treff«. Ihm gehört die Villa.

Nach Informationen, die der »Stuttgarter Rundschau« exklusiv vorliegen, wurde der hochrangige Manager in einem Raum, der speziellen Sado-Maso-Praktiken vorbehalten war, erdrosselt. Dem Mann, der nahezu unbekleidet war, war eine Plastiktüte über den Kopf gestülpt und die Luft abgedrückt worden.

Der Club »Exquisit« veranstaltet nach Angaben der Betreiber seit gut sechs Jahren sogenannte Swinger-Parties, an denen meist Paare, aber auch alleinstehende Damen und Herren teilnehmen. Partnertausch und Gruppensex sind fester Bestandteil der Orgien.

Robert Mutius war den Angaben zufolge seit zwei Jahren Stammgast in dem Etablissement.

Ein Sprecher des KONZERNs äußerte sich bestürzt über die Todesnachricht: »Dr. Robert Mutius hat die Restrukturierung unseres Unternehmens in den vergangenen Jahren an entscheidender Stelle mitgestaltet. Über sein Privatleben waren wir nicht informiert, es hatte uns auch nicht zu interessieren. Unser Mitgefühl gilt seiner Frau Sibylle.«

Von dem Mörder fehlt offenbar jede Spur. Die Polizei tappt bislang im Dunkeln. »Wir ermitteln in alle Richtungen«, sagte ein Sprecher.

(Weitere Informationen zu dem spektakulären Verbrechen auf Seiten 2 und 3)

Auf den Folgeseiten ging es dann richtig zur Sache:

»Exquisite Orgien: Ein Swinger packt aus.«
»Ehefrau Sibylle: Von Doppelleben nichts gewusst.«
»Schlüsselposition: Ohne Mutius lief nichts im KONZERN.«

Sie musste es ihm lassen: Mattern hatte ganze Arbeit geleistet – auch wenn sie seinen Stil zum Kotzen fand.

»Und im Vergleich dazu dann das *Tagblatt*: eine Lachnummer, oder?«, ließ sich Gerhard Bausch wieder vernehmen.

»Ich hab's noch gar nicht gelesen«, bekannte Sara und schnappte sich das Konkurrenzblatt.

Sie blätterte die Seiten durch, ging zurück auf die Titelseite, überprüfte das Datum: ja, das war die Zeitung von heute. »Ich find nichts, Gerhard.«

»Ist ja auch was für Geübte«, gluckste Bausch. »Schau halt mal in die Rubrik *Aus dem Polizeibericht*!«

Tatsächlich, da stand eine winzige Meldung:

Tod im Swingerclub

Stuttgart. – In einem Stuttgarter Erotik-Club hat es in der Nacht zum Mittwoch einen Todesfall gegeben. Während einer Faschingsveranstaltung kam ein 56-jähriger Teilnehmer ums Leben. Nach Darstellung der Polizei ist noch nicht geklärt, ob es sich um einen Unfall handelt oder ob Fremdverschulden vorliegt. Für heute wird mit dem Ergebnis der medizinischen Untersuchung gerechnet.

»Das gibt's doch nicht! Die haben einfach die Polizeimeldung abgeschrieben!« Sara war fassungslos.

»Tja, man muss halt auch mal Dusel haben. Ich hab einen Freund beim *Tagblatt*, in der Landespolitik, mit dem hab ich vorher telefoniert. Du kannst dir vorstellen, denen brennt der Kittel. Es war wohl so, dass sie den Polizeibericht von einem Praktikanten haben redigieren lassen, und der ist nicht auf die Idee gekommen, da hartnäckig nachzurecherchieren.«

»Und Mattern muss von irgendwem den Tipp mit Mutius gekriegt haben. Und damit waren wir vorn. Irre!«

Sara hatte endlich das Päckchen »Christkindles-Tee« gefunden, als der Chefredakteur in der Tür stand. »Frau Blohm, wenn Sie mir bitte kurz nach draußen folgen!«

Gerhard Bausch verzog beleidigt den Mund.

Auf dem Flur kam Schönfeld sofort zur Sache. »Also: wir machen – in der Politik würde man sagen – eine Doppelspitze. Mattern bleibt weiter an dem Fall dran: in polizeilicher Hinsicht und auch quasi als ... Gesellschaftsreporter. Sie kümmern sich um die KONZERN-Hintergründe. Und berichten mir persönlich, sobald Sie etwas wissen. Im Übrigen erwarte ich, dass Sie mit dem Kollegen Mattern vertrauensvoll zusammenarbeiten und sich abstimmen. Doppelarbeit können wir uns nicht leisten.«

»Aber ...«

»Wir haben uns verstanden. Wir sehen uns auf der Konferenz.«

11

Sara Blohm nippte an ihrer Tasse. Es war bereits die vierte, und langsam hatte sie genug vom »Christkindles-Tee«.

»Du willst wirklich nichts?«, fragte sie Gerhard Bausch zum wiederholten Mal.

»Geh mir fort! Tee auf Sekt, schon bist verreckt.«

»Lustig«, sagte Sara verdrießlich. Der Chefredakteur hatte vorhin auf der Konferenz tatsächlich eine Runde *Kessler Hochgewächs* ausgegeben. Und dabei Mattern in höchsten Tönen gelobt: »Die *Rundschau* wird heute in allen nationalen und mehreren internationalen Presseagenturen ausführlich zitiert – das ist Ihr Verdienst! Mehr davon!«

Sara stierte vor sich hin. Sie schob die Tasse beiseite. Die Drucker-Kollegen waren natürlich längst weg gewesen, als sie mit ihrer Kanne samt dem Flachmann aus der Kantine endlich am Eingang erschienen war.

»So viel zum Thema Solidarität der Griffelspitzer.«

»Was meinst du?«

»Ach, ich red nur mit mir selber.«

»Apropos: Kennst du den schon? Kommt ein Autist zum Papst …«

Sara warf einen Leuchtmarker nach dem Kollegen, der duckte sich rechtzeitig.

Sie griff sich ihren Daunenanorak. »Ich muss dann mal los. Die schöne Witwe wartet.«

»Deine Termine möchte ich haben.« Bausch zog eine Schnute.

Sara stieg in die Straßenbahn ein. Die richtige, hoffte sie. Was den öffentlichen Nahverkehr anging, war sie eine Analphabetin. Sie schaute noch mal genau auf das bunte Liniengewirr auf dem Plan. Wie es aussah, fuhr die Linie 15 tatsächlich bis Haltestelle Bubenbad. Sie ließ sich auf einen Sitz plumpsen.

Schönfeld, diese Pfeife, dachte sie. »Mit Mattern vertrauensvoll zusammenarbeiten« – wie sollte das gehen, wenn er ständig dazwischenpfuschte und überall verbrannte Erde hinterließ?

Mit Engelszungen hatte sie am Telefon auf Mutius' Witwe eingeredet. Sie wollte mit der Presse nichts mehr zu tun haben, nachdem sie das Ergebnis ihrer »Kooperation« – wie Mattern das nannte – heute Morgen gelesen hatte. »Mir geht's um keine Schlüsselloch-Story. Mich interessieren nur die Hintergründe. Alles bleibt vertraulich.« Damit hatte ihr Sara am Ende doch noch den Termin abgerungen. Ein erstes Erfolgserlebnis. Sie hatte es nötig.

Das Anwesen des ermordeten Wirtschaftsführers auf der Gänsheide versteckte sich hinter einer gut zwei Meter hohen Ligusterhecke. In ihrem Gehölz tat eine Überwachungskamera ihren Dienst. Die Klingel neben dem schwarzen schmiedeeisernen Eingangstor war ohne Namensschild. Sara schaute auf die Uhr. 13.30. Pünktlicher ging's nicht. Sie drückte den Knopf. Das Tor öffnete sich im Zeitlupentempo – und gab den Blick frei auf die offenbar frisch getünchte schneeweiße Fassade eines Herrenhauses mit dunkelgrauem Ziegeldach. Sara durchquerte einen gepflegten verschneiten Garten, vorbei an kleinen Springbrunnen, die jetzt natürlich außer Betrieb waren, an verwitterten steinernen Bänkchen und einer lauschigen Laube. Im Sommer musste es hier allerliebst aussehen. Als Sara den ersten Schritt auf die weit geschwungene Treppe setzte, die zum Eingang führte, öffnete sich die getäfelte dunkelbraune Holztür. Eine Frau in den Vierzigern – vielleicht auch Anfang fünfzig – kam ihr entgegen. Sie trug ein dreiviertellanges schwarzes Kleid. Schlicht und elegant. Kein Schmuck. Das platinblonde halblange Haar hatte sie hinten zusammengesteckt. Eine attraktive Frau. »Die schöne Witwe« hatte Mattern sie genannt. Und diesmal nicht übertrieben.

»Kommen Sie rein!«, sagte Sibylle Mutius in gleichmütigem Ton. Sie führte sie durch einen Flur, der – wie Sara schätzte – nicht viel kleiner war als ihre komplette Zweizimmerwohnung. Im Wohnzimmer bot sie ihr einen Platz an. Der Sessel – lose schwarze Lederkissen in einem Stahlrohrgestell – ein *Le Corbusier*. Echt? Egal, jedenfalls unbequem. Immerhin bestand nicht die Gefahr einzuschlafen.

»Ich bring uns was zu trinken«, sagte die Hausherrin, ohne nach den Wünschen der Besucherin zu fragen.

Sara blickte sich um. Die Wohnung war ein Tanzsaal, nur wenige Möbel – allesamt Bauhaus-Provenienz – störten das Gefühl von Weite. Eine Längsfront war flächendeckend verglast und bot den Ausblick auf einen verschneiten Garten, der noch weitläufiger schien als der, durch den Sara ins Haus gelangt war.

An den unverputzten Wänden abstrakte Kunst. Einen Baumeister und einen Uecker konnte Sara zuordnen. Alles edel. Alles teuer. Ihr Blick blieb an der Wandseite hängen, die von ihrem Sitz am weitesten entfernt war. Sie stand auf und spazierte hinüber. Eine Sammlung afrikanischer Tanz- und Totenmasken. Schmuck aus Gebeinen. Ein Speer mit buntbemaltem Griff. Fotos vom Leben in einem afrikanischen Dorf. Lachende Gesichter. Darunter ein weißes: Robert Mutius.

»Das waren die Jahre, als mein Mann den Vertrieb in Afrika aufgebaut hat. Seine schönste Zeit, wie er immer wieder sagte.« Sibylle Mutius war aus der Küche zurück. Sie stellte ein Tablett auf den Couchtisch. »Stilles Wasser, Orangensaft, Cola, Whiskey, Calvados, was darf ich Ihnen einschenken?«

Sara bat um ein Glas Wasser, ihre Gastgeberin griff nach der Calvados-Flasche und zündete sich eine Zigarette an.

»Die Nachricht vom Tod Ihres Mannes«, fing Sara vorsichtig an, »das muss ein Schock für Sie gewesen sein.«

Ein schwaches Nicken.

»Hatten Sie denn auch nur die leiseste Ahnung, dass er in diesem ... Club verkehrte?«

»Nein. Ich wäre auch nie auf die Idee gekommen. Gut, er war abends öfter mal weg, kam spät nach Hause. Aber das ist schon ... das war schon seit Jahren so: Geschäftsessen, Repräsentationen, auswärtige Termine. Ich hab ihn natürlich nicht immer gefragt, wo er da war.«

»Sie kannten auch nicht – entschuldigen Sie, wenn ich das frage – seine speziellen sexuellen Neigungen?«

»Dieses Sadomaso-Zeug?« Sibylle Mutius verzog schmerzlich den Mund. »Nein, davon hab ich gestern zum ersten Mal gehört. Bei der polizeilichen Vernehmung.«

»Würden Sie sagen, Ihre Ehe war glücklich?«

»Bis vor ein paar Tagen hätte ich ohne Zögern ja gesagt. Aber aus Roberts Sicht war sie das anscheinend nicht. Nicht in jeder Hinsicht.«

Monty Python's *Always look on the bright side of life* ertönte. Sibylle Mutius kramte in ihrer Handtasche. »Vielleicht sollte ich den Klingelton mal wechseln.« Sie lächelte gequält und betätigte den Klappmechanismus ihres Mobiltelefons.

»Ja bitte.« Ihre Stirn legte sich augenblicklich in Falten. »Woher haben Sie meine Handy-Nummer? ... Nein, ich stehe der Presse nicht mehr zur Verfügung ... Was heißt hier Gleichbehandlung? Die anderen waren eben vorher da, und ich brauche jetzt meine Ruhe, ich bitte Sie das zu respektieren ... Wie? Wollen Sie mir drohen?« Sie drückte die rote Auflegen-Taste. »Was glaubt der eigentlich?«

»Die Konkurrenz, nehme ich an?«

»Ja, und was für ein reizender Herr! Irgendein Politiker – ich weiß gar nicht mehr: war's der Strauß? – hat diese Schreiberlinge mal ›Ratten und Schmeißfliegen‹ genannt. Vielleicht nicht zu Unrecht.«

»Na ja, es gibt sotte und sotte, wie man hier im Schwäbischen sagt. Wissen Sie, wer es war?«

»Ich hab den Namen gar nicht verstanden. Er hat mir angeboten: Kooperation – und ich bestimme, was im Blatt steht. Oder Konfrontation – dann muss er eben auf andere Quellen zurückgreifen. Und die würden möglicherweise nicht so viel Wert auf das Andenken Verstorbener legen …«

»Hört sich an wie Schultes vom *Tagblatt.*«

»Ach wissen Sie, junge Frau, der Kollege Ihrer Postille, der gestern hier war, war zwar ein bisschen verbindlicher im Ton, aber in der Sache war's nicht viel anders. Die können Sie beide in einen Sack stecken und draufhauen.«

Wo sie recht hat, hat sie recht, dachte Sara. Sagte aber: »Beide Blätter kämpfen ums Überleben, Frau Mutius. Da geht's mit harten Bandagen zur Sache. Aber ich möchte Sie davon überzeugen, dass es auch anders geht. Doch dazu brauche ich Ihre Hilfe.«

Die Witwe schaute sie zweifelnd an. »Wie sollte ich Ihnen denn helfen?«

»Sie haben sich doch sicher auch schon überlegt, wer ein Interesse daran gehabt haben könnte, Ihren Mann zu töten. Können es private Motive sein? Hat er sich im Unternehmen Feinde gemacht?«

»Also über sein Privatleben, und in was er da verstrickt war, da weiß ich – wie sich ja jetzt herausgestellt hat – so gut wie nichts. Und geschäftlich – ja, da gab's wohl zunehmend Probleme.«

Sara horchte auf. Sie nickte Sibylle Mutius aufmunternd zu.

»Also er war wohl mit einigem nicht so recht einverstanden, was da vor allem in der Finanzabteilung gelaufen ist. Über Details hat er mit mir nicht geredet. Er hat überhaupt erst angefangen, darüber zu sprechen, als das mit dem Auswandern Thema wurde.«

»Auswandern?«

»Ja, das war vor vielleicht einem halben Jahr, da kam er damit zum ersten Mal. Er hat mich gefragt, ob ich mir vorstellen kann, mit ihm irgendwo, in einem anderen Land, ein ganz neues Leben anzufangen. Hast du irgendwas angestellt, hab ich ihn gleich gefragt. ›Nein, natürlich nicht, aber …‹, und dann hat er's mir erzählt. Dass im Vorstand krumme Dinger laufen, Steuerhinterziehung, schwarze Kassen, Bestechung, das ganze Programm. Auch er steckte da irgendwie mit drin – das hatte zu seiner Zeit in Afrika wohl schon angefangen, doch er wollte jetzt anscheinend raus aus dem Sumpf, wusste aber nicht wie. Da meinte er: Wir haben doch genug Geld, lass uns irgendwo das Leben genießen; ich möchte weg sein, wenn das Ganze auffliegt. So in etwa. Sie können sich vorstellen, ich war ziemlich geschockt.«

»Wie ging es weiter?«

»Na ja, ich war nicht sonderlich erbaut von seinen Plänen und hab ihn immer wieder gefragt: Gibt's denn keine andere Möglichkeit? Er hat sich dann ziemlich eingemauert, ich hab den Eindruck gehabt, er war einfach nervlich fertig. Vielleicht hat er deshalb in diesem Club so etwas wie ... Ausgleich gebraucht?« Sibylle Mutius sah Sara Einverständnis suchend an.

»Kann natürlich sein. Hatte er denn schwere Auseinandersetzungen mit anderen Vorstandskollegen? Hat er darüber gesprochen?«

»Mit dem Finanzchef ist er wohl ziemlich aneinandergeraten. Das war das Einzige, was er mal rausgelassen hat.«

»Können Sie sich denn vorstellen, dass jemand aus dem KONZERN Ihren Mann ... ausschalten wollte?«

»Ausschalten – sicher. Aber ermorden? Klingt abenteuerlich, aber ...« Sibylle Mutius zog an ihrer Zigarette und blickte der Rauchwolke mit leicht zusammengekniffenen Augen nach. »... ausschließen würde ich das nicht.« Sie schaute Sara fest in die Augen. »Finden Sie's raus!«

»Ich bin nicht die Polizei. Aber vielleicht hab ich ja meine eigenen Möglichkeiten. Vielen Dank jedenfalls erst mal für Ihr Vertrauen. Als Schmeißfliege darf man das nicht unbedingt erwarten.«

Die Witwe deutete ein Lächeln an. »Ich bringe Sie hinaus. Und: Viel Erfolg.«

12

Donnerstag, 14 Uhr. Seit rund vierzig Stunden war der Vertriebschef des KONZERNs tot. Und die Soko *Swinger* war – so hatte es den Anschein – noch keinen Schritt weiter gekommen.

Neben Polizeihauptkommissar Schwertfeger hatten Oberstaatsanwalt Rüdiger Falter und Polizeipräsident Ludwig Meisenberg an der Stirnseite des Konferenztischs Platz genommen – untrügliche Anzeichen, dass die Lage ernst war. Schwertfeger konnte sich jedenfalls nicht erinnern, dass der Präsident jemals zu einer Soko-Sitzung erschienen war.

Meisenberg schnippte ein imaginäres Staubkorn von seiner Krawatte und erhob sich. »Liebe Kollegen, liebe Kollegin«, er machte eine kleine Verbeugung Richtung Nadine Dürkheim, »ich muss Ihnen nicht sagen, welche Bedeutung dieser Fall hat und auch welches … Fingerspitzengefühl er erfordert. Die Öffentlichkeit schaut auf uns und erwartet rasche Ergebnisse. Bisher kann ich die nicht erkennen. Aber Sie wissen sicher mehr als ich. Also: wo stehen wir?«

»Ich denke, wir schauen uns zunächst mal die jüngsten gerichtsmedizinischen Erkenntnisse an«, sagte Schwertfeger. »Der Kollege Sperling ist freundlicherweise zu uns raufgekommen. Ich darf um eine Zusammenfassung des Obduktionsberichts bitten – in aller Kürze, wenn's geht.«

»Kürze. Ist mir sehr recht. Ich hab schließlich noch zu tun«, versetzte der Pathologe.

»Tja, wenn man so viele Leichen im Keller hat …«, witzelte Thomas Mellenkamp und erntete ein paar unterdrückte Lacher.

Sperling warf ihm einen vernichtenden Blick zu. »Ich komme zur Sache. Zu den Tatsachen. Die stehen ja manchmal nicht so hoch im Kurs wie gewisse Spekulationen.« Er machte eine Kunstpause. »Spekulationen wie die, dass die Todesursache möglicherweise ein Unfall beim Liebesspiel gewesen sein könnte. Nach allem, was wir festgestellt haben, ist es aber ausgesprochen unwahrscheinlich, dass Herrn Mutius der Plastiksack quasi im Einvernehmen über den Kopf gezogen worden ist. Wir haben eindeutige Anzeichen eines Kampfes. Neben anderem haben wir unter den Fingernägeln des Toten fremde Hautpartikel gefunden. Es sieht alles nach einem Tötungsdelikt aus.« Er schaute in die Runde. »Kurz genug? Lesekundige können sich ausführlicher im Obduktionsbericht informieren.«

»Findest du nicht auch, unser Aufschneider wird immer rumpelstilzchenhafter?«, flüsterte Peter Zielinski dem neben ihm sitzenden Mellenkamp zu. Der grinste nur.

»Also Mord«, resümierte Schwertfeger. »Aber aus welchem Motiv? Wir haben einen Verdächtigen bisher …«

»Zorro«, fiel ihm Egon Dörflinger ins Wort. »Der Rächer der Enterbten.«

»Den …« Schwertfeger kam ins Stocken. »… den meinte ich jetzt nicht. Ich meine kein Phantom, sondern …«

»Versteh ich jetzt nicht. Dieser Zorro ist doch kein Phantom. Er ist nur geflüchtet. Und das wahrscheinlich aus gutem Grund.« Dörflinger ließ sich nicht abschütteln.

Schwertfeger holte Luft zu einer Entgegnung, atmete dann aber tief durch und sagte: »Also gut. Zorro. Was wissen wir über ihn?«

»Wenig«, sagte Gräber. »Er hat wohl im Club mit niemand näheren Kontakt gesucht – so lange er halt da war. Ist ja dann recht früh verschwunden. Eine Zeugin, Typ dralle Blondine, hat mit ihm anscheinend mal kurz geflirtet. Er sei ziemlich schüchtern gewesen, wahrscheinlich neu in der Szene, aber sehr süß. Tja. Man muss dazu sagen, wir haben inzwischen noch kaum die Hälfte der Gäste vernommen. Wir brauchen unbedingt mehr Leute, Herr Präsident.«

»Ich werde schauen, ob ich eine kurzfristige Aufstockung der Soko hinbekomme«, versprach Meisenberg. »Ist das alles gewesen, was Zorro angeht?«

»Nicht ganz«, sagte Mellenkamp. »Ein Zeuge hat das Fluchtauto gesehen.«

Schwertfeger fuhr herum.

»Ein Gast hat gehört, wie ein Motor angelassen wird, und weil er eh an einem Fenster stand, hat er hinausgeguckt und einen grauen BMW wegfahren sehen. Vermutlich Dreier-Baureihe. Das Kennzeichen ...«

Schwertfeger hielt den Atem an.

»... hat er nicht weiter beachtet. Er hat auch nicht gesehen, wer drinsaß. Aber wir nehmen an – die Zeit, so zirka halb neun würde hinkommen – wir nehmen an, dass es Zorro war.«

»Sehr üppig ist das ja nicht«, brummte der Präsident. »Aber wir müssen natürlich dranbleiben an diesem Auto. Vielleicht ist an dem Abend sonst noch jemandem ein solcher BMW aufgefallen.«

»Ja, sicher«, sagte Schwertfeger geistesabwesend. Dann riss er sich zusammen. »Es gibt ja neben Zorro noch mindestens einen weiteren Verdächtigen. Frau Dürkheim, wenn Sie bitte vortragen, was die Vernehmung der Eheleute Michaelis erbracht hat.«

Nadine Dürkheim schaute den Soko-Chef überrascht an, fing sich aber schnell und trug die Ergebnisse der Vernehmung vor, als hätte sie sie schriftlich vor sich. Sie schloss mit den Worten: »Bernhard Michaelis hat ein Motiv und kein Alibi. Und wir haben keine Beweise. Noch nicht.«

Martin Schwertfeger sah Nadine in die Augen. Sie erwiderte den Blick. Und lächelte, fast unmerklich. Er lächelte dezent zurück. »Danke!«

Zielinski räusperte sich. »Was die Beweise angeht: Hat unser Aufschneider ... äh ... Kollege Sperling vorhin nicht erwähnt, dass der Mörder Spuren hinterlassen hat? Wie wär's denn mit einem DNA-Test für den Spielkameraden Michaelis? Herr Oberstaatsanwalt?«

Rüdiger Falter zuckte zusammen. Der unscheinbar wirkende Mann in dem grauen Anzug straffte sich: »Wir können natürlich Herrn Michaelis erst mal auffordern, freiwillig eine Speichelprobe abzugeben.«

»Und wenn er nicht will«, bohrte Zielinski, »können Sie doch eine richterliche Anordnung beantragen?«

»Richtig. Aber da sollte natürlich schon ein konkreter Tatverdacht bestehen. Und solange wir da Zorro als Hauptverdächtigen haben ... also ich würde erst mal die freiwillige Lösung versuchen.«

»Zorro. Immer wieder Zorro.« Gräber schaute verdrießlich. »Und wir kriegen ihn nirgends zu fassen. Dass wir noch nicht mal wissen, wo er sein Kostüm her hat – das macht mich wahnsinnig. Sämtliche Faschingsabteilungen der Kaufhäuser, sämtliche Kostümverleihe in der Region haben wir durchforstet. Irgendwo muss er doch Spuren hinterlassen haben. Mal ganz abgesehen von einem Motiv. Das liegt ja völlig im Dunkeln.«

»Vielleicht hat ihn der KONZERN beauftragt«, schlug Mellenkamp vor.

»Was soll das jetzt?« Meisenberg runzelte die Stirn.

»Die Witwe soll von heftigen Auseinandersetzungen im Vorstand gesprochen haben. Günter, du warst doch dort.«

»Ja, es hat wohl Streit zwischen Mutius und dem Finanzchef gegeben«, bestätigte Gräber. »Da war schon öfter mal Feuer unterm Dach.«

»Und deshalb lässt man den Andersdenkenden von einem als Zorro verkleideten Auftragskiller in einem Sexclub umbringen – als Krimiautor würden Sie mit so einer Geschichte keinen Verlag finden.« Der Oberstaatsanwalt wurde munter. »Oder haben Sie auf KONZERN-Seite etwa Anhaltspunkte für diese ... Theorie gefunden?«

»Wir wären froh gewesen, wenn wir überhaupt jemanden gefunden hätten«, sagte Gräber. »Der Vorstandschef ist in Japan, der Finanzchef in den USA, und so geht's grad weiter. Bisher konnten wir nur den Verantwortlichen für Forschung und Entwicklung vernehmen. Und der kann sich an keinen Streit erinnern. Er sprach von einem ›Wettbewerb um die besten Ideen‹, wie er in allen innovativen Unternehmen üblich sei.«

»Vielleicht könnte die Soko auch in einen solchen Wettbewerb eintreten«, sagte der Polizeichef grimmig. »Mit dem, was wir bisher wissen, können wir uns jedenfalls nirgends sehen lassen. Also: Halten Sie sich ran! An die Arbeit!« Meisenberg wandte sich zum Gehen.

»Vergessen Sie die Personalaufstockung nicht!«, rief ihm Gräber fast flehentlich hinterher.

13

Als das Telefon klingelte und auf dem Display *Fr Striegel* zu lesen war, wusste Sara Blohm, was kommen würde. Vor ihr auf dem Schreibtisch lag das *Stuttgarter Tagblatt* mit der Schlagzeile: *»Wer ist Zorro?«* Darunter: *»Die Polizei jagt den maskierten Rächer – Hat er KONZERN-Boss Mutius umgebracht?«*

Sara nahm den Hörer ab. »Dr. Schönfeld möchte Sie sprechen.« Die Stimme von Chefsekretärin Anja Striegel klang teilnahmslos wie immer. »Er bittet Sie, sofort herüberzukommen. Es sei dringend.«

Sara öffnete die Tür ihres Bürospinds. Ein graues, übermüdetes Gesicht starrte ihr aus dem Spiegel entgegen. Sie zog den Lippenstift nach und trug noch etwas Rouge auf. *Auf jetzt, Blohm, altes Schlachtross! Kopf hoch, Schultern zurück! Der Gang nach Canossa braucht Haltung!* Sie war fest entschlossen, dem Chefredakteur nicht als zerknirschtes Mäuschen entgegenzutreten.

Auf einem der Besucherstühle in Schönfelds Büro saß bereits Mark Mattern.

»So, da wären wir ja komplett«, ließ sich Schönfeld hinter seinem Schreibtisch vernehmen. »Offenbar war ich gestern ein bisschen voreilig mit der Runde Sekt. Der macht anscheinend nicht munter, sondern lahm und träge. Ich habe nur eine Frage an Sie beide: Warum haben *wir* die Geschichte nicht?«

Mattern rutschte unruhig auf seinem Stuhl herum und linste zu Sara Blohm hinüber.

»Ja also, sorry«, begann Sara, »ich war gestern sozusagen auf einer anderen Baustelle. Ich hab mir die Witwe noch mal vorgenommen und einige interessante Informationen über die Rolle von Mutius im Vorstand bekommen. Sind natürlich Sachen dabei, die man jetzt noch nicht veröffentlichen kann, manches war ausdrücklich *off records,* aber als Hintergrund …«

»Ja Hintergrund!«, blaffte Schönfeld. »Hintergrund! Da ist mir ein vordergründiger Zorro lieber! Wie konnte der uns rausgehen? Da stell ich zwei Leute frei. Mattern! Sie haben doch Ihre Informanten bei der Polizei. Warum kommt von da nichts? Oder waren Sie gestern auch auf einer anderen … Baustelle?«

Der Starjournalist für einen Tag setzte die Armesündermiene auf. »Vielleicht hab ich den Schwerpunkt nicht ganz richtig gesetzt. Ich war fast den ganzen Tag auf der Suche nach Leuten, die Mutius gut gekannt haben. Um von daher mal zu fragen: wer könnte ein Interesse gehabt haben, ihn umzubringen? Das war oft nicht einfach, die zum Reden zu bringen. Trotzdem: Ich denke, und das können Sie ja auch meinem Artikel entnehmen …«

»Ich entnehme Ihrem Artikel heiße Luft – während uns das *Tagblatt* den Mörder präsentiert!« Schönfeld war gnadenlos.

»Ich erwarte von Ihnen morgen eine Zorro-Geschichte, und zwar mehr, als die Polizei heute auf ihrer Pressekonferenz gezwungenermaßen rausrücken wird. Dazu einen Hintergrund: zur Gestalt des Zorro – historisch, in der Literatur, da können Sie sich mit unserem Feuilleton mal zusammentun, eventuell auch einen Psychologen hinzuziehen, die können ja zu allem ihren Senf dazugeben – all das möchte ich im Blatt sehen, und das ist mir …« – er wurde lauter – »… allemal lieber als haltlose Verschwörungstheorien.«

»Heißt das, die Machenschaften des KONZERNs, die ja womöglich der Hintergrund des Mordes sind, interessieren jetzt schon nicht mehr?«

»Frau Blohm.« Er sah sie durchdringend an. »Was mich interessiert, sind Fakten. Fakten zu einem Kriminalfall. Und wenn Sie dabei einen Weltkonzern über die Klinge springen lassen wollen – bitte sehr! Ich will Ihrem Pulitzerpreis nicht im Weg stehen. Aber erst mal will ich, dass *wir* es sind, die die Schlagzahl vorgeben – und nicht das *Tagblatt*. Wir haben uns – hoffe ich – verstanden.«

Auf dem Flur verfiel Sara in einen geradezu beschwingten Gang. War doch gar nicht so schlecht gelaufen, das Gespräch. Der Chefredakteur hatte sich den Kropf geleert, okay, doch als den größeren Sündenbock hatte er sich eindeutig Mattern ausgeguckt. Und sie durfte weitermachen – sollte aber eben auch was liefern. Ja, das war das Problem.

»Hoppla!« Sie wäre fast mit Stefan Marx zusammengestoßen, der aus der Herrentoilette, ohne sich umzusehen, herausgestürzt kam.

»Ah, Sie such ich!«, rief er hektisch.

»Da drin?« Sara wies belustigt auf das große »H« an der Tür.

»Nein, natürlich nicht. Aber ich brauche Leute. Dringend.« Der Ressortleiter Wirtschaft schaute auf die Uhr.

»Was ist denn los?«

»Dass Gerhard Bausch krankheitshalber fehlt, dürften Sie ja schon bemerkt haben. Und jetzt ist auch noch der Kollege Holzmann ausgefallen, weil sein Vater gestorben ist. Dabei haben wir heute Termine bis zur Hutkante. Ich muss Sie bitten, wenigstens die Bilanzpressekonferenz der Stuttgarter Volksbank zu übernehmen. Die fängt übrigens in zwanzig Minuten an.«

»Auf keinen Fall. Heute Vormittag ist auch die Pressekonferenz der Polizei zum Mordfall Mutius.«

»Da geht doch der Mattern schon hin.«

»Aber ich bin für den Fall freigestellt …«

»Ohnehin zu meinem Leidwesen. Aber jetzt ist hier Land unter. Und da können wir uns den Luxus nicht leisten, auf einen Termin zwei Leute zu schicken und auf einen anderen gar niemanden. Im Übrigen sind Sie immer noch in der Wirtschaftsredaktion.«

»Unterstehe aber dem Chefredakteur.«

»Mit dem ist das schon abgesprochen. Die klare Linie ist: Das Tagesgeschäft geht vor. Und jetzt bitte ich Sie, die Hufe zu schwingen. Sonst ist die PK vorbei. Danke.«

Stefan Marx trollte sich.

Es war spät geworden. Man hatte Sara nach der Volksbank auch noch die Landesbausparkasse aufs Auge gedrückt. Alles Gerhard Bauschs Beritt. Sie beneidete ihn nicht.

Jetzt klickte sie die Agenturmeldungen durch. Die Pressekonferenz der Polizei hatte offenbar nichts weltbewegend Neues erbracht. Zorro blieb ein Phantom.

Sie schloss die Schublade auf, in der sie ihre Notizen zum Fall Mutius verwahrte. Alles, was er ihr anvertraut hatte, hatte sie hier niedergeschrieben. Sie musste Ordnung in ihren Kopf bringen. Wo war der Punkt, an dem sie ansetzen konnte?

Es klopfte. »Ja?«, rief Sara mürrisch. Valentin Fauser streckte seinen Kopf herein. »Stör ich?«

»I wo. Du doch nicht. Was machst du eigentlich noch hier? Ist doch schon gleich sieben.«

»Ich hab nachher noch einen Theatertermin. Aber du – du hast das wirkliche Theater, oder?« Sara verzog den Mund.

»Ich weiß ja nur, was der Flurfunk so läuten lässt«, fuhr Fauser fort. »Geheimauftrag für Sara Blohm. Eine Frau im Auge des Hurrikan. Allein gegen den KONZERN.« Er grinste. »Tolle Sache. Oder sollte ich lieber sagen: Du sitzt ganz schön in der Scheiße?«

Sara zuckte die Schultern. »Ich hab hier lauter lose Enden einer unglaublichen Geschichte. Und ich kann sie nicht zusammenbinden, weil mein Informant weggemeuchelt worden ist. Womöglich bin ich die Einzige, die die Hintergründe des Mordes kennt – aber ohne Beweise steh ich halt ziemlich nackt da. Und wo sind meine Möglichkeiten? Ich kann hier keine Sonderkommission aus dem Boden stampfen.«

»Hilft es dir, mal einfach zu erzählen, wie der Stand ist?«, bot Fauser an.

Sara überlegte einen Moment. Wenn sie in der Redaktion überhaupt jemand ins Vertrauen ziehen konnte, dann war das Valentin. Und sie wusste, dass er gut zuhören und im richtigen Moment kluge Fragen stellen konnte.

»Okay.« Sara überflog noch mal kurz ihre Notizen. »Der KONZERN betrügt die Stadt Stuttgart um hunderte Millionen Euro. Das Tolle dabei: Der OB weiß es, der Finanzbürgermeister auch. Aber sie billigen es.«

»Warum sollten sie?«

»Erpressung und Bestechung. Der KONZERN sagt: Die Finanzkrise hat uns besonders hart getroffen. Jetzt geht's zwar wieder aufwärts, aber wir haben gegenüber der Konkurrenz an Boden verloren. Und der internationale Wettbewerb wird härter. Deshalb können wir nicht so viel Steuern zahlen wie wir eigentlich müssten. Nur wenn wir da entlastet werden, können wir einen Großteil der Arbeitsplätze hier halten. Ansonsten müssten wir unsere Premium-Produkte in der Slowakei, der Ukraine oder Indien fertigen lassen, mittelfristig bliebe nur noch die Verwaltung in Stuttgart. Dadurch würde die Stadt noch viel mehr an Steuereinnahmen einbüßen. Vom Image-Schaden mal ganz abgesehen. Also: Was ist das kleinere Übel?«

»Hm«, machte Fauser. »Wenn sie weniger Gewerbesteuer zahlen wollen – müssen sie dann nicht auch weniger Gewinn ausweisen?«

»Der Kandidat hat hundert Punkte«, grinste Sara.

»Das würde doch aber Bilanzfälschung im großen Stil voraussetzen. Ohne dass es jemand merkt.«

»Genau so ist es aber. Wobei ein so verschachtelter und unübersichtlicher Weltkonzern natürlich viele Möglichkeiten der ›kreativen Buchführung‹ hat. Da werden Gewinne, die hier anfallen, Tochterfirmen gutgeschrieben, die in Ländern operieren, wo viel weniger Steuern gezahlt werden müssen als bei uns. Dafür werden hier die Betriebsausgaben künstlich hoch gesetzt. Das fällt natürlich nur absoluten Spezialisten auf. Wenn du zum Beispiel den Großteil der Entwicklungskosten für ein bestimmtes Teil hier geltend machst, obwohl es im Wesentlichen in einer ausländischen Tochterfirma entwickelt worden ist.«

»Könnte das Finanzamt denn keinen Verdacht schöpfen?«

»Es hat schon Verdacht geschöpft.«

»Was?«

»Na ja, das Ganze läuft schon seit einiger Zeit so. Jetzt, in der neuen Bilanz, gehen sie anscheinend besonders dreist vor. Aber begonnen hat das schon vor drei, vier Jahren. Anfangs war man wohl noch ein bisschen zurückhaltender. Aber als kein Widerstand kam, wurde man mutiger. Bis diesem Wachowiak was auffiel.«

»Müsste ich den kennen?«

»Der zuständige Sachbearbeiter im Finanzamt. Offenbar ein guter Mann, hat sich wohl auch richtig in die Sache verbissen und der Finanzabteilung des KONZERNs jede Menge unangenehmer Fragen gestellt. Bis er eines Tages … keine mehr stellte.«

»Lass mich raten. Man hat ihm einen tiefergelegten Rennschlitten mit versenkbarem Heckspoiler und ausfahrbaren Seitenschwellern vor die Tür gestellt.«

»Falsch. Der Kandidat hat null Punkte.« Sara grinste wissend. »Man hat ihn zur Buchstabengruppe S bis Z versetzt. Seitdem wird der KONZERN von einem Herrn Biehler betreut. Und dem …«

»… hat man einen tiefergelegten Rennschlitten …«

»Nicht ganz«, lachte Sara. »Aber in Mutius' Dokumentensammlung sollen sich diverse Aktenvermerke und Überweisungsbelege finden, aus denen hervorgeht, dass an Biehler ein hübsches Sümmchen geflossen ist. Ja, und über einen neuen Wagen durfte er sich auch freuen, allerdings ist es nur eine Mittelklasselimousine geworden, man wollte da keinen Verdacht erregen.«

»Du sagtest vorher, auch die Stadt kennt das Betrugssystem. Wie sind die denn dahintergekommen? Als Finanzgenie hab ich unsern OB bisher nicht eingestuft.«

»Zu Recht. Aber Faulhaber, der Finanzbürgermeister, ist gar nicht so blöd, obwohl er in der gleichen Partei ist. Und apropos Partei. Auch Wachowiak ist Parteifreund. Mitglied in der gleichen Ortsgruppe wie Faulhaber.«

Fauser pfiff durch die Zähne.

»Wachowiak hat also seinem Parteifreund wohl was gesteckt. Daraufhin soll Faulhaber, so erzählte es Mutius, beim KONZERN vorstellig geworden sein und sich beschwert haben, dass der Stadt Steuermittel vorenthalten werden. Aber auch ihn hat man anscheinend rasch zum Schweigen gebracht. Die Sache ist nämlich die: nicht nur der KONZERN, auch die Stadt hat Leichen im Keller.«

»Oha.«

»Ja, das ist jetzt aber ein bisschen kompliziert.« Sara blätterte in ihren Aufschrieben.

»Also nichts für einen schlicht gestrickten Feuilletonisten.« Fauser tat beleidigt.

»Ich mach's einfach«, versprach Sara grinsend. »Also: Du hast doch sicher auch mitgekriegt, dass etliche Städte – Pforzheim, Ravensburg und eine ganze Reihe andere – sich mit hochriskanten *swap*-Geschäften verzockt haben, sprich: mit Wetten auf die künftige Zinsentwicklung. Dass Stuttgart auch dazugehört, weiß bisher niemand.«

»Wie bitte?«

»Tja, die Stadt hat sich – am Gemeinderat vorbei – auch solche Gift-Papiere besorgt und dabei Millionen in den Sand gesetzt. Und jetzt rate mal, wer ihr den Mist aufgeschwätzt hat!«

»Kann ich meinen Telefonjoker anrufen?«

Sara lachte. »Der kommt auch nicht drauf. Es war nämlich die … KONZERN-Bank!«

Fauser schaute ungläubig. »Und warum kriegt das keiner mit?«

»Klar ist: Wenn das öffentlich wird, ist der Finanzbürgermeister seinen Job los. Er hat sie schließlich verzockt, die Millionen. Doch der Konzern hat ja ein Interesse an ihm und seiner … Kooperation. Also bietet die KONZERN-Bank an, das Millionenloch zu stopfen – mit einem zinslosen Kredit, dessen Tilgung vorerst ausgesetzt wird. Und damit haben sie Faulhaber im Sack.«

»Also behält er seine Kritik an der Steuerhinterziehung lieber für sich.«

»Gut kombiniert, Watson! Und außerdem gibt's noch ein ganz besonderes Bonbon für ihn: Er wird in die Sonnenhof-Runde aufgenommen.«

»Sonnenhof?«

»Ein Fünf-Sterne-Schuppen im Schwarzwald. Feldberg-Gebiet. Ein ganz nobles Ding. Wellness-Resort. Sterne-Küche. Und ziemlich abgeschieden. Dort trifft sich alle Vierteljahr in einem gut abgeschirmten Nebenraum eine illustre Runde bei Speis und Trank – ich nehm an, dabei werden nicht nur Kässpätzle und Trollinger aufgefahren –, und dann wird ganz harmlos geplaudert. Es sind ja auch ganz harmlose Herrschaften dabei: der Finanzchef des KONZERNs, der Leitende Oberstaatsanwalt, Staatssekretäre, Regierungspräsidenten, und nicht zu vergessen …«

»… Herr Faulhaber.«

»Genau. Mutius war wohl auch zwei-, dreimal dabei. Er hätte sicher noch viele nette Anekdoten aus der fröhlichen Runde erzählen können.«

»Okay, du musst ohne ihn zurechtkommen. Wie willst du vorgehen?«

»Ich glaube, ich werd mir den Wachowiak vorknöpfen. Er könnte vielleicht ein Interesse daran haben, die anderen ans Messer zu liefern. Ansonsten werd ich mal die Pressestelle des KONZERNs etwas aufscheuchen. Vielleicht werden sie nervös und machen Fehler.«

»Wenn ich dir mit meinen bescheidenen Mitteln helfen kann, Miss Marple: jederzeit! Das heißt: heute Abend nicht mehr. Ich muss los. Ein Kritiker, der erst nach der Pause ins Theater kommt, macht keinen guten Eindruck.«

»Was spielen sie denn?«

»*Sturm im Wasserglas.*«

»Wirklich?«

Fauser war schon aus der Tür.

Sara wählte die Nummer der KONZERN-Pressestelle.

»Kisch«, bellte es aus der Leitung.

»Blohm. So spät noch bei der Arbeit? Ich bin beeindruckt.«

»Nur deshalb bin ich noch da. Wenn ich Sie beeindruckt habe, kann ich beruhigt in den Feierabend gehen.«

»Vielleicht schieben Sie Ihr Feierabendbierchen fünf Minuten hinaus. Ich hätte da noch zwei, drei Fragen.«

»Schicken Sie mir doch eine Mail, Frau Blohm.«

Du mich auch, dachte Sara. Sie sagte aber: »Meine erste Frage bezieht sich auf den teuren Verblichenen. Er soll heftigen Zoff mit Ihrem Finanzchef gehabt haben.«

»Zu Gerüchten und Spekulationen nehmen wir grundsätzlich keine Stellung.«

»Ist Ihnen bekannt, dass er vorhatte, den KONZERN zu verlassen?«

»Davon höre ich zum ersten Mal. Wer behauptet denn so was?«

»Zuverlässige Quellen.«

»Die möchte ich sehn.«

»Hat es in der Vergangenheit Unstimmigkeiten zwischen dem KONZERN und der Finanzbehörde gegeben?«

Otfried Kisch schnaufte. »Und wenn! Haben Sie bei Ihrer Steuererklärung noch nie ›Unstimmigkeiten‹ mit dem Finanzamt gehabt? Im Übrigen nehmen wir zu Fragen, die das Steuergeheimnis betreffen, grundsätzlich keine Stellung. War's das?«

»Was sagt Ihnen die ›Sonnenhof-Runde‹. Schon mal davon gehört?«

»Ich kenne nur ein Hotel, das Sonnenhof heißt.«

»Genau das mein ich. Die KONZERN-Führung soll sich da regelmäßig mit wichtigen politischen Repräsentanten treffen.«

»Stellen Sie Ihre Fragen schriftlich. Ich sag's zum letzten Mal. Und noch etwas: Wenn Sie irgendwelche haltlosen Spekulationen veröffentlichen, die börsenrelevant sind und dem Unternehmen schaden, werden wir Sie haftbar machen. Nehmen Sie sich in Acht!«

»Ihre Fürsorge rührt mich«, sagte Sara.

Dann hörte sie nur noch das Freizeichen.

14

Immer wenn Martin Schwertfeger sich dem Stadion auf der Waldau näherte, beschlich ihn ein seltsames Gefühl. Ein leichtes Kribbeln im Magen. Eine diffuse Vorfreude. Eine vage Hoffnung auf das Unerwartete, auf große Gefühle, ja vielleicht sogar auf Momente von – Glück.

Immer einlösen ließ sich das nicht, klar. Emotionale Höhenflüge gehörten bei den Spielen der Stuttgarter Kickers nicht zum Standardprogramm. Schwertfeger wusste das. Zur Standardausrüstung des Kickers-Fans gehörten dagegen ein robustes Nervenkostüm, ausgeprägte Leidensfähigkeit und die unbedingte Bereitschaft zum Bruddeln. Damit ließen sich die Jahre ertragen, in denen es steil nach unten ging. Der Traditionsverein, der Anfang der 90er Jahre in der Ersten Bundesliga spielte, den großen FC Bayern bezwang und gegen den HSV um ein Haar den DFB-Pokal gewonnen hätte, dümpelte zuletzt jahrelang in den Niederungen der vierten Liga, ehe immerhin der umjubelte Aufstieg in die dritte Liga gelang.

Schwertfeger hatte auf einem der blauen Schalensitze auf der Haupttribüne Platz genommen. Er liebte es, einige Minuten vor Spielbeginn da zu sein und die Spieler beim Aufwärmen und bei letzten Schussübungen zu beobachten. Alles schien jetzt noch leicht, alles schien möglich. Aus den Lautsprechern dröhnte das Vereinslied. »*Wenn wir auch nicht immer siegen, unsre Fans sind unsre Macht, denn die Kickers kleinzukriegen, das hat keiner noch geschafft.*« Hinter dem altbacken daherkommenden Liedchen standen große Namen. Der Text stammte von »Blacky« Fuchsberger, Big-Band-Legende Erwin Lehn hatte ihn vertont. Auch auf dem Platz hatten die Kickers große Namen hervorgebracht. Jürgen Klinsmann, Fredi Bobic, Guido Buchwald, Karl Allgöwer – alles Eigengewächse der »Blauen«. Weggekauft von den finanzstärkeren Clubs, nicht selten vom großen Ortsrivalen VfB – das ewige Trauma der Kickers.

»Lange nicht gesehn, Herr Kommissar!« Der stämmige Mann in dem beigefarbenen Popeline-Blouson, der in der Reihe hinter Schwertfeger Platz genommen hatte, klopfte ihm vertraulich auf die Schulter. Martin erkannte ihn sofort. Es war Guido Lang, der Chef eines kleinen mittelständischen Maschinenbauunternehmens und Dauerkartenbesitzer seit Menschengedenken.

»Wo um alles in der Welt werden diese scheußlichen Windjacken verkauft?«, hätte er ihn am liebsten gefragt. Stattdessen sagte er: »Man hat halt immer viel um die Ohren. Aber jetzt wollte ich doch mal wieder nach meinen Blauen gucken.«

Die hatten in den letzten Wochen einige wirklich gute Spiele abgeliefert. Und Martin Schwertfeger brauchte in seiner Lage dringend einen Stimmungsaufheller. Aber ob sich die Kickers dazu so einfach instrumentalisieren ließen?

Leider nicht, wie sich bald herausstellte. Fußball war eben kein Wunschkonzert.

Nein, es lief nicht gut. Fehlpässe. Ballverluste. Von Spielaufbau keine Spur. Ein Rückfall in alte Zeiten, wie Schwertfeger sie nur allzu gut kannte. Hinten den Ball rausschlagen – vorne hilft der liebe Gott. Tat er aber nicht.

»Jetzt reißt euch zusammen, ihr könnt's doch besser!«, rief der Popeline-Mittelständler. »Laufen! Bewegt euch! Nicht stehenbleiben!«, verlangte sein Nebensitzer, ein geschniegelter Mittvierziger in einem teuer aussehenden Business-Mantel.

Martin schaute verdrießlich. Warum bloß trieb es ihn hierher?

Seinen Verein kann man sich nicht aussuchen, hatte mal jemand behauptet. Das hatte was für sich. Die Kickers waren im Stadtteil Degerloch zu Hause. Martin wohnte im benachbarten Sillenbuch. Das verband irgendwie. Dann das Stadion der Kickers, im Grünen, direkt unterm Fernsehturm. Ein richtiges Schmuckkästchen, ein reines Fußballstadion, familiär, man war nah dran, es war, ja, ein Stück Heimat, warum nicht? Doch etwas anderes war Schwertfeger noch viel wichtiger: Kickers-Fan zu sein war ein Stück gelebte Solidarität mit den Kleinen, mit den Schwächeren, mit dem *underdog*. Die verzweifelte Hoffnung, dass mit Teamgeist und Siegeswillen den Fußball-Krösussen ein Bein zu stellen sei: diese Hoffnung lockte viele, und eben auch Martin, immer wieder ins Stadion – Enttäuschungen inklusive.

Jetzt aber! Die Kickers hatten den Ball vor ihrem Strafraum abgefangen. Ein schneller Konter. Vier gegen zwei. Doch dann landete, begleitet von einem kollektiven Aufstöhnen, das Abspiel in den Beinen des gegnerischen Verteidigers.

»Kämpfen und siegen!«, schallte es von der Stehtribüne. Das Kämpfen klappte auch, da konnte man nicht meckern, doch zu viele Fehler schlichen sich heute ein. Nicht ohne Folgen.

Ein Kickers-Abwehrspieler wollte den Ball am Strafraum aus der Gefahrenzone schlagen, segelte dabei in einem schönen Spagat am Spielgerät vorbei, der Ball kullerte einem gegnerischen Angreifer vor die Füße, der fackelte nicht lange und hämmerte ihn unhaltbar ins linke obere Toreck.

Auf der Haupttribüne ging das bisher verhaltene Bruddeln in lautstarkes Schimpfen über.

»So ein Granatenseckel! Hat wohl 's Kicken in der Tanzschul' g'lernt!«

»Wer hat die Gurke denn eingekauft?«

»Raus mit ihm! Raus!!«

Die eisernen Fans im B-Block dagegen spürten, dass die Mannschaft gerade jetzt ihre Unterstützung brauchte, und feuerten sie unverdrossen an.

Fehler abhaken, Solidarität dann zeigen, wenn sie am nötigsten ist: Martin gefiel das – und er dachte mit einem Mal an seine Situation: Wer würde hinter ihm stehen, wenn *sein* »Fehler« bekannt würde? Auf wen wäre Verlass? Oder würden ihn alle fallen lassen?

Ein donnernder Lattenkracher riss ihn aus seinen Gedanken. Die Riesenchance zum Ausgleich – zerschellt am Aluminium. Die Kickers-Familie versank abermals in kollektivem Stöhnen.

»Jetzt kommt auch noch Pech dazu«, jammerte der Mittelständler hinter Martin.

»Wenn du die Seuche hast, hast du die Seuche«, philosophierte der Mann, der neben Guido Lang saß.

»Apropos Seuche«, hakte der ein, »was ist eigentlich aus Kai geworden? Ist der krank oder tot oder was? Man sieht ihn gar nicht mehr hier in letzter Zeit.«

»Welcher Kai?«

»Na, welcher schon? Der Wunderlich. Der schafft doch bei dir im Laden. Oder hat vielmehr dort geschafft. Und war doch fast jedes Spiel hier mit auf der Tribüne!«

»Ach so, der Kai Wunderlich. Ich nehm an, der hat kein Geld mehr für so was. Ist ja jetzt auch schon über ein Jahr ohne Job.«

»Kai Wunderlich.« Martin sprach den Namen vor sich hin. Irgendwo hatte er den gehört. Oder gelesen. Er lehnte sich etwas zurück, um das Gespräch auf der hinteren Sitzreihe besser mitverfolgen zu können.

»Den haben sie doch rausgeekelt bei uns«, fuhr der Geschniegelte fort. »Aber« – ein kurzes Lachen – »diese Woche wird er vermutlich ein Fläschchen Schampus aufgemacht haben. Oder Sekt, wenn's dazu nicht mehr reicht.«

»Hä?«, fragte Lang irritiert.

»Na, seinen Peiniger haben sie doch …« Schwertfeger nahm aus dem Augenwinkel wahr, wie Langs Sitznachbar mit der flachen Hand die Gurgel entlangstrich.

»Foul! Das war eindeutig … der säbelt ihn doch um! Wenn das kein Elfer ist! Schiri, du bist gekauft! Gekauft!« Guido Lang war aufgesprungen und konnte sich kaum mehr beruhigen. Im Zweifel hatte ein den Kickers vorenthaltener Elfmeter eben einen höheren Erregungswert als jede noch so blutige Mordgeschichte.

Bei Martin Schwertfeger indes machte es, als das Pfeifkonzert anschwoll und »Hurensohn!«-Rufe vom B-Block herüberschallten, »Klick!«: Kai Wunderlich – der Name stand in den Vernehmungsprotokollen. Er war am Tatabend im *Exquisit* gewesen.

Martin war wie elektrisiert. Er wartete noch einen Moment, bis die Aufregung über die Schiedsrichterentscheidung abgeklungen war, und wandte sich um:

»Entschuldigung, mein Name ist Schwertfeger, Kriminalpolizei Stuttgart. Ich bin zwar privat hier. Trotzdem muss ich Sie dienstlich etwas fragen. Herr … äh …« Schwertfeger blickte auffordernd.

»Deininger.« Die Antwort kam zögernd, der Blick war misstrauisch.

»Herr Deininger, ich habe eben unfreiwillig Ihr Gespräch mit meinem Bekannten Herrn Lang mit angehört. Meine Frage ist: Woher kennen Sie Herrn Wunderlich und was wissen Sie über seine Beziehung zu dem Vorstandsmitglied des KONZERNs, der diese Woche ermordet wurde?«

»Soll das ein Verhör werden?«

»Keineswegs. Ich bitte Sie nur um eine kurze Antwort. Für ein ausführlicheres Gespräch müssen wir sowieso einen Termin ausmachen. Außerhalb des Stadions.« Schwertfeger lächelte ihn freundlich an. Deininger schaute zu Lang hinüber, der nickte ihm zu.

»Also meinetwegen. Ich selbst bin Controller im KONZERN. Wunderlich ist von Mutius gemobbt worden, nach allen Regeln der Kunst. Schließlich hat er von selbst gekündigt. Genügt das?«

»Für heute ja«, sagte Schwertfeger. Er drehte sich um, legte den Kopf in den Nacken und blickte in den tiefblauen Degerlocher Winterhimmel. War das die Wende in dem Fall?

Auf dem Rasen jedenfalls trat sie nicht mehr ein. Nach neunzig wenig erbaulichen Minuten pfiff der Schiedsrichter die Partie ab.

Die Fans auf der Stehtribüne spendeten aufmunternden Beifall für ihre geschlagenen Helden.

»Das war das letzte Mal. Mich sieht hier keiner mehr!«, bellte dagegen ein älterer Herr auf der Haupttribüne und schleuderte seine Kickers-Mütze auf den Boden.

Martin war sich sicher: Der würde beim nächsten Heimspiel wieder auf der Tribüne sitzen. Seine blaue Mütze jedenfalls hatte er prophylaktisch schnell wieder aufgehoben.

15

»Diese Herren müssen Sie kennenlernen! Ihre *Matching Points* stimmen in hohem Maße überein. Das heißt, dass Sie außerordentlich gut zusammenpassen.«

Sara Blohm kannte den Spruch schon auswendig, mit dem *traumpartner.com* seine neuesten Partnervorschläge anpries. Ohne große Erwartung scrollte sie nach unten – und pfiff durch die Zähne: 97 *Matching Points* – nicht schlecht. Und das gleich zweimal: ein Unternehmensberater, ein Grafiker. Sie checkte die Fotos. Unternehmensberater Gunnar, 39, 1.82, 76, Leninbärtchen, Nickelbrille, verschmitzter Blick. Grafiker Michael, 42, 1.85, 82, Pfannkuchengesicht, braver Linksscheitel, verdruckstes Lächeln. Irgendwie passten die Fotos nicht. Oder Saras Klischees passten nicht. Wie auch immer. Jetzt kam die Hürde, die die meisten Bewerber rissen. Sie mussten in einem Satz zusammenfassen, was an ihnen das Besondere sei.

»Dass ich zwar viel von mir selbst fordere, mir aber mittlerweile auch das notwendige Maß an Gelassenheit zugelegt habe«, hielt Gunnar für besonders erwähnenswert. Sara gähnte.

Michael beteuerte, »dass ich dem Leben immer etwas Positives abgewinnen kann, so hart der Weg dahin manchmal ist.«

»Der Weg wohin?« Sara hasste sinnloses Geschwafel. Nähere Kontaktaufnahme? Lieber nicht.

Dass die beiden eine fast hundertprozentige Übereinstimmung mit ihr haben sollten, gab ihr etwas zu denken. Andererseits: Was erwartete sie? Grundlage der *Matching Points* war das sogenannte Persönlichkeitsprofil der Bewerber. Auch sie hatte dazu einen endlos scheinenden Fragebogen ausgefüllt und ab und an ein bisschen – nun ja – geschummelt. Sie war ja nicht blöd. Sie wusste, worauf es hinauslief, wenn sie dies oder das ankreuzte. In welche Schublade sie das psychologische Computerprogramm einsortieren würde. Die Fallen waren klar abgesteckt. Man musste nicht unbedingt hineintappen.

Aber so schlau waren die Gunnars und Michaels vermutlich auch. »Kann ja nicht funktionieren«, dachte Sara.

Ihr Blick fiel auf die digitale Zeitanzeige am Bildschirmrand.

»Scheiße!« Es war 10 Uhr 12. Und es war ein Mischa-Wochenende. Sie griff sich ihren Daunen-Parka und hastete zur Tür.

Sie heizte die Lenzhalde hinunter, dann die Schlossstraße hoch in den Stuttgarter Westen.

Die halbe Stadt schien an diesem Samstagvormittag auf den Beinen respektive Rädern zu sein, und dann noch diese Einparklegastheniker, die mit ihren Rangiermanövern ganze Straßenzüge lahmlegten! Schon zwanzig Minuten über der Zeit. Ihr Handy intonierte *»Strong enough to live without you«*. Sven!

»Hör gut zu«, raunzte ihr Ex, »wenn du in fünf Minuten nicht da bist, nehmen wir Mischa mit. Wir stehn schon vor dem Haus.« Aufgelegt.

Sie verwünschte ihn. Sie verfluchte sich. Das war das Schlimmste: Sie war selbst schuld. Mit quietschenden Reifen bog sie in die Reuchlinstraße ein. Etwa 30 Meter vor ihr streckte ein schwarzer X 3 seine Schnauze aus der Parklücke. Sara beschleunigte, riss kurz entschlossen das Lenkrad herum und blockierte mit ihrem Alfa die Ausfahrt des BMW. Sven kam angespurtet, stieß die Fahrertür des *Spider* auf, blitzte Sara mit zusammengekniffenen Augen an und zischte: »In zehn Sekunden bist du hier weg. Oder ich hol die Polizei.«

»Schon wieder ein Ultimatum«, dachte Sara, die plötzlich ganz ruhig wurde.

»Ich entschuldige mich für die Verspätung. Und jetzt möchte ich, dass Mischa bei mir einsteigt, dann verschwinde ich. Aber nur dann.«

Sven setzte gerade zu einer Erwiderung an, als ein ohrenbetäubendes »Mama! Mama!« aus dem BMW drang. Kleine Fäuste hämmerten gegen die Scheibe. Sara sah, wie Luisa, Svens neue Flamme, Mischa festzuhalten versuchte.

Mit einem Satz war Sara am Wagen, riss die Tür auf, sah kurz in Luisas weit aufgerissene Augen, löste Mischas Kindersitz-Gurt, packte ihr Kind und drückte es an sich. Sven wollte handgreiflich werden, zögerte aber, als er bemerkte, wie Mischa ihn aus rotgeweinten Augen ängstlich anstarrte.

»Ich will doch zu den Eisbären!«, heulte er schließlich los. »Zu den Eisbären!«

Inzwischen war Luisa aus dem Wagen geklettert. Sie trug ein rotglänzendes Abendkleid mit einem ausladenden Dekolleté, hatte ein schwarzes Samt-Cape übergeworfen und trippelte auf gleichfalls roten High Heels zu Sven hinüber. Auch der hatte sich in Schale geworfen. Schwarzer Anzug, schwarzes Hemd, hellgrau glänzende Seidenkrawatte.

»Wie die Stars einer Filmpremiere«, dachte Sara mit einem Anflug von Neid.

»Wo geht's denn hin?«, hätte sie unter normalen Umständen gefragt. Sie verkniff es sich. Ein Kindergeburtstag schien es jedenfalls nicht zu sein. Mischa, da war sie sicher, wäre ihnen nur lästig gewesen. Die Drohung, ihn mitzunehmen – Machtspielchen.

Sven drehte sich plötzlich abrupt um, nahm Luisa unsanft am Arm und zog sie Richtung BMW. Er drehte den Kopf andeutungsweise in Saras Richtung und verkündete: »Sonntag neunzehn Uhr ist er wieder da. Keine Minute später.« Für Mischa hatte er keinen Blick und kein Wort mehr übrig.

Der Kleine hing noch immer in Saras Armen und hatte für seine Rotznase auf ihrer linken Wange eine kommode Ablage gefunden.

Am Kassenhäuschen der Wilhelma, vor dem sich an sommerlichen Wochenenden lange Schlangen zu bilden pflegten, war wenig los an diesem unfreundlichen, windigen Februarnachmittag. »Eigentlich eine saublöde Idee, heute in den Zoo zu gehen«, dachte Sara. Aber versprochen war versprochen. Immerhin waren die Eintrittskarten im Winter billiger, stellte sie befriedigt fest.

Sie marschierte mit Mischa an verwaisten Außengehegen entlang. Die meisten Tiere konnten mit den Stuttgarter Wintertemperaturen wenig anfangen und machten es sich im Innern ihrer Behausungen gemütlich. »Die Eisbären sind ja wohl nicht so verfroren«, hoffte Sara.

Als sie sich der nachgebauten Polarlandschaft näherten, begann Mischa zu rennen. »Wilbär! Wilbär!«, rief er aufgedreht. Sara schwante nichts Gutes.

Immerhin ein Vertreter der weißen Riesen hatte sich nach draußen gewagt und zog geschmeidig seine Bahnen durchs Wasser. Vermutlich Corinna, dachte Sara. Sie hatte den kleinen Wilbär zur Welt gebracht, der rasch zum Publikumsliebling avanciert war. Leider blieb er nicht immer klein und knuddelig. Schließlich hatte ihn die Wilhelma, ein gutes Jahr mochte das jetzt her sein, an einen Zoo in Schweden verkauft. Hatte Mischa das nicht mitgekriegt?

»Wo ist Wilbär?« Mischa blickte sie fordernd an und schob die Unterlippe nach vorn.

»Schatz, Wilbär ist nicht mehr da, der ist … fortgezogen.«

»Aber warum denn?« Mischas Augen füllten sich mit Tränen.

Sara wandte sich ab. Eben kletterte die mutmaßliche Corinna aus dem Wasser und erklomm einen künstlichen Felsenvorsprung.

»Schau mal, Mischa, Wilbärs Mama ist doch immer noch da. Und andere Eisbären auch.«

Mischa zog die Nase hoch und schien kurz zu überlegen. »Ist denn seine Mama nicht traurig, wenn er weg ist?«, fragte er mit leiser Stimme.

»Vielleicht. Aber weißt du, das ist … das ist bei Tieren nicht genau so wie bei den Menschen.«

Mischa schaute zweifelnd, stampfte plötzlich mit dem Fuß auf und heulte los. »Ich will aber zu Wilbär! Du hast gesagt, wir gehen zu Wilbär!«

Hatte sie das so gesagt? Natürlich nicht, aber sie hatte ihn auch nicht vorbereitet auf eine mögliche Enttäuschung.

»Was bist du bloß für eine Mutter?«, hörte sie Sven höhnisch rufen. Sie verscheuchte die Stimme.

»Komm, lass uns zu den lustigen Äffchen gehen. Die magst du doch auch so.«

Mischa schaute zu Boden und schniefte vor sich hin.

»Oder zu den Nashörnern. Die Nashorn-Mama hat doch auch ein Baby!«

Sara griff nach Mischas Hand. Widerstrebend ließ er sich mitziehen.

Wie zu erwarten war, konnte das afrikanische Panzernashorn dem Stuttgarter Winter nicht viel abgewinnen. Im Gehege war nichts zu sehen. Sara zog Mischa ins Dickhäuter-Haus. Und da lagen sie denn auch friedlich beieinander, Mutter Nashorn nebst Söhnchen. Action? Leider keine.

»Sind die tot?«, fragte Mischa missgelaunt.

»Natürlich nicht. Die ruhen sich nur ein bisschen aus.«

»Wovon denn?« Mischa schien nicht überzeugt. Und dann brach es ganz unvermittelt aus ihm heraus: »Nashörner sind böse!«

»Wie kommst du denn darauf?«

»Hab ich gesehn. Im Film.«

»Im Kino?«

»Nein. Fernsehn. Da war ein Nashorn, das hat aber auch einen Helm aufgehabt und eine Uniform. Und das hat gegen die Menschen gekämpft und ganz viele totgemacht. Aber am Schluss hat der Ritter in der Kutsche mit den Raketen das Nashorn abgeschossen.«

Auf Saras Stirn bildete sich eine steile Falte. Die *Sendung mit der Maus* konnte das nicht gewesen sein.

»Und so was läuft … tagsüber?«

»Glaub nicht.« Jetzt zeigte Mischa sogar ein kleines Lächeln, das signalisierte: Ich weiß etwas, was du nicht weißt, und schlau bin ich auch.

»Papa hat eine DVD-Maschine. Und da kann man Filme gucken.«

»Und du kannst die bedienen?«

Ein breites Großer-Junge-Grinsen: »Natürlich.«

»Und da gibt's keine Kindersperre?«

»Was ist Kindersperre?«

Der Klingelton ihres Handys enthob Sara weiterer Erklärungen.

»Guten Tag, Frau Blohm.« Eine angenehme, fast schmeichelnde Männerstimme. »Mein Name tut vorerst nichts zur Sache. Ich bin ... ich war ein enger Vertrauter von Robert Mutius.«

Sara trat unwillkürlich ein paar Schritte zur Seite.

»Und was wollen Sie?« Ihre Stimme klang heiser und unfreundlicher als beabsichtigt.

»Ich denke, wir sollten das nicht am Telefon besprechen. Nur so viel: Robert hat mir für den Fall, dass ihm etwas zustößt, Vollmacht erteilt, über sämtliche Dokumente zu verfügen, die er Ihnen übergeben wollte.«

Sara wurde es heiß. »Sie ... haben die Dokumente?«, presste sie hervor.

»Ja, und es wäre sicher in Roberts Sinne, wenn wir uns mal zusammensetzen und schauen, was sich daraus machen lässt.«

»Ja. Natürlich. Wann? Wo? Ich bin bereit.«

»Sie werden verstehen, dass wir uns nicht in einem Lokal oder einem anderen öffentlichen Platz treffen können. Mein Vorschlag wäre deshalb: Wir treffen uns entweder bei Ihnen oder bei mir zu Hause. Wie Sie wollen. Wobei mein Eindruck ist, dass die Sache unbemerkter über die Runden gehen könnte, wenn Sie zu mir kommen. Ich wohne im *Hannibal*, im Asemwald. Da fällt Besuch nicht auf.«

Sara überlegte kurz. Was hatte sie zu verlieren?

Sie verabredete einen Termin für den morgigen Sonntag und notierte seine Adresse. »Aber einen Namen bräuchte ich jetzt doch noch.«

»Natürlich. Nachdem wir sozusagen handelseinig sind, ist das ja kein Problem. Klingeln Sie bei Mäurer. Mit ä-u.«

»Mit wem redest du da?« Mischa hing an Saras Beinen. »Ist Papa dran?«

Sie hielt die Hand auf den Hörer. »Nein, es ist nicht Papa. Ich bin gleich fertig.«

»Wer ist es dann?«

»Hallo, hören Sie«, versuchte Sara das Gespräch fortzusetzen. Doch Mäurer mit ä-u hatte schon aufgelegt.

»Ich möcht nach Hause«, quengelte Mischa. »Möcht fernsehn.«

»Okay, Schatz«, sagte Sara abwesend. Sie merkte, wie ihre Hände zitterten.

16

Martin Schwertfeger öffnete die Augen einen Spalt und linste auf die Digitalanzeige des Weckers. Gleich halb neun. Noch mal rumdrehn? Noch eine Runde Schlaf? Eine kleine wenigstens?

Der Kriminalhauptkommissar fühlte sich völlig zerschlagen. Stunde um Stunde hatte er sich auf verschwitzten Laken hin und her gewälzt. Erst am frühen Morgen war er eingedöst. Nicht mal die Flasche Untertürkheimer *Cabernet Cuvée*, die er vorm Zubettgehen getrunken hatte, verschaffte ihm etwas Ruhe. Immer wieder der Gedanke: Was hatte der Hinweis auf Wunderlich zu bedeuten, den er gestern beim Kickers-Spiel erhalten hatte? Ein Verdächtiger mit einem starken Motiv – die Wende in dem Fall? Und er? Aus der Schusslinie? Alles würde gut? Die Hoffnung machte ihn euphorisch, die Ungewissheit drückte ihn nieder.

Vermutlich hätte diese Achterbahnfahrt der Gefühle allein schon genügt, um ihm eine schlaflose Nacht zu bereiten. Doch da war noch etwas. Etwas Neues, Unerhörtes.

Er würde heute ein Rendezvous haben. Ein Rendezvous, vor dem er zitterte wie ein Teenager.

Ein Rendezvous mit seiner Tochter. Seiner verlorenen Tochter.

Beim Gedanken daran war er endgültig hellwach. Er schälte sich aus der Decke und schlurfte in die Küche. Vor allem anderen brauchte er jetzt einen starken Kaffee. In der Spüle stand bereits benutztes Frühstücksgeschirr. Esther war wohl schon weg. Schwertfeger erinnerte sich dunkel, dass sie zu irgendeiner Sonntagsmatinee wollte. Nicht, dass sie ihm das mitgeteilt hätte. Er hatte es zufällig mitbekommen, als sie sich am Telefon mit einer Freundin verabredete. Zumindest hatte er angenommen, dass es eine Freundin war.

Er öffnete die Kühlschranktür: Immerhin alles da, was man für ein Sonntagsfrühstück brauchte. Er nahm den abgepackten Serranoschinken und die halbe Honigmelone heraus – und stellte sie wieder zurück. Er konnte jetzt nichts essen.

Was sollte er überhaupt anziehen? Statt sich den Kaffee aufzubrühen, tappte er zum Kleiderschrank. Wie er Ramona wohl gefallen würde? Wenn sie den gleichen Geschmack hatte wie ihre Mutter, würde sie auf Jeans total stehen: Hose, Hemd, Jacke – alles musste aus Denim sein, am besten schwarzem Denim. »Darin siehst du einfach am geilsten aus«, pflegte Bea zu sagen. Bea …

22 Jahre musste das jetzt her sein, dass er sie zum ersten Mal gesehen hatte. Damals war er mit Kollegen vom Innenstadtrevier nach Dienstschluss öfter mal auf ein Bier ins *Calwer Eck* gezogen. Und da stand sie dann eines Abends vor ihnen. Eine Kellnerin, die sie hier noch nie gesehen hatten, in hautengen Jeans und schlichter weißer Bluse, auf die sanft gelocktes, pechschwarzes Haar herabfiel.

Eine klassische Schönheit. Schmales Gesicht, fein geschwungene Nase, volle rote Lippen, tiefblaue Augen. Schneewittchen. Für Martin war sie von Anfang an Schneewittchen.

»Womit kann ich Sie glücklich machen?«, hatte sie gefragt, als sie an den Tisch mit den Bullen trat. Seltsamerweise hatte die Frage gar nichts Anzügliches. Ihre blitzenden Augen und die Grübchen, die um ihre Mundwinkel tanzten, signalisierten einfach Fröhlichkeit. Ansteckende Fröhlichkeit.

Martin hatte sie fasziniert angestarrt. Sie hielt seinem Blick stand und lachte auf einmal laut heraus: »Nur angucken gibt's nicht. Sie müssen auch was bestellen.« Die Kollegen fanden das zum Brüllen komisch. Er selber grinste ein bisschen verlegen und orderte eine Runde Pils. Schneewittchen schenkte Martin ein Extra-Lächeln, das ihm nicht mehr aus dem Kopf ging. Aus dem Bauch erst recht nicht.

Ein harmloser Flirt, sicher. Doch die Besuche im *Calwer Eck* wurden häufiger.

Mit Esther war er seit sechs Jahren verheiratet, und bisher hatte nichts, aber auch gar nichts auf ein verflixtes siebtes Jahr hin gedeutet.

Doch seit Schneewittchen auf den Plan getreten war, nahm er Esther mit anderen Augen wahr. Glaubte deutlicher zu sehen, was ihr fehlte: das Spontane, Freche, Unberechenbare, Überraschende. Sie war rational, überlegt, intellektuell, zurückhaltend. Zu zurückhaltend?

Er stellte Vergleiche an – obwohl Schneewittchen doch nichts weiter war als eine Kellnerin, die ihm manchmal schöne Augen machte. Zumindest war sie das bis zu jenem Morgen, da Martin Schwertfeger auf dem Stuttgarter Wochenmarkt vor dem Rathaus Wochenendeinkäufe machte. Er wollte Esther mit frischem Spargel überraschen.

Ein besonders prächtiges Exemplar hielt er gerade zwischen Daumen und Zeigefinger und rieb daran herum. Er hatte irgendwo gelesen, dass frischer Spargel bei dieser Operation zu quietschen hatte.

Die Marktfrau beobachtete das seltsame Treiben mit unverhohlenem Argwohn. »Was soll'n des da werden?« fragte sie unwirsch.

»Ermittlungsarbeit, liebe Frau«, kam plötzlich eine Stimme von hinten. »Der Herr Kommissar geht einem schweren Verdacht nach.« Schwertfeger drehte sich um und sah in Schneewittchens lachendes Gesicht. Er musste mitlachen. Die Marktfrau nicht. Sie kniff misstrauisch die Augen zusammen.

Martin wurde übermütig. »Wer Spargel nachmacht oder fälscht oder nachgemachten oder gefälschten Spargel in Umlauf bringt, wird mit Spargelentzug nicht unter drei Monaten bestraft«, beschied er die Herrin des weißen Gemüses in amtlichem Ton. Schneewittchen prustete los, auch Martins Mundwinkel zuckten verdächtig.

Die Marktfrau war inzwischen zu dem Schluss gekommen, dass da Spaß auf ihre Kosten getrieben wurde. »Haut bloß ab, ihr Schofseckel!«, presste sie hervor. Martin und

Schneewittchen zogen kichernd ab. Wie Schulkinder, die einen besonders gelungenen Streich gespielt hatten.

Sie landeten an einem Zweiertischchen im *Café Königsbau*. Martin studierte die Karte. »Ich nehm 'nen Cappuccino. Und Sie?«

»Jetzt hör doch auf mit dem ›Sie‹. Ich bin die Bea.«

Martin musste schon wieder lachen. »Weißt du, wie ich dich bisher immer genannt habe? Informell sozusagen?«

Sie zuckte die Schultern.

»Schneewittchen.«

»Schneewittchen. So so.« Sie beugte sich nach vorn. Martin spürte ihren Atem.

»Dann bin ich also die Schönste im ganzen Land. Und was bist du? Der Zwerg Nummer sieben?«

Martin kramte fieberhaft in der Gehirnschublade, in der Grimms Märchen abgelegt waren. Was war denn noch mal mit dem siebten Zwerg? Irgendwas mit »Tellerchen gegessen« oder »Becherchen getrunken«?

Bea beobachtete amüsiert, wie es in ihm arbeitete.

»Ich komm nicht drauf.«

»Schneewittchen hat nicht nur gegessen und getrunken«, flüsterte Bea verschwörerisch. »Sie hat auch ein Bettchen gebraucht.« Kleine Kunstpause. »Das Bettchen von Zwerg Nummer sieben.«

»Und wenn das Bettchen schon besetzt ist?«

»Dann hab ich eine andere Idee.«

Martin hatte an diesem Samstag etwas Mühe, Esther zu erklären, warum das mit den Wochenendeinkäufen so lange gedauert hatte. Wo er doch am Ende nicht mal frischen Spargel dabeihatte.

So hatte es angefangen, und ein Ende war zunächst nicht abzusehen. Martin genoss die neue Situation. Esther war Alltag, Bea Feiertag.

Keine Minute hätte er daran gedacht, Esther zu verlassen. Dazu war der Vorrat an Gemeinsamkeiten mit Bea viel zu klein.

Bea war schön, sie war lustig, aber ohne Interessen, die über Mode und Popmusik erkennbar hinausgegangen wären.

Freilich brauchten die beiden nicht allzu viel Gesprächsstoff bei ihren sporadischen Treffen. Es war der pure Sex, der Martin »bei der Stange hielt«, wie er sich selbst gegenüber spöttelte.

Esther war abwartend im Bett, nicht sehr fantasievoll, und überließ meist ihm die Initiative. Bea dagegen war ein Vulkan. Ein Naturereignis. Sie schrie, kratzte, biss, tobte, brüllte ihre Lust heraus, trieb ihn an – und konnte doch auch schnurren wie ein unschuldiges Kätzchen.

Aber Bea war nicht unschuldig. Es dauerte eine ganze Zeitlang, bis Martin merkte, dass etwas nicht stimmte.

Er hatte schon damals sehr unregelmäßige Arbeitszeiten. Die Treffen mit Bea mussten deshalb meist kurzfristig organisiert werden. Seltsamerweise klappte das fast immer problemlos. Bea hatte gerade mal frei oder Urlaub. Oder sie hatte gekündigt und war auf der Suche nach einem neuen Job. Das behauptete sie zumindest.

Vor Martin breitete sie ein düsteres Sittengemälde über die Zustände in der Gastronomie aus. Geile Chefs, die sie betatschten. Sie ohne Steuerkarte beschäftigen wollten. Den vereinbarten Lohn nicht zahlten. Zustände, die sie sich nicht gefallen lassen konnte. Die sie zur Kündigung zwangen. Da hatte sie Martins volle Unterstützung. Auch finanziell. Er überbrückte die arbeitsfreien Zeiten mit kleineren Geldzahlungen. Später mit größeren. Das Sündenregister der Chefs wurde immer länger. Martins Brieftasche immer leichter. Und erste Zweifel kamen.

Doch Bea hatte eine beispiellose Begabung, Ausreden bis hin zu glatten Lügen so überzeugend und detailgespickt vorzutragen, dass Martin immer wieder zurücksteckte. Sogar Schuldgefühle bekam, weil er sie möglicherweise falschen Verdächtigungen aussetzte.

Ohnehin war da das schlechte Gewissen, weil er Bea ständig vertröstete, wenn sie nach ihrer gemeinsamen Zukunft fragte. »Gib mir Zeit«, war seine stereotype Antwort. Bea indes arbeitete auf ihre Weise an der Lösung des Problems.

Eines Abends, als sie wieder einmal bei ihr zu Hause saßen, in der kleinen Zweizimmerwohnung im Stuttgarter Osten, drückte sie sich an ihn, schenkte ihm ihr unwiderstehlichstes Lächeln und hauchte ihm »Überraschung!« ins Ohr.

Er sah sie erwartungsvoll an, als sie strahlend verkündete: »Schatz, wir bekommen ein Kind.«

Martins Gesichtszüge gefroren. »Hast du die Pille abgesetzt?«

Große Augen, unschuldsvolle Miene. »Wie kommst du denn darauf?«

»Wievielter Monat?«

»Fünfter.«

Martin sah sie ungläubig an. »Und du hast vorher nichts gemerkt, ja?« Er packte sie grob an den Schultern. »Auch letzte Woche wusstest du nichts, ja? Als ich dich nach deinem Bäuchlein gefragt hab.«

Er schüttelte sie. »Was hast du da noch gefaselt? Künftig weniger Sahnetorte?« Seine Stimme überschlug sich fast. »Und ich Idiot fall darauf rein!«

»Du tust mir weh. Und dem Kind auch.«

Er ließ von ihr ab und stierte auf die leichte Wölbung unter ihrem engen T-Shirt.

»Ich warte jetzt nur auf die Frage: ›Freust du dich denn gar nicht?‹« Sein Ton war eisig.

Sie setzte ihr Madonnenlächeln auf. »Ich werde das Kind auf jeden Fall bekommen. Und du wirst ein guter Vater sein.«

Martin wäre um ein Haar die Hand ausgerutscht. Er war sich fast sicher, dass sie die Pille absichtlich abgesetzt hatte. Und dass sie kühl berechnend bis zum fünften Monat mit der frohen Botschaft gewartet hatte. Ja, er war sich – *fast* – sicher. Und scheute dennoch die Konsequenz aus dem eklatanten Vertrauensbruch. Weil er sich doch auch wieder irgendwie schuldig – und verantwortlich fühlte. Die Vorstellung, eine schwangere Geliebte sitzen zu lassen, war ihm unerträglich.

Aber ein Kind mit ihr? Was sollte daraus werden? Mit Esther hatte er bereits zwei Kinder, der Bub war vier, das Mädchen fünf. Beides waren Wunschkinder, er hatte viel Freude an ihnen – wenn auch zu wenig Zeit für sie.

Der Bruch mit Bea kam dann doch schneller als erwartet. Je dicker ihr Bauch wurde, desto sporadischer waren ihre ohnehin sporadischen beruflichen Engagements geworden. Martin half weiterhin mit »Überbrückungsgeld« aus. Bis zu dem Abend, als ihn sein Weg nach Dienstschluss zufällig am *Café le Theatre* vorbeiführte. Vielleicht würde sich Bea ja freuen, wenn er sie an ihrer Arbeitsstelle besuchte. Doch es war nichts von ihr zu sehen.

»Bea Schwarzer?« Der Mann hinterm Tresen schüttelte den Kopf. »Die arbeitet hier nicht mehr. Die hat sich vom Acker gemacht. Ist sicher schon zwei Wochen her.«

Martin wollte Bea sofort zur Rede stellen, entschied sich dann aber abzuwarten.

Drei Tage danach rief ihn Bea auf seinem Diensttelefon an. Sie sei fast vergewaltigt worden, teilte sie ihm mit tränenerstickter Stimme mit.

»Wo?«

»Im *Le Theatre*. Dieses Schwein! Ich hab gerade gekündigt. Die sehen mich nie mehr.«

»Da geht's denen wie mir«, sagte Martin kalt und legte auf. Er schrieb Bea einen Brief, in dem er ihre Beziehung aufkündigte. Was das Materielle angehe, werde er seine Vaterpflichten natürlich erfüllen.

Zwei Monate später wurde Ramona geboren. Ein bildhübsches Mädchen, das mit ihm allerdings wenig Ähnlichkeit hatte, wie Martin fand. Doch er liebte das Kind, das er nie gewollt hatte, vom ersten Augenblick an.

Er kam zu Besuch, so oft es nur ging. Und immer wenn er sich verabschieden musste und Bea den Wonneproppen auf den Schoß nahm, sein Ärmchen nach oben hielt und »Mach dem Papa winke-winke« flötete, brach ihm fast das Herz. Doch ihm entging auch nicht, dass Kalkül dahintersteckte: Ramona sollte dazu herhalten, die Scherben ihrer Beziehung zu kitten.

Aber Martin ließ sich nicht mehr erweichen. Der Schlussstrich war endgültig. Das sah auch Bea irgendwann so – und zog ihre ganz eigene Konsequenz.

Es war ein Mittwochmorgen – Ramona war gerade ein halbes Jahr alt –, als Martin auf seinem Schreibtisch in der Dienststelle einen an »Herrn M. Schwertfeger persönlich/vertraulich« adressierten Briefumschlag vorfand. Er enthielt einen aus einem Notizblock gerissenen Zettel, auf den mit Kugelschreiber zwei dürre Sätze gekritzelt waren:

Habe Ramona zur Adoption freigegeben. Sie ist seit Montag bei ihren neuen Eltern. Gruß Bea.

Martin war wie betäubt, als er das las. Sein Magen krampfte sich zusammen. Das Zimmer schien zu brennen. Er jagte mit dem Auto durch die Stadt, rannte atemlos die Treppen hoch, drückte vor Beas Wohnung fast die Klingel durch die Wand, hämmerte schließlich mit den Fäusten gegen die Tür, bis ein Nachbar den Kopf herausstreckte.

»Das hat keinen Sinn, junger Mann, was Sie da machen«, erklärte er. »Die Dame ist gestern ausgezogen.«

Martin erinnerte sich genau, wie er auf die Knie gesunken war und hemmungslos geheult hatte.

22 Jahre war das jetzt her. Und heute – heute würde er Ramona wiedersehen.

Und er wusste immer noch nicht, was er anziehen sollte.

17

Drei riesige Blöcke. Langgestreckte Quader. 23 Stockwerke, 70 Meter hoch. Eine Wohnmaschine für 1800 Menschen. Der *Hannibal* in Stuttgarts Mini-Stadtteil Asemwald: für notorische Einfamilienhäusler ein Alptraum.

Für die meisten, die dort wohnen, ein Traum. Denn die grauen Betonklötze stehen mitten im Grünen, sind umgeben von Wald und Wiesen. Die Bewohner schwärmen von der gigantischen Aussicht bis zur Schwäbischen Alb. Und mancher schätzt, was andere fürchten: Anonymität.

Sara Blohms Augen wanderten unruhig über eine endlos scheinende Reihe von Klingelknöpfen und Namensschildern. Kein »Mäurer mit ä-ü«. War sie am richtigen Block, am richtigen Eingang? Sie trat zurück. Ein prüfender Blick: Die Hausnummer stimmte. Zweiter Durchlauf. Jetzt systematisch. Doch die Schilder verschwammen vor ihren Augen. Was war los mit ihr?

Sie versuchte tief durchzuatmen. Eben noch war ihr Puls auf 180 gewesen. Sie hatte Mischa bei seinem Vater abgeliefert – nach einem gemeinsam verbrachten Sonntag der unschöneren Sorte. Um den enttäuschenden Zoobesuch vergessen zu machen, hatte sie Mischa erlaubt, mehr fernzusehen als üblich. Doch mit dem Kinderkanal war er nicht zufriedenzustellen. Wie selbstverständlich hatte er nach der Fernbedienung gegriffen, um sich seine – wie er sagte – »Lieblingssendungen« auf *Super RTL* anzuschauen. Sara hatte sie ihm weggenommen und damit lautes Protestgeschrei geerntet. Schließlich hatten sie sich gemeinsam einen reichlich gewalttätigen japanischen Zeichentrickfilm angeschaut. Saras Versuche, mit dem Kleinen über die Gründe seiner Vorliebe zu reden, gingen dabei ordentlich in die Hose. Mischas Interesse an einer medienkritischen Debatte tendierte gegen Null. Als sie ihn schließlich am Abend zu Sven brachte, rannte er die Treppenstufen förmlich hinauf und klingelte Sturm. Als Mischa ihm um den Hals fiel, verzog Sven den Mund zu einem süffisanten Grinsen. »Na Großer, froh, wieder daheim zu sein?«

»Jaaa!« Mischa strahlte ihn an. Für Sara ein Stich ins Herz.

Auf der Fahrt zum Asemwald hatte sie vergeblich versucht, die Szene aus dem Kopf zu bekommen. Immer noch stand sie einigermaßen neben sich.

Jetzt reiß dich mal zusammen! Konzentrierter suchte sie nochmals die Namensschilder ab. Da – »Stefan Mäurer«. Sie richtete sich auf, straffte sich, warf den Kopf in den Nacken und drückte den Klingelknopf.

»Guten Abend, Frau Blohm. Schön, dass das so schnell geklappt hat.« Der Mann, der sie im 17. Stock empfing, trug einen anthrazitfarbenen Kaschmirpulli über einem blauweiß gestreiften Business-Hemd, eine hellblaue Jeans – und sah einfach umwerfend aus. Groß, schlank, durchtrainiert, schwarzes dichtes Haar, kurz geschnitten, dunkelbraune leuchtende Augen, ein einnehmendes warmes Lächeln: Sara war beeindruckt.

Die Wohnung, in die Mäurer sie hereinbat, wirkte dagegen eher kalt. Durchgestylt. Möbel von Rolf Benz, abstrakte Kunst an den Wänden, aber nichts, was Rückschlüsse auf den Menschen zuließ.

Ob er Single war? Kinder hatte? Geschieden war? Schwul?

»Was darf ich Ihnen zu trinken anbieten?« Mäurer riss sie aus ihren Gedanken.

»Och, ein Wasser. Ich muss noch fahren – und einen klaren Kopf behalten.«

»Kann nicht schaden.« Mäurer knipste sein Lächeln an.

Und knipste es aus. »Wir sollten gleich zur Sache kommen«, sagte er.

»Ich habe Ihnen …«, er stand auf, ging in ein Nebenzimmer und wuchtete einen großen Umzugskarton herein,

»… ich habe Ihnen hier mal die wichtigsten Dokumente zusammengestellt. Der Jahrhundertbetrug – schwarz auf weiß.« Er setzte den Karton vorsichtig ab.

»Und was man schwarz auf weiß besitzt, kann man getrost nach Hause tragen – sofern man's tragen kann«, bemerkte Sara launig.

»Keine Angst.« Mäurer lächelte wieder. »Ich bring's in Ihren Wagen. Aber lassen Sie mich zuerst mal erläutern …« – er begann, etliche Leitz-Ordner aus dem Karton zu ziehen – »… was für Schätze wir da haben.«

»Einen Moment. Lassen Sie mich erst mal wissen, wer genau Sie sind und warum ich Ihnen trauen sollte.«

»Natürlich. Meinen Namen kennen Sie. Es ist übrigens mein wirklicher Name. Sie können das überprüfen. Und sehen daran, dass ich unter Risiko mit offenen Karten spiele. Das kann ich nur deshalb machen, weil ich absolutes Vertrauen in Sie habe.«

Dieser Blick! Sara stellte sich vor, in der Tiefe seiner Augen zu versinken, fixierte dann aber lieber ein Fusselchen auf dem Kaschmirpulli.

»Robert … also Herr Mutius hat sein Vertrauen in Sie praktisch auf mich übertragen«, fuhr Mäurer fort. »Ich bin … ich war in dieser Angelegenheit sein einziger Vertrauter in der Firma. Als einer der obersten Controller in der Finanzabteilung habe ich Zugang zu praktisch allen wichtigen Dokumenten – und einen guten Kopierer.« Mäurer zeigte ein verhaltenes Lausbubenlächeln.

»Und die Vollmacht?«, warf Sara ein.

Mäurer griff nach einer schmalen Dokumentenmappe, die auf dem Couchtisch lag.

»Lesen Sie.«

Sara überflog den Text, der von Mutius unterschrieben und notariell beglaubigt war.

»Okay, dann lassen Sie mal sehen, was Sie in Ihrer großen Wundertüte haben. Ich fürchte ja, ich bin monatelang beschäftigt, das durchzuarbeiten.«

»Ganz so schlimm wird's nicht werden. Glücklicherweise hat Ihnen der gute Mutius einen – wenn man so will – letzten Dienst erwiesen. Hier: Die ganzen Schweinereien fein säuberlich aufgelistet. Roberts Testament.«

Er drückte ihr ein in braunes Leder gebundenes Ringbuch in die Hand.

Sara schlug es auf. Und las sich auf der Stelle fest.

Mutius hatte in der Tat gute Vorarbeit geleistet. Klare Gliederung. Präzise Formulierungen. Lesehilfen für die Akten, Vermerke, Computerausdrucke und Kontoauszüge in den Ordnern. 116 Seiten Dynamit.

Sara nahm kaum wahr, wie Mäurer ihr ein Glas Wasser einschenkte, ja, sie vergaß fast, dass er überhaupt im Raum war.

Was Mutius ihr gegenüber nur grob umrissen oder angedeutet hatte – hier wurde es plastisch: Wie die Gelder innerhalb des Konzerns verschoben wurden. Wie schwarze Kassen eingerichtet wurden und welchem Zweck sie dienten.

»Wahnsinn!«, entfuhr es Sara. »Wenn ich das richtig verstehe, gibt es da diverse Auslandstöchter, die wiederum Töchter haben, deren einziger Zweck es ist, Gelder aus Stuttgart zu kassieren, ohne eine Gegenleistung zu erbringen?«

»Gut zusammengefasst«, lobte Mäurer. Eine Spur zu gönnerhaft für Saras Geschmack.

»Da sind tatsächlich hohe Millionenbeträge geflossen für nichts«, fuhr Mäurer fort. »Die Beraterverträge, die Sie hier sehen, sind vollkommen fiktiv. Es gab absolut wertlose ›Gutachten‹ von drei, vier Seiten Länge – Sie haben eins davon in den Akten –, die wanderten bei uns sofort in Ablage P. Die horrenden Kosten sind aber natürlich gewinnmindernd von der Steuer abgesetzt worden.«

»Natürlich«, echote Sara.

»Die Sache geht aber noch weiter. Diese Töchter der Töchter, die haben wiederum Scheinverträge mit verschiedenen Briefkastenfirmen auf den Cayman Islands geschlossen. Endstation Steueroase. Ein undurchsichtiges, immens steuersparendes Geflecht.«

»Wahnsinn mit Methode«, befand Sara. »Aber wozu eigentlich hat man das Geld auf den Caymans gebunkert?«

Mäurer ließ ein langgezogenes »Oooch« vernehmen. »Für schwarze Kassen gibt's immer Bedarf. Denken Sie nur, was ein Weltkonzern investieren muss, wenn er im Ausland an Aufträge kommen und die Konkurrenz ausstechen will. Mit ein bisschen Bakschisch ist es da nicht getan.« Er verzog den Mund zu einem ironischen Grinsen. »Und sogar in unseren Breiten scheint es ja ab und an gewissen – Schmierbedarf zu geben.«

»Biehler«, tippte Sara.

»Zum Beispiel. Unser Mann vom Fiskus. Der jetzt einen schöneren Wagen fährt. Wie es dazu kam – alles dokumentiert.« Mäurer wies mit einer weit ausholenden Handbewegung zu dem Aktenberg hinüber.

»Prima«, sagte Sara. »Bleibt nur eine Frage: War es dem KONZERN einen Mord wert, dies alles unter der Decke zu halten?«

»Finden Sie's raus!«

»Sie haben keinerlei Anhaltspunkte?«

»Ich möchte da zum jetzigen Zeitpunkt nicht spekulieren.«

»Aber mit Ihren Verbindungen – Sie sind doch ganz nah dran.«

Sie schaute ihm in die Augen und lächelte ihn an. »Ohne Sie werde ich's nicht schaffen. Aber als Team – sind wir vielleicht unschlagbar.«

Er fuhr ihr mit einer fast unmerklichen Bewegung über den Handrücken. »Nun gut. Ich werde sehen, was ich tun kann. Es ist mir schon immer schwergefallen, einer schönen Frau einen Wunsch abzuschlagen.«

Eigentlich müsste man ihm dafür eins in die Fresse geben, dachte Sara. Andererseits war da diese Stimme, waren diese Augen … Und »schöne Frau« hatte sie schon lange niemand mehr genannt. Schon gar kein schöner Mann.

Was willst du, Stefan Mäurer, dachte Sara. Und was will ich?

18

Kriminalhauptkommissar Martin Schwertfeger trat in der Ankunftshalle des Stuttgarter Flughafens von einem Bein aufs andere. Wenn alles planmäßig lief, würde die Lufthansa-Maschine aus Hamburg in fünf Minuten auf die Landebahn rollen. Mit Ramona auf der Passagierliste.

Schwertfeger hatte am Ende der Versuchung widerstanden, sich von Kopf bis Fuß in Black Denim einzukleiden. Stattdessen hatte er sich für die dicke sandfarbene Cordhose – auch wenn sie am Bauch spannte –, den dunkelbraunen Rollkragenpullover und die cognacfarbene Lederjacke entschieden. Das war sportlich und seriös zugleich, fand er. Angemessen für einen älteren Herrn, der gleichwohl – ja doch – irgendwie Eindruck machen wollte. Gewinnend wirken wollte. Auf die verlorene Tochter ...

Seit gut vier Wochen wusste er von ihr. Es war ein Freitagabend gewesen, er war allein im Büro, um noch vor dem Wochenende einen Stapel Akten aufzuarbeiten, als das Telefon klingelte.

»Hallo, Herr Kommissar.«

Sie musste sich nicht vorstellen. Schwertfeger erkannte die Stimme sofort.

Bea.

Sie hielt sich nicht lange mit Vorreden auf.

»Du erinnerst dich vielleicht, dass du eine Tochter hast«, begann sie. »Groß gekümmert hast du dich ja nicht darum.«

In Schwertfeger stieg eine ohnmächtige Wut auf. Seine Stimme bebte.

»Du unterstehst dich tatsächlich ... Wer hat denn damals das Kind an fremde Leute gegeben? In einer Nacht- und Nebelaktion?«

»Weil sein Vater aus der Verantwortung geflüchtet ist!«

»Was??«

Aus dem Hintergrund drangen kehlige Wortfetzen, vermutlich eidgenössischer Provenienz, durch den Hörer. Bea war offenbar nicht allein.

»Ach, beruhig dich, Köbi, ich mach das schon selber«, hörte Schwertfeger ihre abgewandte Stimme. Und dann wieder an Martins Adresse: »Mein Mann. Freundliche Grüße von ihm. Na ja, vielleicht nicht ganz so freundliche. Egal. Falls es dich interessiert: Ich bin inzwischen Schweizerin. Wir wohnen seit sechzehn Jahren in Bern. Da hat uns auch Ramona letzte Woche besucht.«

Verdammt! Sie war schon in ihren Fängen gewesen!

»Und wie … habt ihr Kontakt zu ihr bekommen?«

»Ja wie wohl!«, trumpfte Bea auf. Sie war ganz in ihrem Element. Treusorgende Mutter kontra Rabenvater. »Wir haben uns eben ein bisschen bemüht. Haben beim Jugendamt nachgefragt. Unsere Adresse hinterlassen. Du weißt ja vielleicht, dass Adoptivkinder ab 16 die Namen ihrer leiblichen Eltern erfahren dürfen – wenn sie das wollen. Ramona wollte lange Zeit nicht. Sie hat uns erzählt, dass sie einfach Angst gehabt hat. Dass die Enttäuschung vielleicht zu groß würde. Weil, mit ihren Adoptiveltern muss sie sich prächtig verstanden haben. Da hat sie wohl unheimlich Glück gehabt.«

»Gott sei Dank«, sagte Schwertfeger erleichtert.

»Also bei uns hat sie sich auch unheimlich wohl gefühlt. Und wir haben sie gleich richtig ins Herz geschlossen. Hübsch ist sie geworden. Und so klug. Studiert in Hamburg. BWL. Du wirst sie auch lieben. Deine Tochter. Deine süße Tochter.«

Beas Anklageton war bruchlos in ein sanftes Gurren übergegangen.

Nichts verlernt nach all den Jahren. Respekt, Bea. Nichts verlernt.

Sie hatte es wieder geschafft. Schuldgefühle und schlechtes Gewissen mobilisieren: ihre Spezialität. Aber es stimmte auch: Er hatte sich nicht gekümmert.

Und jetzt stand er mit leeren Händen da. Buchstäblich. Der Flieger war schon gelandet. Ob er doch noch schnell nach einem Blumenstrauß schauen sollte? Aber welche Blumen schenkt man seiner – Tochter?

Es war ohnehin zu spät. Die Passagiere des Flugs LH 2817 strömten ihm entgegen, und da … Schwertfeger hielt den Atem an.

Die Frau, die da ein bisschen zögernd auf ihn zukam und ihn fragend anlächelte, das war … Bea!

Déjà vu.

So sah sie aus. Bea – vor 22 Jahren.

Kim Novak aus *Vertigo* raste durch sein Hirn. Die blonde Kim Novak.

Und hier: die schwarze Bea.

Ramonas Haar: Pechschwarz wie das ihrer Mutter.

Ihre Augen: Beas Augen.

»Sind Sie … bist du Martin Schwertfeger?«

Beas Stimme.

Fehlte nur noch, dass sie zwischen Bauchnabel und Schamhaaransatz das gleiche centstückgroße Muttermal hatte. Martin spürte, wie sich unterhalb *seines* Schamhaaransatzes etwas zu versteifen begann.

Also das geht ja nun gar nicht!

Er löste seinen Blick von ihrer messingglänzenden Gürtelschnalle.

»Ähm, ja, ich bin Martin. Und wer du bist, hab ich dir natürlich gleich angesehn. Du bist ja deiner Mutter wie aus dem Gesicht geschnitten.«

Er überlegte sich, ob er sie in den Arm nehmen sollte. Begrüßungsküsschen links, rechts?

Die Überlegung dauerte zu lang.

Er streckte ihr langsam die Hand entgegen. Sie griff zögernd zu.

Mit dem Taxi fuhren die beiden ins Stuttgarter Zentrum. Im *Café Künstlerbund* am Schlossplatz fanden sie auf der kleinen Empore ein Tischchen im Eck.

Martin versuchte das Gespräch in Gang zu bringen. Mit Fragen nach ihrem Studium in Hamburg, nach den Adoptiveltern. Ramona antwortete einsilbig.

Martin spürte, wie seine Unsicherheit wuchs. Er hoffte, das Eis mit mehr oder minder spaßigen Anekdoten aus dem Polizistenleben zu brechen. Sie lachte höflich. Die Befangenheit blieb.

Was hatte Bea ihr erzählt? Über ihn? Über die Adoption?

Er fasste sich ein Herz. »Weißt du denn, wie das damals dazu kam? Warum du – weggegeben worden bist?«

»Meine Mutter hat damals wohl eine schwere Zeit durchgemacht. Sie kam an einen Punkt, wo sie keine Kraft mehr hatte.«

»Hat sie das so gesagt?«

»Ja. So der Spur nach, ja.«

»Und ... hat sie auch über mich gesprochen?«

»Ach, mir wäre viel lieber, *du* würdest über dich sprechen.«

Ja. Aber was sollte er über sich erzählen? Dass er gerade dabei war, seine Karriere, sein Ansehen, die Altersversorgung, ja seine ganze Zukunft zu verspielen und seine Familie dem Spott der Öffentlichkeit preiszugeben?

Aber da war noch etwas, das ihn daran hinderte, sich Ramona wirklich zu öffnen. Es war ihre frappierende Ähnlichkeit mit Bea, die ihn anzog – und zwar mehr, als einer Vater-Tochter-Beziehung zuträglich war –, ihn aber zugleich auch abstieß.

Ramonas Stimme riss ihn aus seinen Gedanken.

»Was mich ja noch interessieren würde: Wirst du es ihr sagen?«

Martin blickte irritiert auf. »Wem?«

»Na, deiner Frau. Oder sollen wir uns jetzt immer heimlich treffen? An verschwiegenen Orten?«

»Bea, weißt du ...«

»Ich bin nicht Bea!« Ramonas Augen blitzten.

»Entschuldige …, Ramona.« Er strich ihr begütigend über den Handrücken, sie entzog sich ihm.

Falsche Geste, verdammt.

»Natürlich werde ich ihr alles erzählen. Und wir werden zusammen für dich da sein. Es ist nur so, dass wir momentan in … einer schwierigen Situation sind. Beziehungsknatsch. Kennst du vielleicht.« Er versuchte ein Lächeln.

»Okay. Wenn ihr miteinander klar seid, meldest du dich bei mir.«

Sie griff nach ihrem Köfferchen.

»Und ansonsten viel Glück bei der Jagd.«

»Welcher Jagd?«

»Auf Zorro natürlich.«

19

Schwertfeger schaute auf die Uhr. Vier Minuten vor eins. »Wird wohl nichts mehr mit Mittagessen heute.« Nadine Dürkheim zuckte die Achseln. »Essen wird eh überschätzt.«

Für 13 Uhr war die große Konferenz anberaumt. Auf dem schmalen Flur herrschte ungewohntes Gedränge, vor dem Kaffeeautomaten bildete sich – ungeachtet der zweifelhaften Qualität seiner Ausschüttungen – eine lange Schlange.

Polizeipräsident Meisenberg hatte Wort gehalten. Die Soko *Swinger* war auf über fünfzig Mann aufgestockt worden. Sie tagte nicht mehr in einem überheizten Kabuff, sondern im wohltemperierten, größten Sitzungsraum des Polizeipräsidiums.

Martin Schwertfeger hatte seine Unterlagen auf dem Tisch ausgebreitet und wollte die Sitzung gerade eröffnen, als Meisenberg hereinstürmte.

»Augenblick, Augenblick! Lassen Sie mich erst mal!« Der Präsident war leicht außer Atem. Seine Augen flackerten nervös.

»Kolleginnen, Kollegen! Ich habe eben ein Telefongespräch mit dem Innenminister geführt. Ich muss Ihnen nicht sagen, wie seine Erwartungen sind. Er hat ein« – Meisenberg räusperte sich – »ein gewisses Unverständnis, um es ganz vorsichtig zu sagen, zum Ausdruck gebracht, was die bisherigen Ermittlungsergebnisse angeht. Ich hoffe, ich kann ihm von unserem heutigen Zusammentreffen das eine oder andere Positive berichten. Bitte.« Er nickte Schwertfeger zu.

»Danke, Herr Präsident. Wir geben natürlich wie immer unser Bestes, um ministerielle Erwartungen zu befriedigen.«

Peter Zielinski kicherte, Meisenberg blinzelte irritiert und schien einem ironischen Unterton in Schwertfegers Bemerkung nachzulauschen.

Der stieg ungerührt in die Tagesordnung ein.

»Mellenkamp, was wissen wir über den BMW, in dem dieser Zorro angeblich unterwegs war?«

Kriminalkommissar Thomas Mellenkamp schloss die Sichtprüfung seiner Fingernägel ab und erhob sich.

»Tja, ich kann's kurz machen. Wir haben keine weiteren brauchbaren Hinweise. Silbergraue Dreier-BMWs gibt's natürlich wie Sand am Meer. Und wir wissen nichts über das Kennzeichen, keinen Buchstaben, keine Zahl.«

Martin Schwertfeger verbarg seine Genugtuung perfekt. Neutral fuhr er fort:

»Die Kostümverleihe. Was ist damit, Gräber?«

»Wir haben die Untersuchung auf ganz Deutschland ausgedehnt. Kaufhäuser, Karnevalsbedarf, auch Theaterfundusse. Sagt man Fundusse? Egal. Wir haben sämtliche Personen, die Zorro-Kostüme erworben haben, überprüft. Der einzige Erfolg: In Delmenhorst konnte einer festgenommen werden, der im Zorro-Kostüm seinem Chef aufgelauert und ihm eine Abreibung verpasst hat.«

»Gute Idee eigentlich«, kam es irgendwo aus den hinteren Reihen. Einige lachten.

Schwertfeger bat um Ruhe.

»Wisst ihr, was ich glaube?« Peter Zielinski hatte sich aus seiner halb liegenden Position in die Senkrechte katapultiert. »Ich glaube, der Kerl hat das Kostüm schon länger. Wer sagt uns denn, dass er's zu dieser Faschingssaison gekauft hat? Vielleicht lag das Ding schon seit Jahren auf dem Speicher rum und ist jetzt reaktiviert worden. Ich hab da bei uns auf dem Dachboden auch schon die tollsten Entdeckungen gemacht. Was T-Shirts angeht, mein ich.«

»So sieht das Teil auch aus«, bemerkte Mellenkamp trocken und hatte die Lacher auf seiner Seite.

»Mir ist das ein bisschen zu fröhlich hier«, sagte Schwertfeger. Meisenberg nickte heftig.

»Angesichts der prekären Lage und der bisher dürftigen Ergebnisse wünsche ich mir ein bisschen mehr Ernst. Ist denn die Überprüfung der *Exquisit*-Besucher mittlerweile abgeschlossen?«

»Wir vernehmen ja rund um die Uhr«, sagte Günter Gräber. »Seit heute Mittag haben wir alle durch.«

»Und?« Meisenberg schoss mit dem Kopf vor wie ein Habicht.

»Wir haben zumindest eine Zeugin, die gesehen haben will, wie Zorro in Richtung SM-Raum gegangen ist. Gegen halb neun, also zur vermutlichen Tatzeit.«

»Das ist alles?« Der Präsident schien fassungslos. »Das bestätigt doch nur, was wir ohnehin schon als gesichert annehmen. Dass dieser Zorro der Täter ist.«

Schwertfeger hakte vorsichtig ein. »Ich würde den Begriff ›gesichert‹ doch etwas relativieren. Immerhin haben wir mit Bernhard Michaelis einen Verdächtigen, der ein Motiv und kein Alibi hat. Und ich bin jetzt auch dafür, ihn ein wenig härter ranzunehmen. Vorladung. Verschärfte Vernehmung. Speichel-Test.«

»Das Thema hatten wir doch schon mal.« Oberstaatsanwalt Rüdiger Stolze klang gereizt.

»Und ich bin dafür, das wieder auf die Tagesordnung zu setzen«, beharrte Schwertfeger. »Und zwar umfänglicher als bisher. Meiner Ansicht nach kommen wir nicht drum herum, alle *Exquisit*-Besucher von vergangenem Dienstag einem DNA-Test zu unterziehen.«

Heftiges Gemurmel im Saal.

»Weil wir Wattestäbchen haben, deren Verfallsdatum gerade abläuft, oder was?« Ein typischer Dörflinger. Er lachte. Als Einziger.

»Ihr Vorschlag, Herr Kriminalhauptkommissar, ist völlig unangemessen«, stellte der Staatsanwalt knapp fest.

»Erscheint mir auch etwas übertrieben«, assistierte Gräber, wagte aber nicht, seinem Chef in die Augen zu schauen.

Jetzt hielt es auch den Präsidenten nicht mehr. »Wie stellen Sie sich das vor? Wir haben etliche prominente Namen unter den Besuchern, die wir der Presse bisher nicht zum

Fraß vorgeworfen haben. Zu Recht. Sie haben schließlich nichts verbrochen. Was meinen Sie, was passiert, wenn wir die alle zur DNA-Untersuchung vorladen? Und was werden die Schreiberlinge dann hinausposaunen? Der wahre Mörder läuft frei herum, und der Polizei fällt nichts Besseres ein, als Unschuldige unter Generalverdacht zu stellen! Ich seh die Schlagzeilen vor mir und kann nur sagen: Nein danke!«

Schwertfeger biss sich auf die Lippen. War er zu unvorsichtig gewesen? Egal. Da musste er jetzt durch.

»Vielleicht erscheint Ihnen mein Vorschlag etwas plausibler, wenn ich Ihnen sage, dass wir inzwischen einen weiteren Verdächtigen haben …«

Erneutes Gemurmel, Zwischenrufe: »Warum wissen wir davon nichts?«

»… einen weiteren Verdächtigen, auf dessen Spur ich am Wochenende durch Zufall gekommen bin. Woraus sich natürlich die Frage ergibt, ob nicht auch andere Besucher Tatmotive hatten, auf die wir bisher nicht gestoßen sind.«

Wieder hob ein Gemurmel an.

Nadine Dürkheim meldete sich mit fester Stimme zu Wort. »Also mir leuchtet der Vorschlag von Hauptkommissar Schwertfeger ein. Ich habe ihn übrigens heute bei der Vernehmung des neuen Verdächtigen begleitet, und ich denke, es ist an der Zeit, Sie davon in Kenntnis zu setzen.«

Schwertfeger sah dankbar zu ihr hinüber. Wobei ihm nicht entging, dass derweil Egon Dörflinger seinem Nebenmann Gräber etwas ins Ohr flüsterte. Abschätzig grinsend.

»Nun, Frau Kollegin«, sagte Schwertfeger, »dann berichten Sie doch kurz über das Gespräch mit Herrn Wunderlich.«

»In einem halben Jahr hat die deinen Job.« Diesmal war Dörflingers Flüstern so laut gewesen, dass Schwertfeger es hören konnte. Cool bleiben, ermahnte er sich, während sein Stellvertreter Günter Gräber die Lippen angespannt aufeinander presste.

»Vielleicht«, so begann Nadine Dürkheim ihren Bericht, »vielleicht sollte ich Ihnen zu Anfang etwas über die Lebensumstände des Verdächtigen erzählen. Die sind nämlich durchaus ungewöhnlich.«

Kann man wohl sagen, dachte Schwertfeger. Aufgegangen war ihm das bereits am Morgen, als er Wunderlichs Adresse ins Navi eingab. »Lübecker Straße 36 … ist das nicht auf dem Hallschlag?« Nadine Dürkheim hatte mit den Schultern gezuckt.

»Doch klar, das muss da sein«, bekräftigte Schwertfeger.

»Ja, und?«, fragte die Neu-Stuttgarterin. »Ist dort Schweinegrippe-Sperrgebiet?«

»Das nicht gerade«, schmunzelte Martin. »Aber der Hallschlag hat halt keinen guten Ruf. Für viele Stuttgarter ist er schlicht eine Asozialensiedlung. Arbeitslose, Ausländer, Arme. Jugendbanden. Kriminalität. Da will eigentlich niemand hin. Es soll Personalchefs geben, die schicken Bewerbungen, auf denen eine Adresse auf dem Hallschlag steht, unbesehen zurück. Ist natürlich alles ein bisschen übertrieben. Es hat sich dort in den letzten Jahren auch manches ganz positiv entwickelt, die Stadt hat einiges reingesteckt. Aber ist der Ruf erst ruiniert …«

Sie schlängelten sich in ihrem Dienstmercedes die Altenburger Steige hoch, fuhren dann an langen Reihen gesichtsloser Mietskasernen vorbei. Als sie in die Lübecker Straße einbogen, brachen immerhin einige Sonnenstrahlen durch den wolkenverhangenen Stuttgarter Winterhimmel und tauchten die Tristesse in ein etwas milderes Licht.

Vor dem Haus Nummer 36 lungerte ein Trupp Baseballkappenträger als Empfangskomitee herum. »He, Alter, hast 'ne Zigarette?« Schwertfeger und Dürkheim zeigten ihre Dienstausweise. »He, kuck mal, was für Tussen sie jetzt bei den Bullen haben! Geil!«

Martin Schwertfeger studierte die Klingelschilder. Ein Sammelsurium türkischer und wohl auch kroatischer Namen. Ganz oben rechts, handschriftlich auf einem karierten Papierfetzen: »Wunderlich«. Schwertfeger drückte den Knopf.

»Klingel is kaputt«, erklärte einer aus dem Empfangskomitee. »Tür is offen.«

Dürkheim und Schwertfeger stiegen hoch. Im dritten Stock vermuteten sie Wunderlichs Wohnung. Ein Türschild gab es nicht.

Martin klopfte. Einmal. Zweimal. Dann heftiger. Schließlich hämmerte er mit den flachen Händen gegen das Türholz, das vermutlich mal einen weißen Anstrich gehabt hatte.

»Ja ja. Was denn los? Feueralarm?« Eine verschlafene Stimme. Etwas heiser. Etwas genervt.

Ein Schlüssel drehte sich im Schloss. Die Tür öffnete sich einen Spalt.

Ein Mann um die vierzig. Seine dunkelblonden Haare hingen ihm in Strähnen ins Gesicht.

»Ja?«

»Polizei. Dürfen wir uns mit Ihnen unterhalten?«

»Wenn Sie an diesem schönen Montag nichts Besseres vorhaben. Worum soll's denn gehen?«

»Mordfall Mutius.«

»Da hat mich doch irgendein Kollege von Ihnen schon mal ausgequetscht.«

»Wir würden gern weiterquetschen.«

»Quetsch as quetsch can, wie?« Ein heiseres Lachen.

Er ließ sie ein in einen dunklen Flur, der mit Umzugskartons vollgestellt war. »Bin leider noch nicht dazu gekommen, mich vollständig einzurichten in meinem schönen neuen Reich.«

Die Polizisten drückten sich an den Kartons vorbei und folgten Wunderlich ins Wohnzimmer – oder das, was vielleicht einmal ein Wohnzimmer werden sollte.

Die Rollläden waren noch geschlossen, doch eine nackte Glühbirne, die von der Decke baumelte, tauchte den Raum in ein grelles, kaltes Licht. Die ocker-orange-braune 70er-Jahre-Tapete, die die Wände bisher geschmückt hatte, hing an einigen Stellen in Fetzen herunter und gab den Blick auf ein darunterliegendes Blümchenmuster frei. Der schmutziggraue Teppichboden war mit unzähligen schwarzen Flecken gesprenkelt. Bunt im Zimmer verteilt standen weitere, teils geöffnete Umzugskartons nebst Farbeimern, Pinseln und mehreren Rollen Raufasertapete.

Inmitten des Chaos prangte eine elegante Couchgarnitur aus bordeauxrotem Leder und ein schwarzes Lacktischchen.

»Setzen Sie sich ruhig. Die sind nicht geklaut«, sagte Wunderlich.

Dürkheim und Schwertfeger versanken in den Lederpolstern.

»Sie sehen, ein bisschen was hab ich noch retten können«, fuhr Wunderlich fort. »Aber die Wohnung halt nicht. Zu groß. Zu teuer.«

»Man hat Sie rausgeworfen?«, fragte Nadine Dürkheim.

»Kann man so sagen«, brummte Wunderlich. »Oder ich hätte die Miete selber zahlen müssen. Aber zahlen Sie mal 1600 Euro, wenn Sie 374 Euro im Monat bekommen.«

»Sie haben früher auf großem Fuß gelebt?«

»Na ja. Schlecht ging mir's nicht. Wohnung im Mühlrain, Halbhöhenlage, Blick in den Kessel. Ein 911er. Cabrio. Verdienst beim KONZERN war auch okay. Mittleres Management halt.«

»Und dann ging's irgendwann bergab.«

»Ja. Alles fing damit an, dass ich vor gut 'nem Jahr gekündigt hab'. Aber anscheinend« – sein Ton wurde bitter – »anscheinend ohne wichtigen Grund. Man hat mir nämlich gleich das Arbeitslosengeld für die ersten drei Monate gesperrt. Das Ganze fiel passenderweise mit der Scheidung von meiner Frau zusammen. Da haben sie mir ordentliche Unterhaltszahlungen aufgebrummt. Kam alles nicht so wirklich gelegen, nachdem mir die Finanzkrise mein Vermögen regelrecht zerbröselt hatte. Tja, und jetzt seit anderthalb Monaten Hartz IV. Mieterstattung nur, wenn ich einen angemessenen Wohnraum nachweise.«

»Aber dieses Loch hier, mit Verlaub …«

»Sie haben gut reden. Finden Sie in Stuttgart mal eine Wohnung, die in die Zuschussrichtlinien des Arbeitsamts passt. Da können Sie suchen, bis Sie schwarz werden. Und alles, was übers Budget des Amts hinausgeht, müssen Sie selber zahlen. Das Geld hab ich aber nicht.«

»Für den Besuch eines schweineteuren Swingerclubs scheint's zu reichen«, hakte Nadine Dürkheim ungerührt ein.

Kai Wunderlich warf ihr einen verächtlichen Blick zu.

»Was wissen denn Sie? Sie haben doch keine Ahnung!«

»Deswegen sind wir ja hier«, sagte Schwertfeger ruhig. »Damit Sie uns etwas Ahnung verschaffen. Also: Warum um alles in der Welt haben Sie vergangenen Dienstag mehr als die Hälfte Ihres monatlichen Hartz-IV-Satzes im *Eleganten Treff* auf den Kopf gehauen?«

Kai Wunderlich kniff die Augen zusammen. »Weil ich mal etwas Abwechslung brauchte?«

»Oder weil Sie endlich mal wieder Ihren ehemaligen Chef treffen wollten, dessentwegen Sie den Bettel damals hingeworfen haben?«

»Sie wissen …?«

»Natürlich wissen wir. Deswegen sind wir hier. Und Sie werden uns jetzt nicht erzählen, dass Sie aus reinem Zufall am gleichen Abend im gleichen Etablissement wie Herr Mutius waren.«

Kai Wunderlich atmete tief durch. Er entschied sich für die bockige Tour. »Ich kann in meiner Freizeit machen, was ich will.«

»Sicher. Solange das Erdrosseln von Wirtschaftsbossen nicht zu Ihren Freizeitbeschäftigungen gehört.«

»Sie glauben doch nicht im Ernst …«

Nadine Dürkheim fuhr ihm über den Mund. »Sie haben ein exzellentes Motiv, Herr Wunderlich: Rache. Und Sie haben uns bisher keinen plausiblen Grund nennen können, warum Sie im *Exquisit* waren. Wenn sich daran nichts ändert, werden wir Sie vorläufig festnehmen müssen.«

Martin Schwertfeger schmunzelte innerlich: Da würde der Oberstaatsanwalt sicher auch noch gern ein Wörtchen mitreden. Und dies Wörtchen hieße wohl angesichts der dürftigen Beweislage eindeutig »Nein«.

Aber immerhin: Der Bluff wirkte.

»Gut. Es war kein Zufall, dass ich an dem Abend dort war. Ich wusste, dass er dort auftauchen würde.«

»Woher?«

»Ich habe einen Tipp bekommen. Mehr möchte ich dazu nicht sagen.«

»Okay. Wie war Ihr Plan?«

Kai Wunderlich klaubte eine Zigarette aus einer verknitterten Packung. Nadine Dürkheim gab ihm Feuer. Er beugte sich zu ihr hin, fixierte ihre Augen und inhalierte tief. »Eine fesche Kollegin haben Sie da, Herr Kommissar. Und so *tough*.«

»Wie war Ihr Plan?«, beharrte Schwertfeger.

Wunderlich sah den Rauchkringeln nach. »Mit einem guten Smartphone«, begann er, »kriegt man heutzutage schon ganz brauchbare Fotos hin. Ich hab das Gerät in den Bund meiner Unterhose geklemmt und bei Bedarf geschossen. Unter dem Umhang, den ich getragen habe, ließ sich das ganz gut verstecken.«

»Sie haben Mutius fotografiert. Was wollten Sie? Ihn erpressen?«

Wunderlich zuckte die Achseln.

»In der Verkleidung konnte man ihn doch kaum erkennen«, sagte Schwertfeger.

»Das hätte sich später am Abend sicher geändert«, entgegnete Wunderlich. »Aber dazu ist es ja nicht mehr gekommen.«

»Also doch: versuchte Erpressung.«

»Ich hätte die Fotos auch nur so ins Internet stellen können.«

»Einfach um ihn in der Öffentlichkeit unmöglich zu machen?«

»Warum nicht?«

»Sie haben ihn gehasst«, resümierte Nadine Dürkheim. »Warum?«

Wunderlich kippte die Zigarettenasche achtlos auf den versifften Teppichboden, stand auf, öffnete das Fenster und zog den Rollladen zurück. Er blickte lange hinaus auf die gegenüberliegende graue Häuserfassade, wandte sich dann abrupt um und sagte leise: »Er hat mein Leben zerstört.«

»Mobbing?«

»Ich mag das Wort nicht. Zerstören. Das Ansehen ruinieren. Die Würde nehmen. Das wäre passender.«

»Was war der Anlass?«

Wunderlich fuhr sich durchs strähnige Haar. »Mir war aufgefallen, dass in unserem Bereich – dem Vertrieb – immer wieder mal Gelder abgezweigt wurden und wie in einem schwarzen Loch verschwanden. Ich dachte erst an versehentliche Fehlbuchungen. Doch ich bekam immer mehr das Gefühl, dass das Ganze einem System folgte. Ich hab Mutius darauf aufmerksam gemacht. Und mein Eindruck war erst mal: Er nimmt das sehr ernst. Jedenfalls hat er die Angelegenheit sofort zur Chefsache erklärt und an sich gezogen.«

»Und sie damit Ihnen entzogen?«

»Genau. Dann passierte erst mal eine Weile nichts. Bis die Sticheleien losgingen. Meine Arbeit wurde kritisiert. Kleinigkeiten aufgeblasen. Sogar öffentlich, auf Konferenzen wurde ich wegen Nichtigkeiten in den Senkel gestellt. Mein *standing* innerhalb der Abteilung sank rapide. Kaum einer der jüngeren Kollegen kam mehr, um sich Rat bei mir zu holen. Ich fühlte mich wie ein Aussätziger. Immer öfter bekam ich Tätigkeiten zugeschoben, die sonst keiner machen wollte. Von wichtigen Projekten wurde ich abgeschnitten. Doch das alles genügte offenbar noch nicht. Eines Tages kam Mutius zu mir und sagte in diesem falschen väterlichen Ton, den er an sich hatte, er müsse unter vier Augen mit mir reden. Die Innenrevision, behauptete er, habe schwerwiegende

Fehler in meinem Controlling-Bereich entdeckt. Er wisse nicht, ob er mich noch schützen könne. Ich hab mir die angeblich so fehlerhaften Ausarbeitungen zeigen lassen, und ich kann Ihnen heute nur das sagen, was ich damals auch gesagt habe: Die Fehler sind nachträglich reinfabriziert worden. Absichtlich. Ich hab dann einen ziemlichen Aufstand gemacht. Was die Situation nicht verbessert hat. Man hat mir meinen Aufgabenbereich weggenommen und mich – bei gleichem Gehalt – zum gehobenen Däumchendrehen in einer anderen Abteilung verdonnert. Dort hatte ich den Ruf des nichtsnutzigen Querulanten. Das Ganze hat mich so gestresst« – er machte eine Pause und schluckte – »dass ich auch zu Hause immer unausstehlicher wurde, unnahbar, cholerisch. Dass sich meine Frau von mir scheiden ließ – ich kann es ihr nicht verdenken.«

Kai Wunderlich war während seines Berichts im Zimmer nervös auf und ab gegangen. Jetzt ließ er sich in eine Sofaecke sinken und starrte an die rissige Decke.

»Erzählen Sie uns von der Kündigung«, bat Nadine Dürkheim.

Wunderlich fixierte unverwandt irgendeinen Punkt an der Decke. »Es war wieder Mutius, der das Fass zum Überlaufen gebracht hat. Er wollte mich beim psychiatrischen Dienst zwangsvorführen lassen. Arbeitsunfähig wegen psychischer Probleme und so.«

Mit einem Mal ließ Wunderlich die Decke Decke sein, Kopf und Oberkörper schnellten nach vorn, seine Augen blitzten. »Das Schwein wollte mich für verrückt erklären lassen«, schrie er. »Der Wunderlich – reif für die Klapse! So wollte er's haben.« Er lehnte sich zurück, atmete schwer. Erschöpft sah er aus. »Da bin ich ihm zuvorgekommen und hab selbst gekündigt«, sagte er leise.

Dann herrschte Stille – bis auf den Lärm des Ghettoblasters, der von der Straße heraufdrang.

»Da sind Leute schon wegen weit geringerer Sachen umgebracht worden«, sagte Martin Schwertfeger schließlich.

»Ich hab ihn nicht umgebracht«, stieß Wunderlich hervor.

»Haben Sie denn die Fotos noch?«, fragte Nadine Dürkheim.

Wunderlich erhob sich schwerfällig, schlurfte wortlos in ein Nebenzimmer und kam mit einem Laptop zurück. »Da sind sie alle drauf«, sagte er, »die letzten Bilder vom lebenden Mutius.«

»Tatsächlich«, so schloss Nadine Dürkheim ihren Bericht vor der Soko, »tatsächlich haben wir auf dem Laptop eine entsprechende Datei gefunden und 37 Fotos des Herrn Mutius sichergestellt. Was Wunderlich tatsächlich damit vorhatte, wird wahrscheinlich sein Geheimnis bleiben.«

»Das ist ja alles sehr interessant, Frau Kollegin«, sagte Ludwig Meisenberg mit leichter Süffisanz. »Herzlichen Dank für Ihren ausführlichen Bericht. Ich denke aber, gerade weil er dem lebenden Mutius schaden, ihn vielleicht sogar erpressen wollte, gerade deshalb scheidet dieser Wunderlich aus dem Kreis der Mordverdächtigen eher aus. Oder sehe ich da etwas falsch?«

Der Polizeipräsident hatte die Schwachstelle natürlich gleich erkannt. Trotzdem war Martin Schwertfeger nicht gewillt, klein beizugeben.

»Was wir bisher haben, ist die Darstellung des Verdächtigen. Nicht mehr und nicht weniger. Er kann die Sache mit den Fotos gezielt in den Vordergrund gespielt haben, um sich zu entlasten. Wer sagt uns denn, dass er nicht bereits am Tatabend Mutius mit einem Erpressungsversuch konfrontiert hat? Der ist nicht drauf eingegangen, es hat eine Auseinandersetzung gegeben, einen Kampf, und am Schluss hat er Mutius die Plastiktüte übergezogen.«

Oberstaatsanwalt Stolze schüttelte den Kopf. »Also ich weiß nicht. Irgendwie hab ich den Eindruck, Ihnen ist jeder Täter lieb – jeder, sofern er nicht Zorro heißt.«

20

Sara Blohm gähnte.

»Muss ja mächtig spannend sein, was du da vor dir hast«, bemerkte Gerhard Bausch, der heute wieder zur Arbeit erschienen war, obwohl er unaufhörlich vor sich hin schniefte.

»Es ist das Spannendste, was ich je gelesen habe«, beschied sie ihrem Zimmerkollegen. »Aber auf Dauer sind Kontoauszüge und Aktenvermerke eben auch ein bisschen ermüdend.«

Auf ihrem Schreibtisch türmten sich mehr als zwei Dutzend Aktenordner. Hochkant in der Ecke stand der Umzugskarton, den Stefan Mäurer tatsächlich gestern noch zu ihrem Alfa geschleppt hatte. Der angejahrte italienische Schönling hatte freilich wenig Neigung gezeigt, sich als schnöder Transporter missbrauchen zu lassen. Auch durch gutes Zureden ließ sich der Kofferraumdeckel nicht schließen.

Die brisante Fracht war trotzdem wohlbehalten in ihrem Büro im *Rundschau*-Haus angekommen. Nicht zuletzt dank der schwerathletischen Hilfe von Gunnar Schönfeld. Sie hatte gerade versucht, den Umzugskarton unter Missachtung sämtlicher Rückenschulgebote weit vornübergebeugt aus dem Gepäckraum zu hieven, als plötzlich der Chefredakteur vor ihr stand.

»Oh, Sie verlagern Ihren Wohnsitz in Ihr Büro«, hatte Schönfeld gewitzelt. »Ein sehr weiser Entschluss angesichts der galoppierenden Heizkosten.«

»Ein sehr weiser Entschluss angesichts des Sparprogramms von Herrn Meyer-Helbig«, konterte Sara. »Einen Stuhl, auf dem man permanent sitzt, kriegt man nicht so leicht unterm Hintern weggezogen.«

Schönfelds Lächeln gefror. Trotzdem ließ er es sich nicht nehmen, den Karton vom Parkplatz bis zum Aufzug zu tragen. Allein. Mit aufrechtem Gang. Sara war beeindruckt.

»Sie wären, wenn ich das mal so sagen darf, eine gute Hilfe, falls ich wirklich mal umziehe. Hier«, sie nickte Richtung Karton, »ist natürlich nicht mein Hausstand drin.«

Sie informierte ihn in Kürze über den Inhalt.

Als sie auf die Verstrickung der Stuttgarter Stadtoberen in die Machenschaften des KONZERNs zu sprechen kam, blieb Schönfeld abrupt stehen und ließ seine Fracht zu Boden plumpsen. »Das wäre ja – das wäre ja eine Bombe!«, brach es aus ihm heraus.

»Das *ist* eine Bombe«, bestätigte Sara.

»Aber wo ist das Material her? Ich denke, Ihr Informant ist tot?«

Zwei Mitarbeiter aus der Technik grüßten knapp, als sie an ihnen vorübergingen, und drosselten dann das Tempo.

»Ich denke, das sollten wir nicht hier bereden«, flüsterte Sara.

Schönfeld ließ nicht locker. »Aber glauben Sie nicht, dass wir jetzt an einem Punkt sind, an dem die Sache eine einzige Person überfordert?«

»Nein, bitte nicht Mattern!«

»Aber wir müssen Ihnen ein, zwei erfahrene Kollegen zur Seite stellen. Das Ganze nimmt ja Dimensionen an …«

»Ich melde mich, wenn ich Unterstützung brauche.«

Der Chefredakteur ging in die Knie und hob den Karton wieder hoch. Ohne dabei in den Rundrücken zu gehen, wie Sara mit einer Mischung aus Anerkennung und Neid feststellte.

»Wir sprechen uns heute noch«, sagte Schönfeld. »Aber vorher hätte ich gern ein Exposé von Ihnen. Mit sämtlichen Fakten und Quellen. Einen Plan für die weiteren Recherchen. Aber erst mal nichts davon auf die Konferenz. Da wird nur alles zerredet.«

Sara blickte ihn erstaunt an.

»Wir müssen erst mal eine Linie finden«, sagte er unbestimmt.

»Wir?«

»Ja, und da schließe ich ausdrücklich Herrn Dr. Meyer-Helbig mit ein.« Sprach's und stellte ihr den Umzugskarton vor die Tür.

Seitdem hatte Sara Blohm fieberhaft versucht, einen Überblick über das Material zu gewinnen. Hatte Mutius' Dossier und das Aktenmaterial Punkt für Punkt abgeglichen.

Sie zog ein verwackeltes Foto aus einer Klarsichthülle. »Sonnenhof« war auf der Rückseite handschriftlich vermerkt.

Die Sonnenhof-Runde also. Ferdinand Drescher, der Finanzchef des KONZERNs, Max Faulhaber, der Stuttgarter Finanzbürgermeister, Florian Kaiser, der Leiter der Staatsanwaltschaft im vertrauten *Tête-à-tête*. Zwei unbekannte Gesichter, die würde sie noch recherchieren müssen, dann Otfried Kisch, der Kommunikationschef des KONZERNs, das Rotweinglas erhebend ... hm, der, dem er da im Hintergrund zuprostete, war leider im Schummerlicht schwer zu erkennen. Der baden-württembergische Finanzminister? Könnte sein. Sicher war sie nicht.

»Sara, jetzt schau dir das mal an!« Gerhard Bausch unterbrach ihre Gedanken.

»Kann das nicht warten?«, sagte Sara abwehrend. »Ich bin gerade unheimlich im Druck.«

»Na, lange werd ich dich auch nicht mehr stören. Dann hast du ein Einzelzimmer.«

»Hä?«

Bausch schnäuzte sich vernehmlich und reichte ihr ein Schreiben über den Tisch, das er gerade aus seiner Post gezogen hatte.

»Betrifft: freiwillige Ausscheidensvereinbarung«, las sie laut. »Die wollen dich rausschmeißen!« Sie las weiter, schüttelte den Kopf. »Nicht zu fassen! Und sie bieten dir Geld, damit du dich selbst abbaust.«

Gerhard Bausch saß kreidebleich da. »Ein vertrauensvolles Gespräch mit dem Personaler soll ich führen. Wegen der Höhe der Abfindung, vermute ich.«

»Weißt du, wie viele so einen Schweinebrief bekommen haben?«

Ihr Schreibtischnachbar zuckte die Schultern. Sie selbst hatte am Morgen ihre Post schon durchgeschaut. Ein Schreiben des Personalbüros war nicht dabei gewesen.

Sara wählte die Nummer des Betriebsrats. Besetzt.

Sie trommelte mit den Fingern auf die Schreibtischplatte.

Dann rief sie Valentin Fauser an.

»Sara! Ach hallo! Gut, dass du … ach, du kannst eigentlich gleich zu mir rüberkommen. Einige Kollegen sind schon da. Wir können es uns nicht gefallen lassen …«

»Jetzt erst mal eins nach dem anderen.« Saras Freund aus dem Feuilleton schien ziemlich durch den Wind. »Ist es wegen der Stellenstreichungen?«

»Nein. Ja. Auch. Es ist …«

»Okay, ich komm rüber.«

Sie hastete über den Flur. Aus Fausers Büro drangen erregte Stimmen.

Sara drückte die Klinke, kam damit aber nicht weit. Der Hühnerkäfig, den sich Fauser mit einem weiteren Kollegen teilte, war überbelegt. Vorsichtig formuliert.

Sara quetschte sich durch den Türspalt. Ein halbes Dutzend Kollegen füllte den winzigen Raum. Sie rümpfte die Nase. Zigarettenrauch! In diesem Zimmer wurde gequalmt! Trotz strikten Rauchverbots. Es musste Außergewöhnliches passiert sein.

Sara musterte die Runde. Die meisten waren gestandene Redakteure des Ressorts Innenpolitik, durch umstürzlerische Umtriebe bisher nicht weiter aufgefallen. Jetzt aber offenbar zu allem entschlossen.

»Wenn wir das hinnehmen, können wir uns sofort einbalsamieren lassen«, befand Manfred Auweiler, der im Blatt die Gesundheitspolitik betreute.

»Das ist Gutsherrenart, reine Gutsherrenart«, assistierte Thomas Thanner, dem ein ungnädiges Schicksal die Schwerpunkte Kirche, Landwirtschaft und Militär beschert hatte.

»Beleidige mir die Gutsherren nicht«, witzelte Auweiler und erntete ein paar bittere Lacher.

»Wir sollten Sara kurz ins Bild setzen«, mischte sich Valentin Fauser ein. »Du wunderst dich vielleicht, warum ich hier mit den Kollegen der Innenpolitik zusammenhocke. Es ist so: Sie sind seit eben ohne Ressortleiter.«

»Wie? Eberding ist weg?«

»Er hat vor zwanzig Minuten das Haus verlassen. Auf Nimmerwiedersehen. Meyer-Helbig hat ihm den Schreibtisch vor die Tür gestellt.« Thanner schüttelte den Kopf, als könne er es immer noch nicht fassen.

»Es hat da wohl heute Morgen eine heftige Auseinandersetzung gegeben«, erläuterte Valentin Fauser. »Wie sie genau abgelaufen ist, wissen wir nicht. Keiner von uns war dabei. Klar ist: Klaus Eberding hatte den Geschäftsführer um eine Unterredung gebeten. Er wollte offiziell gegen den Kahlschlag protestieren, den Meyer-Helbig bei der Innenpolitik anrichten will. 30 Prozent Personalabbau ... damit kannst du den Qualitätsjournalismus beerdigen.«

»Das hat Eberding ihm auch gesagt, vielleicht sogar etwas deftiger«, sagte Manfred Auweiler. »Meyer-Helbig war daraufhin wohl außer sich und hat ihn angeschrien, er habe sich eines schweren Bruchs der Loyalität schuldig gemacht, eine vertrauensvolle Zusammenarbeit sei nicht mehr möglich, und schließlich hat er gebrüllt: ›Verlassen Sie sofort unser Haus! Ich gebe Ihnen eine Stunde, um Ihre persönlichen Sachen zusammenzusuchen. Dann will ich Sie nicht mehr sehen!‹ So zumindest schildert es die gute Irene, Meyer-Helbigs Sekretärin. Sie hat das Geschrei teilweise durch die geschlossene Tür hören können.«

»Ihr hättet sehen sollen, wie Eberding seinen Schreibtisch abgeräumt hat.« Matthias Brandt, dem Reportagen-Spezialisten, versagte fast die Stimme. »Wie in Trance, wie in Trance! 18 Jahre hat er den Job gemacht, er hat mich als Volontär in den Journalismus eingeführt, er war mein Lehrer, ich konnte immer zu ihm kommen, wenn was war. Und jetzt dies unwürdige, gemeine Abservieren. Wie wenn man einen Schädling ausmerzt!«

»Okay, was können wir tun?«, fragte Thanner sachlich. »Was ist mit dem Betriebsrat?«

»Der muss sich auf jeden Fall einmischen. Er ist ja nicht mal angehört worden.«

»Stimmt, da muss sofort Widerspruch eingelegt werden«, sagte Sara. »Aber das genügt nicht. Ich glaube, wir sind an einem Punkt, wo wir alle protestieren müssen. Öffentlich.«

»Was stellst du dir vor?«, fragte Fauser.

»Eine Unterschriftensammlung.«

»Gähn«, kommentierte Brandt.

»Gar nicht gähn. Die Frage ist, was drüber steht. Wir müssen den Kollegen eine Misstrauenserklärung zur Unterschrift vorlegen. Wir erklären der Geschäftsführung unser Misstrauen. Am besten setzen wir heute noch einen Text auf.«

Dem Vorschlag folgte Stille. Lange Stille. Manfred Auweiler traute sich als Erster aus der Deckung. »Glaubst du wirklich, dass wir da genügend Unterstützung kriegen? Auch von den Ressortleitern? Oder produzieren wir da nur … Kanonenfutter?«

»Was ist die Alternative? Einbalsamieren lassen?« Auweiler wich Saras Blick aus.

»Ich bin dabei«, sagte Fauser.

»Ich auch«, sagte Thanner.

Saras Mobiltelefon klingelte. »Scheiße!«, entfuhr es ihr.

»Frau Blohm«, Schönfelds Stimme, »es ist jetzt halb vier, wann dürfen wir mit Ihrer Ausarbeitung rechnen?«

»Also es ist natürlich sehr viel Arbeit, ich fürchte …«

»Fürchten Sie nichts, liefern Sie mir das Ganze einfach in einer Stunde ab. Wir sehen uns.« Aufgelegt.

»Tut mir leid, Kollegen«, sagte Sara. »Ich muss dringend weg.«

»Das haben wir gern«, maulte Auweiler. »Erst hier die Jeanne d'Arc geben und sich dann verpissen.«

»Und wer soll jetzt den Text aufsetzen?«, wollte Thanner wissen.

»Ich kann später wieder dazukommen, aber ich muss jetzt … es geht wirklich nicht anders.« Sie hob entschuldigend die Hände.

»Ich werde einen Textentwurf schreiben«, sagte Fauser.

»Danke, Valentin.« Sara war schon fast aus der Tür.

21

Es war Viertel nach fünf, als Sara Blohm mit einem Stapel Papier unterm Arm ins Büro des Chefredakteurs stürmte.

Um den kleinen Konferenztisch hatten Schönfeld selbst, Wirtschafts-Ressortleiter Stefan Marx und – Verlagschef Götz Meyer-Helbig Platz genommen. Alle drei waren in das Exposé vertieft, das Sara vor wenigen Minuten gemailt hatte.

»Setzen Sie sich doch bitte«, sagte Schönfeld. »Wir haben gerade …«

»Lassen Sie mich zu Anfang etwas in eigener Sache sagen«, unterbrach ihn Meyer-Helbig. »Ihnen, Frau Blohm, ist sicher auch schon via Flurfunk die Causa Eberding zugetragen worden. Ich möchte dazu bemerken, dass es sich hier um einen internen Vorgang handelt, der die Öffentlichkeit nicht zu interessieren hat. Ich bitte dies entsprechend« – jetzt sah er Schönfeld und Marx an – »in den einzelnen Abteilungen zu kommunizieren.«

Die beiden nickten, sagten aber nichts. Keine Ergebenheitsadressen. Interessant, dachte Sara.

Schönfeld räusperte sich. »Ja, also, wie gesagt, wir haben gerade Ihre Zeilen gelesen. Hochbrisante Geschichte, keine Frage. Wir haben deshalb auch Dr. Meyer-Helbig zu diesem Gespräch eingeladen.«

In vorauseilendem Gehorsam, ergänzte Sara. In Gedanken.

»Die Grundfrage ist«, fuhr der Chefredakteur fort, »wie wasserdicht ist das alles? Können wir dem Material und den Informanten trauen? Wie verhält es sich zum Beispiel mit diesem geheimnisvollen Herrn Mäurer?«

»Der ist gar nicht so geheimnisvoll«, sagte Sara. »Er ist sogar ziemlich offen. Er hat mir eine Visitenkarte mit dienstlicher Telefonnummer hinterlassen. Die hab ich angerufen und bin tatsächlich im KONZERN gelandet. Er scheint dort wirklich im Controlling zu arbeiten. Und die Vollmacht, die Mutius ihm ausgestellt hat, ist offenbar auch echt. Das hat zumindest der Notar, der sie beglaubigt hat, mir gegenüber bestätigt.«

»Die Dokumente«, wandte Marx ein, »das sind fast ausschließlich Kopien. Es gibt ja Möglichkeiten, so was zu manipulieren.«

»Wir müssten zumindest einen Fachmann einschalten, der das Material daraufhin untersucht«, meinte Schönfeld. »Und natürlich unseren Justiziar.«

»Und einen unabhängigen und vertrauenswürdigen Wirtschaftsprüfer, der die ganzen Vorgänge noch mal durchcheckt«, ergänzte Marx.

»Aufwändige Sachen, die Sie da vorschlagen«, ließ sich jetzt Meyer-Helbig vernehmen. »Haben Sie sich überlegt, was das alles kosten soll? *Ich* muss mir das überlegen.«

»Mhm«, signalisierte Schönfeld verhaltenes Verständnis. Und an Sara gewandt: »Wie sieht es denn mit weiteren Informanten aus? Sind wir wirklich nur auf diesen Mäurer angewiesen? Gibt es niemanden, der uns das bestätigen kann?«

»Ist natürlich ausgesprochen schwierig, so jemanden aufzutun«, sagte Sara Blohm. »Wir haben ja schon Glück, dass sich Mäurer, mit allem persönlichen Risiko, so weit aus dem Fenster hängt.«

»Aber so kann ich das nicht drucken.« Der Verlagschef schüttelte energisch den Kopf. »Eine derart heikle Geschichte! Überlegen Sie, was da alles dranhängt! Nein, nein. Da müssen Sie noch mal in die Recherche, Frau Blohm!«

»Und wir sollten dabei auch die etwas eingeschlafene Zusammenarbeit mit dem Kollegen Mattern vom Lokalen wiederbeleben«, sagte Schönfeld.

Sara Blohm verkniff sich einen neuerlichen Protest. Stattdessen sagte sie: »Einen gäbe es. Der könnte uns, wenn er will, die ganze Steuerbetrugs-Nummer bestätigen. Wachowiak vom Stuttgarter Finanzamt, dem sie den Fall entzogen haben.«

»Und? Stehen Sie mit dem Mann in Kontakt?«, fragte Schönfeld.

»Noch nicht. Ich hab ihn bisher nicht …«

»Na dann wissen Sie ja, was Sie als Nächstes zu tun haben«, schnitt ihr Schönfeld das Wort ab.

»Sie halten uns auf dem Laufenden«, sagte Meyer-Helbig. »Ich möchte über alle weiteren Schritte informiert werden.«

Sara Blohm saß an ihrem Schreibtisch und ärgerte sich. Irgendwie war sie wieder in die Rolle des Schulmädchens geraten, das die Hausaufgaben nicht gemacht hat. Und dann Meyer-Helbig! Diese Unverfrorenheit, sich so direkt in die redaktionelle Arbeit einzumischen! Und Schönfeld ließ das zu! Sie versetzte dem Papierkorb in Ermangelung des Chefredakteurs einen Tritt. Dann klingelte das Telefon.

»Blohm. *Stuttgarter Rundschau*.«

»Stefan Mäurer. Störe ich?«

»Sie doch nicht. Da haben wir hier ganz andere Störenfriede.«

Mäurer schickte ein warmes Lachen durch die Leitung. »Ärgert man Sie? Ich hoffe, ich kann Sie ein wenig aufheitern.«

Dieser Schmelz in der Stimme! Wie konnte einen eine Stimme so wuschig machen? Ihre eigene blieb sachlich: »Ich höre.«

»Ich weiß ein paar Dinge, die Sie interessieren könnten. Natürlich nicht am Telefon. Wie wär's mit heute Abend um acht? Gleicher Treff wie beim letzten Mal?«

Wie er das sagte! Sara zögerte einen Moment. Sie hatte das bestimmte Gefühl, mit ihrem Einverständnis zu dem Date auch eine ungeschriebene Geschäftsgrundlage zu akzeptieren: Informationen gegen Sex. Ein Tauschgeschäft.

War es das wirklich? Nein, entschied sie, es war kein Tausch!

Sie würde nichts tauschen. Sie würde nur etwas bekommen: Informationen *und* Sex.

»Okay. Gleicher Treff wie beim letzten Mal. Ich bin ... sehr gespannt.«

Sie sah auf die Uhr. Schon sechs vorbei. Sie musste sich noch frisch machen, umziehen. Ein bisschen aufbrezeln.

Sara war schon an der Tür, als sie auf dem Absatz kehrtmachte.

Sie musste es einfach noch mal versuchen. Vielleicht hatte sie um diese Zeit mehr Glück.

Sie schlug ihr Notizbuch auf und griff sich den Hörer.

Fünfmal das Freizeichen, dann endlich: »Wachowiak.«

»Sara Blohm von der *Stuttgarter Rundschau*. Entschuldigen Sie bitte, dass ich Sie zuhause störe. Ich würde das nicht tun, wenn es nicht sehr wichtig wäre. Es geht ...«

»Was haben Sie gesagt? Presse? Da darf ich Sie bitten, wenn Sie Anfragen haben, sich an die Pressestelle des Finanzministeriums zu wenden.«

Sara begann, ein Mäuerchen auf ihren Notizblock zu kritzeln. »Herr Wachowiak, es geht mir nicht um eine allgemeine Stellungnahme, sondern um ganz konkrete persönliche Erfahrungen, die Sie in einer wichtigen Steuersache gemacht haben.«

»Und die soll ich Ihnen jetzt am Telefon schildern?« Er klang belustigt.

»Natürlich nicht. Ich würde gern einen Termin mit Ihnen vereinbaren – Zeit und Ort bestimmen Sie –, bei dem wir...«

»... uns über den Bruch des Steuergeheimnisses unterhalten? Ich bitte Sie, für wie naiv halten Sie mich?«

Stein auf Stein. Das Mäuerchen auf Saras Notizblock wuchs.

Gleich legt er auf, dachte sie. Es war höchste Zeit, mit dem Vorgeplänkel aufzuhören und zum Kern zu kommen. Hopp oder topp.

»Es geht um den KONZERN. Und es geht um Gerechtigkeit. Gerechtigkeit auch für Sie ...«

»Wer sind Sie? Mutter Teresa?«

»Lassen Sie mich ...«

»Guten Abend.«

Aufgelegt. Abgehängt. Abgeschüttelt.

Ich könnt ihm in die Eier treten, dachte Sara grimmig. Doch sie konnte sich auch in seine Haut versetzen. Er hatte erfahren, wie lang der Arm des KONZERNs ist. Warum sollte er einer Pressetussi helfen, olle Kamellen aufzukochen? Und sich selber womöglich noch tiefer in den Schlamassel reiten?

Aber es nützte ja alles nichts. Sie brauchte ihn. Sie musste dranbleiben. Ihn irgendwo persönlich zu fassen kriegen. Auge in Auge. Manchmal wirkte der Tittenbonus Wunder. Manchmal.

Wie hatte es Stefan Mäurer so unnachahmlich formuliert: »Es ist mir schon immer schwer gefallen, einer schönen Frau einen Wunsch abzuschlagen.« Wenn das mal Wachowiak sagen würde …

22

Man konnte es sicher nicht Gewöhnung nennen. Das nicht. Aber es überraschte ihn auch nicht mehr, wenn seine Frau nicht mit ihm sprach. Seit sechs Tagen ging das jetzt so. Seit jenem ominösen Dienstag vergangener Woche.

Auch an diesem Montag, als Kriminalhauptkommissar Martin Schwertfeger nach einem langen Arbeitstag nach Hause kam, rechnete er nicht mit einem besinnlichen Gesprächsabend. Genau gesagt, rechnete er mit überhaupt nichts. Zu viel ging ihm durch den Kopf. Die schwierige Begegnung mit seiner wiedergefundenen Tochter. Die Vernehmung Kai Wunderlichs, die doch nicht der ganz große Befreiungsschlag war. Sein Auftritt vor der Soko. Hatte er sich durch zu forsche und unbedachte Äußerungen in die Bredouille gebracht?

Während all das in seinem Großhirn kreuz und quer lief, registrierte er beiläufig, dass Esther im Wohnzimmer Tagesschau guckte. Er holte aus dem Kühlschrank Butter, ein paar Scheiben Kochschinken, ein Eckchen Reblochon-Käse, schnitt Brot auf und legte die Zeitung vor sich auf den Tisch.

Auf einmal stand Esther in der Küche. Martin hielt beim Butterbrotschmieren inne und schaute seine Frau an. Plötzlich unruhig. Unsicher.

»Wir müssen reden.« Sie stieß die Worte hervor.

Es hörte sich nicht nach einem Friedensangebot an.

Martin legte das Messer beiseite. »Setz dich doch wenigstens.«

Esther zögerte. Vielleicht war ihr die Vorstellung, sich dann auf Augenhöhe hinunterzubegeben, unbehaglich. Schließlich nahm sie doch auf einem der Stühle Platz. Martin direkt gegenüber. Sie stützte die Ellbogen auf den Tisch, beugte sich vor und sah ihm in die Augen.

Martin hatte nicht die mindeste Vorstellung, was auf ihn zukommen würde.

Er wartete, hielt ihrem Blick stand, sah, wie sie schwer atmete und sich zur Ruhe zwang.

»Wie lange geht das schon?« Es sollte beiläufig klingen, doch Wut und Verletzung lagen in ihrer Stimme und ließen sie beben.

»Ich weiß nicht …«

»Du weißt nicht, wovon ich rede? Ja?« Sie blitzte ihn geringschätzig an. »Genau so eine Antwort hab ich erwartet. Du lügst, wenn du den Mund aufmachst. Wenn du wenigstens dazu stehen würdest … aber du bist ja zu feige! Es ist so … unwürdig.«

»Esther, bitte! Sag mir konkret, was du meinst. Das lässt sich bestimmt aufklären.«

»Oh, der Herr Kommissar will aufklären! Schön! Also: Wie alt ist die junge Dame, wie heißt sie, was macht sie, wo hast du sie her?«

Langsam dämmerte ihm etwas.

»Ich höre nichts«, setzte sie nach. »Ist dir wohl selber ein bisschen peinlich. Mit einer Zwanzigjährigen! In deinem Alter! Elfie und Gisa haben jedenfalls ihren Augen nicht getraut, als sie euch gestern im *Café Künstlerbund* gesehen haben.«

Esthers Freundinnen. Alles klar. »Es ist nicht so, wie du denkst«, sagte Martin leise.

»Du lässt wirklich kein Klischee aus.« Esther lachte bitter. »Du glaubst, du kannst mich für blöd verkaufen. Du hast mir bis heute nicht gesagt, wo du letzten Dienstag gewesen bist. Glaubst du, ich kann nicht eins und eins zusammenzählen? Was hat es jetzt noch für einen Sinn zu leugnen, wo die Sache ja quasi schon öffentlich ist?«

»Ich war Dienstag nicht mit ihr zusammen. Und sie ist nicht meine Geliebte, wenn du das denkst.«

«Ach. Was denn? Die neue Praktikantin?«

Martin schlug die Hände vors Gesicht. So mussten sich die Beschuldigten bei seinen Verhören fühlen. Wenn sie verzweifelt versuchten, sich aus der misslichen Situation zu befreien. Und sich die Schlinge immer enger zuzog.

Sie ist meine Tochter, wollte er hinausschreien. Aber würde Esther das besser verkraften? Würde sie es überhaupt glauben?

»Ich hab dich nicht betrogen«, sagte er stattdessen. »Glaub mir bitte.«

»Ich verachte dich«, sagte sie, stand auf und schlug die Tür hinter sich zu.

Martin Schwertfeger saß da wie betäubt. Ihm war heiß, ihm war kalt.

Ich muss hier raus. Er stürzte auf den Flur, nahm seine Lederjacke vom Haken und verließ das Haus.

Er setzte sich in den Mercedes und fuhr los. Einfach weg. Ohne Ziel. Er legte eine alte Bruce-Springsteen-CD ein, drehte »*The River*« auf bis zum Anschlag.

»Is a dream a lie if it don't come true / Or is it something worse that sends me / Down to the river though I know the river is dry / Down to the river my baby and I / Oh down to the river we ride.«

Martin ließ sich von der elegischen Stimmung treiben, schwamm fast schwerelos mit im Verkehr. Schlafwandlerisch. Ohne klaren Gedanken. Aber sein Pulsschlag beruhigte sich.

Am Hauptbahnhof bog er ganz automatisch in die Heilbronner Straße ein. Erst kurz vor dem Pragsattel fiel ihm auf, dass er sich auf dem Weg zum Polizeipräsidium befand. Die Macht der Gewohnheit. Vielleicht auch ein Wink, dass es besser sei, Kummer mit Arbeit zu betäuben als auf andere Weise. Zu tun gab es schließlich genug. Für mich besonders, dachte er grimmig: Ermitteln und Vertuschen war doppelte Arbeit.

Martin setzte den Blinker und bog in die Hahnemannstraße ein.

Er blickte hoch zum dritten Stock, wo das Dezernat 1.1 untergebracht war. In einem Fenster brannte Licht. Noch ein Workaholic? Er tippte auf Nadine Dürkheim, und er tippte richtig.

»Arbeitszeitkontrolldienst!«, rief Schwertfeger mit gespielter Strenge, als er das Büro betrat. »Uns ist zu Ohren gekommen, hier würden illegal Überstunden abgeleistet.«

Nadine Dürkheim lachte, Schwertfeger grinste. Ihm war mit einem Mal viel leichter.

Niemand außer Nadine schaffte das.

»Es ist schon neun vorbei«, sagte Schwertfeger. »Was hält Sie denn noch hier?«

»Ich bin dabei, die ganzen Vernehmungen der *Exquisit*-Besucher noch mal durchzugehen. Es ist einfach so ein Gefühl: dass wir etwas übersehen haben. Etwas Entscheidendes.«

»Und?«

»Bisher hab ich den Punkt nicht gefunden. Und für heute mach ich auch wirklich Schluss.« Sie schlug die vor ihr liegende Akte zu. »Was führt Sie denn noch hierher?«

»Ich ... ach, ich hab nur was vergessen. Ich will auch gleich wieder gehen.«

»Na, dann können wir ja zusammen das Licht ausmachen.« Sie lächelte ihn an.

»Und dann zusammen irgendwohin gehen, wo noch Licht brennt?«, schlug Martin vor.

»Warum nicht? Aber: Vergessen Sie es nicht ...«

»Was?«

»Das, was Sie vergessen haben.« Ein Quäntchen Spott schwang da mit.

»Okay. Überführt. Ich hab gar nichts vergessen. Ich wollte hier noch arbeiten. Aber jetzt will ich lieber mit Ihnen einen trinken gehen.«

Manchmal war das mit der Wahrheit gar nicht so schwierig.

Eine Viertelstunde später saßen sie in der *Cantina Toscana*. Die kleine Kneipe im Bohnenviertel gehörte zu Martin Schwertfegers Lieblingslokalen – auch wenn dort kein Tropfen Württemberger ausgeschenkt wurde. Dafür über 30 Sorten ausschließlich aus der *Alta Maremma*, einer der besten

Anbauzonen der Toskana. Das Lokal, ursprünglich nur eine Probierstube, war ein enger Schlauch mit Theke, ein paar einfachen Tischen und Holzbänken. Meist herrschte hier drangvolle Enge, heute allerdings waren kaum ein Dutzend Gäste da. Auch recht, dachte Schwertfeger, dann konnten sie schon ein bisschen mehr für sich sein.

Er bestellte einen roten *Montescudaio*, sie einen weißen. Dazu eine kleine Platte Antipasti. Das Leben konnte schön sein.

Und wieder war es so leicht, mit Nadine Dürkheim zu plaudern. Mit ihr zu lachen. Ihr nahezukommen. In die Augen zu schauen.

Der toskanische Wein tat ein Übriges. Martin war kurz davor, Nadine das Du anzubieten. Schreckte dann aber doch davor zurück. Im Präsidium war er nur mit Gräber per du. Und fand das gut so. Zu viel Kumpanei, da war er sich sicher, beschädigte die Autorität der Führungskraft. Entsprechende Versuche mancher Kollegen hatte er stets freundlich, aber bestimmt zurückgewiesen. Er konnte jetzt für Nadine keine Ausnahme machen. Und doch …

Er bestellte ein weiteres Gläschen Riserva. Nadine legte ihm sanft die Hand auf den Unterarm. »Sie müssen noch fahren.«

»Es ist das letzte für heute«, versprach Martin. Ihre Hand blieb, wo sie war.

Es war dann tatsächlich das letzte Glas. Der Hauptkommissar schwankte kaum merklich, als sie zu seinem Auto gingen.

»Natürlich fahr ich Sie nach Haus. Wohin soll's denn gehen?«

»Kissinger Straße.«

»Na, das liegt ja fast auf dem Weg«, behauptete Schwertfeger.

Stimmte zwar nicht, aber die zwanzig Minuten Fahrt vergingen wie im Flug. Martin erzählte aufgekratzt Anekdoten aus dem Polizeileben. Nadine amüsierte sich.

Als sie die Waiblinger Straße hochfuhren, wurde Martin auf einmal still. Es war nicht mehr weit bis zu Nadines Wohnung.

Wie würden sie sich verabschieden? Würde sie ihn vielleicht sogar zu sich heraufbitten? Er spürte sein Herz klopfen.

»So, da wären wir. Ende der Dienstfahrt.« Martin lächelte schief, Nadine sah ihn abwartend an. Er beugte sich zu ihr hinüber, drückte seine Wange an ihre und flüsterte: »Danke für den sehr schönen Abend.«

Sie deutete einen Kuss an und sagte: »Ich fand es auch sehr schön.«

Dann war Stille. Noch ein paar Sekunden, und sie würde peinlich werden. Martin Schwertfeger fühlte eine leichte Panik aufsteigen.

Da sagte Nadine Dürkheim: »Wollen Sie noch auf ein Tässchen Kaffee zu mir raufkommen?«

Es war wie ein Traum. »Ja … ja, ja sicher«, stammelte er.

»Aber wirklich nur Kaffee«, sagte sie. »Alkohol hab ich keinen im Haus.«

»Und stören Sie sich bitte nicht an der Unordnung«, fügte Nadine Dürkheim an, als sie die Tür aufschloss.

Die Wohnung war klein, gemütlich und geschmackvoll eingerichtet. Von Unordnung konnte keine Rede sein, fand Martin.

Während sie in der Küche Kaffee machte, inspizierte er das Bücherregal. Meterweise Psychologie, Kriminalistik, Feminismus – und Liebesromane, wenn er das richtig sah. Kitschige Liebesromane.

Er schmunzelte. Ob er sie darauf ansprechen sollte? Lieber nicht.

»Ich hab den Kaffee nicht so stark gemacht«, sagte Nadine, als sie ein Tablett hereinbrachte und auf dem Couchtisch abstellte. »Wir wollen ja vielleicht noch schlafen.«

»Vielleicht«, sagte Martin, und nahm neben ihr auf dem kleinen Sofa Platz.

Sie trank einen Schluck und setzte die Tasse bedächtig ab.

»So, und jetzt« – ihr Blick war ernst geworden – »jetzt erzählen Sie mir doch mal, was Sie so heftig umtreibt.«

»Was mich umtreibt?« Martin Schwertfeger war nicht so ganz klar, worauf das hinauslief.

Er sah Nadine an. Wie schön sie war! Er spürte ihre Nähe, ihre erregende Nähe, roch ihren Duft, ihren betörenden Duft.

»*Du* treibst mich um, Nadine. *Du*!«

Er legte die Arme um ihre Schultern, zog sie mit einem Ruck zu sich heran und presste ihre Lippen auf ihre. Seine Zunge versuchte sich einen Zugang zu bahnen. Vergeblich.

Nadine schob ihn sacht, aber bestimmt von sich. »Ich glaube nicht, dass das eine gute Idee ist«, sagte sie und sah ihn traurig an.

Martin Schwertfeger schloss die Augen. Er hatte alles versaut. Versaut.

»Ich ... ich muss mich entschuldigen«, sagte er schließlich. »Ich habe gedacht ..., ja, ich habe wohl falsch gedacht.«

Er schüttelte den Kopf. »Warum haben Sie mich noch nach oben gebeten? Warum?«

»Sie waren so einsam«, sagte Nadine Dürkheim. »Sie schienen mir so verzweifelt. Ich dachte, es tut Ihnen gut, noch Gesellschaft zu haben.«

Martin sackte in sich zusammen.

»Mitleid«, sagte er, »Mitleid ist das Letzte, was ich zur Zeit brauche.«

Nadine sah ihn lange an. Schließlich erhob sie sich. »Ich bringe Sie zur Tür, Herr Schwertfeger.«

23

Sara Blohm schaute sich mit einer knappen Kopfbewegung um, ehe sie ihre Schritte in den Hauseingang lenkte. Es war abends zehn nach acht, und seltsamerweise schien außer ihr im Moment niemand auf dem *Hannibal*-Areal unterwegs zu sein.

Wohl schon alle vor dem Fernseher, mutmaßte sie. Ihr konnte es nur recht sein. Sie klingelte bei »Mäurer«.

Kaum eine Sekunde später schickte der Türöffner seinen heiseren Willkommensgruß.

Da scheint jemand sehnsüchtig auf mich zu warten. Sara grinste.

Im Aufzug löste sie ihren Schal, schlug den Mantel zurück und betrachtete sich in der verspiegelten Kabinenwand. Sie hatte keine Zeit gehabt, ihre Abendgarderobe in allen möglichen Varianten durchzuprobieren. Kurz hatte sie mit dem Gedanken gespielt, ihr kleines Schwarzes mit dem gewagten Dekolletee auszuführen. Doch sie hatte es rasch wieder in den Schrank gehängt. *Bloß nicht das Sexmäuschen geben. It's business, baby!*

Sie hatte sich für eine nachtblaue Edel-Jeans entschieden, dazu einen sandfarbenen Kaschmir-Pulli, dessen V-Ausschnitt dezent ein Stückchen Haut freigab und zudem ihre Kette aus mattschwarzen Lava-Steinen, die sie aus einem Lanzarote-Urlaub mitgebracht hatte, gut zur Geltung brachte.

Als sie den Aufzug im siebzehnten Stock verließ, stand Stefan Mäurer bereits in der Tür. Mit strahlendem Lächeln. Weißen Zähnen. Weißem Hemd. Die zwei oberen Knöpfe offen. Die Haut gebräunt. Im Februar! Solarium-Flatrate?

»Schön, dass Sie kommen konnten.« Wieder dieser Schmelz in der Stimme! Er gab ihr die Hand. Drückte sie fest und lange. Sah sie an – und schwieg erst mal.

»Sie haben mich ja auch neugierig gemacht«, sagte Sara. »Bin gespannt, was Sie zu bieten haben.«

»Kommt drauf an, was Sie erwarten.« Er lächelte vielsagend.

Als er ihr aus dem Mantel half, spürte sie seinen warmen Atem. Ihre Nackenhärchen standen Spalier.

Stefan Mäurer bot ihr einen Platz auf dem schwarzen Rolf-Benz-Sofa an. Er setzte sich auf einen Sessel gleicher Provenienz.

»Ein Gläschen *Barbaresco*?« Mäurer deutete auf eine fein geschwungene Glaskaraffe, in der der piemontesische Edeltropfen granatrot leuchtete.

»Erst mal Wasser, bitte«, sagte Sara. Mäurer zuckte die Schultern. »Da entgeht Ihnen aber was. Jahrgang 97. Vor zwei Stunden dekantiert. Na ja, vielleicht später.«

Später ... Sara horchte dem Wort nach. Sie seufzte unhörbar. Am liebsten hätte sie ihn gleich vernascht – auf der Stelle. Sie war heiß. Sie war feucht. *Eine notgeile Schlampe. Ich fass es nicht.*

Sie hoffte nur, dass er es ihr nicht anmerkte. Er sollte sie sich schließlich verdienen. Und das Gefühl haben, dass sie nicht um jeden Preis zu haben war. Die Währung war klar: Informationen.

»Kommen wir doch gleich zur Sache«, begann sie in geschäftsmäßigem Ton. Sie hob angriffslustig den Kopf. »Ich habe eigentlich nur eine Frage: Wer ist der Mörder?«

»Sie lesen beim Krimi wohl auch immer die letzte Seite zuerst? Dabei ist doch die Spannung das Schönste.« Mäurer grinste.

»Also gut. Machen Sie's spannend. Servieren Sie mir Ihre Recherchen häppchenweise. Aber am Schluss den Mörder als Sahnehäubchen, ja?« Ihre Augen blitzten kokett. »Und natürlich die Hintermänner.«

»Klar, alles auf dem Silbertablett«, feixte er.

»Schluss jetzt mit dem Geplänkel!«, sagte Sara mit gespielter Strenge. »Sonst komm ich noch auf die Idee, Ihre neuen Erkenntnisse sind nur ein Vorwand gewesen, um mich nochmal hierher zu locken.«

»Wäre das schlimm?« Mäurer sah ihr in die Augen, deutete ein Lächeln an – und drehte abrupt am Stimmungsregler: »Im Ernst: Ich hab natürlich einiges für Sie.« Er erhob sich und ging ein paar Schritte zu einem glanzlackierten Kirschbaumsekretär an der Stirnseite des Zimmers.

Sara schaute ihm hinterher. Erfreute sich an seinem knackigen Hintern und wunderte sich über das Pseudo-Stilmöbel, das so gar nicht in die Wohnung passte. Viel Zeit hatte sie allerdings nicht, über innenarchitektonische Alternativen zu sinnieren.

»Das könnte Sie interessieren«, sagte Mäurer, legte einen Ordner auf den Couchtisch und setzte sich ungefragt neben sie aufs Sofa. Sie roch sein Parfum. Zedernholz, Tabak. Etwas in der Art. Männlich-herb jedenfalls. Nimm ihn dir, sagte ihre Nase.

Ihre Augen sahen die Sache eher dienstlich und wanderten zu dem Ordner, dem Mäurer einige Klarsichthüllen mit Fotos entnahm.

Sara zog sie mit spitzen Fingern heraus. »Sonnenhof?« Sie blickte Mäurer an.

Er nickte. »Die Ritter der Sonnenhof-Runde. Mit einigen neuen Darstellern, wie Sie sehen.«

Sara deutete auf einen etwas pausbäckigen Mann mittleren Alters, der sich an einem Glas Wein festhielt. Seinem glasigen Blick zufolge war es nicht sein erstes an diesem Abend.

»Irgendwoher kommt er mir bekannt vor«, sagte Sara. »Helfen Sie mir auf die Sprünge?«

»Jaumann. Heinz-Günther Jaumann. Staatssekretär im Finanzministerium. Er hat die Finanzämter unter seiner Fuchtel.«

»Passt ja.«

»Der hier ist auch nicht ohne.«

»Ist das nicht … nein, kann eigentlich nicht sein. Oder doch? Professor Andreä? Der Steuerrechtler? Der berät doch die Bundesregierung beim Kampf gegen Steuerhinterziehung.«

»Ein Experte jedenfalls«, sagte Mäurer süffisant. »Und im Übrigen kein Kind von Traurigkeit. Aber das hat er mit manch anderem der illustren Runde gemein.« Wie ein Trumpf-As knallte Mäurer ein weiteres Foto auf den Tisch.

Sara pfiff durch die Zähne. Andreä und Stuttgarts Finanzbürgermeister Faulhaber in einem Whirlpool, zwei aparte Damen in ihrer Mitte, die wohl kaum ihre Ehefrauen waren, der unvermeidliche Kübel mit Champagner auf der Ablage.

»Die lassen kein Klischee aus«, bemerkte Sara kopfschüttelnd. »Alles auf Kosten des KONZERNs, nehme ich an.«

»Davon ist auszugehen, sicher.«

»Wer hat denn all die Fotos gemacht?«, wollte Sara wissen.

»Mutius. Ausschließlich Mutius. Mit einer Mini-Kamera.«

»Wozu?«

»Teil der Recherche und Dokumentation. Sie wissen ja, er wollte aussteigen und dann die Bombe hochgehen lassen. Und Bilder sagen bekanntlich mehr als tausend Worte.«

»Vielleicht. Aber warum waren diese Fotos nicht bereits bei den Unterlagen dabei, die Sie mir bei unserem ersten Treffen gegeben haben?«

Mäurer zog die Augenbrauen hoch. »Ich höre da ein bisschen Misstrauen aus Ihrer Frage heraus. Ich weiß nicht, woher das kommt. Die Unterlagen, die ich Ihnen kartonweise zur Verfügung gestellt habe, das war all das, was mir Mutius anvertraut hatte. Ich habe mich jetzt aber, auch um Ihnen einen Gefallen zu tun, nochmals in sein Büro geschlichen – fragen Sie mich nicht, wie ich da reingekommen bin –, und hab da noch einiges entdeckt: Schriftverkehr, der für uns eher uninteressant ist, aber eben auch diese Fotos. Ja, und die wollte ich Ihnen nicht vorenthalten.«

»Schon in Ordnung, ich weiß das auch wirklich zu schätzen. Und ich hoffe, Sie halten mich nicht für maßlos, wenn ich Sie frage: Gibt es denn außer den Fotos auch Informationen, worum es bei den Treffen inhaltlich ging? Konkrete Belege, Schriftliches vielleicht sogar?«

Mäurer verzog die Mundwinkel. »Sie sind hartnäckig. Das gefällt mir. Aber Sie werden verstehen, dass da kein Protokoll angefertigt worden ist, das man zum Abheften an alle Teilnehmer geschickt hat.«

Sara schickte ihm einen strafenden Blick zu.

Und plötzlich zeigte er wieder sein unwiderstehliches Lächeln. »Ich will Sie nicht mit ungelegten Eiern langweilen. Aber ich bin an einem Teilnehmer der Runde dran, dem die Sache zu heiß wird. Bisher rückt der seine Informationen aber nur sehr zögernd und scheibchenweise raus.«

»So wie du«, dachte Sara. Laut sagte sie: »Okay. Ich verstehe, dass es auch für Sie nicht einfach ist, an Informationen ranzukommen. Immerhin scheint mir der Schluss ziemlich naheliegend, dass jeder Teilnehmer der Sonnenhof-Runde ein starkes Motiv hat, Mutius aus dem Weg zu räumen – sofern er irgendwie mitbekommt, dass Mutius die Sache auffliegen lassen will. Richtig?«

»Plausibel. Aber ...« Er zuckte zerknirscht mit den Schultern.

»... Sie wissen nichts Konkretes«, ergänzte Sara.

»Es schwirren natürlich jede Menge Gerüchte herum. Im KONZERN ist der Mord *das* Thema. Und ich hab da ja auch recht gute Kontakte. Doch der große Treffer ist nicht dabei. Noch nicht. Ich muss Sie um etwas Geduld bitten.«

»Gut.« Sara fand es an der Zeit, die Stimmung nicht weiter abkippen zu lassen. Sie lächelte. »Ich danke Ihnen. Wirklich. Ohne Ihre Hilfe hätte ich schon längst alles hinschmeißen müssen.«

Mäurer strahlte sie an. »Jetzt müssen Sie aber wirklich noch ein Glas *Barbaresco* mit mir trinken.« Ohne ihr Einverständnis abzuwarten, schenkte er ein Glas ein und reichte es ihr.

»Auf unseren Erfolg.« Die Gläser klirrten sacht. Beide schauten sich in die Augen.

Im Film, schoss es Sara durch den Kopf, hat jetzt gewöhnlich der Liebhaber in spe ein Kompliment auf Lager, das die Dame dahinschmelzen lässt.

Sie nippte an dem Glas.

»Sie sind eine außerordentlich gescheite und attraktive Frau.« Der Schmelz in Mäurers Stimme gewann noch durch ein dezentes Timbre. Er legte seine Hand auf ihre.

Er würde sie jetzt verführen. Wollte sie das?

Warum nicht? Nach einem Liebhaber wie ihm könnte sie in *traumpartner.com* vermutlich noch Jahre suchen.

Er würde glauben, er hätte sein Ziel erreicht.

Egal: Sie wusste, sie hatte *ihr* Ziel erreicht.

Sie fand sich cool. Und es gefiel ihr.

24

»Vierundzwanzig, fünfundzwanzig, sechsundzwanzig.« Gerhard Bausch schnalzte mit der Zunge. »Sara, wir haben sechsundzwanzig Unterschriften! Sogar ein paar Leitende Redakteure sind dabei. Und das ist noch längst nicht alles. Fauser hat die andere Liste. Hätte nie gedacht, dass das so läuft!«

Sara erkannte ihren Zimmerkollegen kaum wieder. Dass ausgerechnet Bausch, der Sparkassen-Bausch, wie ihn manche in der Redaktion wegen seines Berichtsgebiets nannten, dass ausgerechnet er die meisten Unterschriften unter die Erklärung sammeln würde, die der Geschäftsführung das Misstrauen aussprach – noch vor wenigen Tagen hätte sie das für undenkbar gehalten.

Gut, er war natürlich selbst betroffen von den »freiwilligen« Kündigungen. Trotzdem: dass er sich so ins Zeug warf – alle Achtung! Sara nickte ihm anerkennend zu.

Ein bisschen plagte sie ja das schlechte Gewissen: Sie selbst hatte kaum etwas zum Gelingen der Aktion beigetragen. Ihre Arbeit absorbierte sie im Moment fast vollständig.

Doch nach Selbstkasteiung war ihr im Moment nicht zumute. Ihre Stimmung war bestens, fast ein wenig euphorisch.

Sie dachte an die vergangene Nacht zurück. Stefan – ja, inzwischen nannte sie ihn beim Vornamen – Stefan hatte sie … verzaubert. Sicher: es war alles ziemlich vorhersehbar gewesen. Und als er begann, sein Verführungsrepertoire abzurufen, stand sie noch quasi neben sich und beobachtete das Ganze aus ironischer Distanz. *Ja, zeig, was du draufhast. Streng dich nur ein bisschen an!*

Doch mit jeder zärtlichen Berührung, mit jedem weiteren gehauchten Kompliment schwand ihre Coolness Stück für Stück.

Tell me lies, tell me sweet little lies. Ja, warum nicht? Sie merkte, was sie in den letzten Monaten – oder waren es Jahre? – entbehrt hatte. Sie ließ sich verwöhnen. Konnte nicht genug bekommen. Sie war hungrig. Hungrig nach Nähe. Hungrig nach Leben.

Sie war neben ihm eingeschlafen. Um vier Uhr morgens wachte sie auf. Raffte ihre umherliegenden Kleider zusammen und zog sich im Bad an, um Stefan möglichst nicht zu wecken. Auf Zehenspitzen, ihre Pumps in der Hand, verließ sie die Wohnung.

Was war da eigentlich gerade geschehen, fragte sie sich, als sie mit dem Aufzug ins Erdgeschoss fuhr. So ganz klar war ihr das auch jetzt, am Morgen danach, noch nicht. Fest stand: Es war der beste Sex ihres Lebens gewesen. Und Stefan hatte sich als phänomenaler Liebhaber entpuppt. Aber das war nicht alles, nein …

»He, was ist los mit dir?«, schreckte Gerhard Bausch sie auf. Ein Radiergummi landete an ihrer Schläfe.

»Au!« Sara nahm es auf – sie hatte sich schon immer gefragt, wozu man heutzutage noch Radiergummis brauchte – und warf es zurück. Ihr Kollege duckte sich.

»Oh, aus der Trance erwacht!«, lachte er.

Sara musste mitlachen.

»Wenn man mich fragen würde, würde ich sagen, du hast eine Liebesnacht hinter dir«, tippte Bausch.

»Bloß gut, dass dich keiner fragt«, versetzte Sara gutgelaunt.

»Ich komm schon noch dahinter. Und dann bringen wir die Geschichte groß auf die ›Bunte Welt‹-Seite. Es sei denn, du erzählst mir alles gleich – dann bleibt's unter uns.«

»Erpresser!«, zischte Sara. Beide lachten.

»Du, ich sollte jetzt aber langsam wieder …« Sie fuhr ihren Computer hoch.

»Ja ja, ich weiß. Der Pulitzer-Preis wartet.« Plötzlich lag Trauer in seiner Stimme. Seinen Gesichtsausdruck konnte

Sara schon nicht mehr erkennen. Gerhard Bausch war hinter seinem Monitor verschwunden.

Auch Sara machte sich an die Arbeit. Sie versuchte die Fülle von Informationen aus Mutius' Nachlass in eine Ordnung zu zwingen. Vieles schien eindeutig und klar belegbar. Die Kernfrage aber blieb – auch nach dem gestrigen Besuch bei Stefan Mäurer – leider unbeantwortet: Steckte der KONZERN hinter dem Mord im Club *Exquisit*?

Der Täter war nach wie vor wie vom Erdboden verschwunden. Und die Polizei schien keinen Schritt weiterzukommen.

Sara klickte ihre To-do-Liste für heute an. »Frau Meinecke aus Urlaub zurück« stand da ganz oben. Daneben die Telefonnummer der Stuttgarter Kaufhof-Filiale am Hauptbahnhof.

Sara hatte vor ein paar Tagen, als ihr Chef sie aufgefordert hatte, Fakten statt Spekulationen zu liefern, ein paar Kaufhäuser und Spielwarengeschäfte in der Region angerufen. Allzu viel Hoffnung, auf diese Weise den Käufer des Zorro-Kostüms zu ermitteln, hatte sie sich nicht gemacht. Es war eher eine Art Verzweiflungstat. Sie war sich sicher, dass die Polizei das gleiche bereits getan hatte – und dabei bestimmt mit ihrem Apparat ein weit größeres Umfeld abgrasen konnte. Tatsächlich verliefen all ihre Anrufe zunächst im Sande. Beim Kaufhof konnte sie aber immerhin in Erfahrung bringen, dass eine Verkäuferin von Faschingsartikeln einige Tage zuvor in Urlaub gefahren war. Sara hatte sich das Datum ihrer Rückkehr notiert.

Sie wählte die Nummer und ließ sich durchstellen.

»Meinecke!«, kam es kurz angebunden aus dem Hörer.

»Guten Tag, Frau Meinecke. Blohm von der *Stuttgarter Rundschau*. Sie haben sicher von dem Mord gelesen, bei dem der mutmaßliche Täter ein Zorro-Kostüm …«

»Nichts«, unterbrach die Verkäuferin sie resolut, »nichts hab ich gelesen die letzten zwei Wochen. Ich war in Neuseeland mit meinem Mann, mein Patenkind hat uns eingeladen.

Wir wollten da ja schon lange mal hin, aber jetzt hat's endlich geklappt und …«

»Entschuldigen Sie, hab ich das richtig verstanden: Sie wissen nichts über den Zorro-Mörder und es hat Sie auch noch keiner danach gefragt? Die Polizei nicht? Die Presse nicht?«

»Nein! Was wollen Sie eigentlich? Hören Sie, ich bin heute den ersten Tag nach dem Urlaub wieder da und habe genug zu tun, da vorn warten Kunden …«

»Nur eine Frage, Frau Meinecke: Haben Sie kurz vor Ihrem Urlaub ein Zorro-Kostüm verkauft?«

Es entstand eine Pause. Eine lange Pause.

»Frau Meinecke, sind Sie noch da?«

»Ja. Natürlich. Aber …«, fuhr sie zögernd fort, »… woher wissen Sie …«

Sara hielt den Atem an.

»… woher wissen Sie … ja, ich hab tatsächlich so ein Kostüm verkauft, an einen Mann …«

»Wie sah er aus?« Saras Frage kam wie aus der Pistole geschossen.

»Jetzt noch mal ganz langsam: Da ist ein Mord passiert? Und der Mörder …«

»… war als Zorro verkleidet. Erzählen Sie: Wie sah der Kunde aus?«

»Ja Gott, wie sah er schon aus? Normal. Also ein etwas älterer Herr eben.«

»Wie alt?«

»Na, so um die fünfzig, schätz ich mal. Ein bisschen alt für so eine alberne Verkleidung, hab ich damals noch gedacht.«

»Was wissen Sie noch über ihn? Wie groß, dick oder dünn, welche Haarfarbe, sprach er Dialekt oder Hochdeutsch, gab's irgendwelche besonderen Merkmale? Auffällige Brille oder so was?«

»Also nee, Brille hatte er keine. Und sonst … eigentlich ganz normal. Normale Figur. Vielleicht so eins achtzig groß. Die Haare? Schwarz. Oder eigentlich eher ein bisschen grau. Ja, ich meine, so grau meliert.«

»Was hatte er an?«

»Einen dunklen Mantel, glaub ich. Und … geredet hat er ja nicht viel. Ich weiß nicht mal mehr, ob das jetzt schwäbisch war.«

»Versuchen Sie sich zu erinnern, Frau Meinecke. Jedes Detail kann wichtig sein.«

»Ja, aber … Augenblick, hören Sie: ich kann jetzt hier nicht länger … meine Kollegin gibt mir schon Zeichen, hier sind Kunden …«

»Frau Meinecke, wann haben Sie Mittagspause?«

»Um eins. Warum?«

»Ich komm bei Ihnen vorbei. Dann können wir uns noch ein bisschen ausführlicher unterhalten – vielleicht bei einem Gläschen Prosecco? Ich lad Sie ein. Und einen netten Kollegen bring ich auch noch mit. Einen sehr guten Fotografen.«

»Wegen mir etwa? Was wollen Sie denn …? Nein, also das ist mir nicht recht …«

»Ist natürlich Ihre Entscheidung. Lassen Sie uns da nachher noch mal drüber reden. Bis um eins, Frau Meinecke.«

Sara legte auf und wählte die Mobil-Nummer von Max Lämmle, einem der *Rundschau*-Fotografen.

»Hallo Max. Kannst du es einrichten, um eins beim Kaufhof? Wir haben da eine Kandidatin, die sich noch ein bisschen ziert, aber du mit deinem Charme wirst das bestimmt hinkriegen. Okay? Also, bis nachher.«

Dann wählte Sara die 101. Sonja Striegel, der Vorzimmerdrache, schien in der Mittagspause zu sein. Sara landete direkt beim Chefredakteur.

»Herr Schönfeld, wir haben ihn!«

»Wen? Zorro etwa?«

»Ja. Also ihn selber noch nicht, aber die Verkäuferin, bei der er das Kostüm gekauft hat. Stellen Sie sich vor: beim Kaufhof am Hauptbahnhof!«

»Und Sie sind sicher, dass das unser Mann ist?«

»Vieles spricht dafür. Er hat das Kostüm am Tag vor diesem Maskenball gekauft. Ich treff mich nachher mit der Verkäuferin. Da erfahr ich hoffentlich noch weitere Einzelheiten.«

»Und das haben wir exklusiv?«

»Bis jetzt ja. Das muss morgen auf jeden Fall raus!«

»Richtig. Und zwar auf der Eins. Ich räume sie frei. Und Sie schreiben noch eine Vorabmeldung für die Agenturen!« Schönfeld wirkte sehr zufrieden. Nicht zuletzt mit sich selbst: »Hab ich's Ihnen nicht von Anfang an gesagt, Frau Blohm? Hart am Ball bleiben zahlt sich aus.«

Typisch, dachte Sara. Ein Lob wäre ja auch zu viel verlangt gewesen.

Das Gespräch mit Gabriele Meinecke indes brachte zunächst nichts Neues. Auch ein zweites Glas Prosecco und ein Lachsschnittchen halfen der Erinnerung der Verkäuferin nicht entscheidend auf die Sprünge. Wenigstens ließen sie die Vorbehalte gegen die Fotoaufnahmen schwinden. Max Lämmles zwischen Lausbub und Schwiegersohn changierender Charme tat ein Übriges.

Sie wollten sich gerade verabschieden, da kam Sara noch eine Idee: »Hat der Mann außer dem Zorro-Kostüm noch etwas bei Ihnen gekauft?«

Gabriele Meinecke überlegte. »Ich glaube nicht ... Doch! So einen Schnurrbart. Also das heißt, es war eigentlich kein Schnurrbart, weil ... also der war nicht nur für unter die Nase, sondern auch für die Backen und das Kinn, so eine Art Vollbart, aber verstehen Sie jetzt nicht falsch, es war kein Rauschebart wie beim lieben Gott oder dem Weihnachtsmann, sondern mehr so – wie soll ich sagen – akkurat, so was Aristokratisches eher.«

Sara versuchte, die etwas holprige Beschreibung in ein Bild zu übersetzen. Und dann machte es »klick«.

Zurück in der Redaktion, war sie im Archiv schnell fündig geworden. Es war jener vermaledeite Artikel im *Tagblatt* gewesen, an den sie sich nach der Beschreibung der Verkäuferin vage erinnert hatte. Jener Artikel, in dem die Konkurrenz ihnen einen Schritt voraus war und Zorro als den mutmaßlichen Mörder präsentiert hatte. Das *Tagblatt* hatte da Gäste des *Exquisit* zitiert, die sich nicht nur an das Kostüm erinnerten, sondern auch an »einen schwarzen Vollbart, der vermutlich angeklebt war«.

»Bingo!«, freute sich Sara. Es schien so gut wie sicher, dass der Kunde im Kaufhof der Zorro war, den sie suchten.

Sie setzte sich an ihren PC. Ein bisschen enttäuscht war sie zwar schon, dass sie ihren Aufmacher nicht mit einem aussagekräftigen Phantombild des mutmaßlichen Mörders veredeln konnte. Doch das große Foto der Gabriele Meinecke auf der Titelseite der *Stuttgarter Rundschau* kam auch nicht schlecht, fand sie. Richtig stolz sogar war sie auf ihre Überschrift:

»Die Frau, die Zorro ohne Maske sah«

Besser hätte es Mattern nicht formulieren können, dachte sie vergnügt, als sie am Abend die ächzenden Holzstufen zu ihrer Wohnung im fünften Stock hochstieg. Sie würde sich eine Wanne heißes Wasser einlaufen lassen, in Bergen von weißem Badeschaum versinken, sich ein Fläschchen spanischen *Cava* gönnen und die vergangenen vierundzwanzig Stunden noch mal Revue passieren lassen: das unerwartete berufliche Erfolgserlebnis, und natürlich – die Begegnung mit Stefan. Stefan …

Sara lächelte, als sie ihr Schlüsselmäppchen aus der Handtasche kramte. Sie drehte den Schlüssel eine halbe Umdrehung weit und – die Tür gab nach. Seltsam. Hatte sie vergessen abzuschließen? Sie durchquerte rasch ihren schmalen Flur. Die Wohnzimmertür stand halb offen. Etwas stimmte da nicht! Sie betrat den Raum – und prallte zurück!

Das Zimmer glich einem Schlachtfeld. Sämtliche Türen und Schubfächer ihres Schreibtisches waren aufgerissen.

Der Boden übersät mit Dokumenten, geöffneten Briefen, aufgeschlagenen Ordnern, Recherchesammlungen.

Der Kleiderschrank stand offen, auch er war durchwühlt worden. Pullis, Blusen, Hosen, Unterwäsche lagen wild verstreut in der Wohnung herum.

Dazwischen jede Menge Bücher, einzeln und stapelweise. Die Regale waren fast leergeräumt.

Sara zitterte am ganzen Körper. Sie stand immer noch im Türrahmen. Unfähig, sich auch nur einen Schritt zu bewegen. Ihre Blicke irrten panisch umher.

Wo war eigentlich ihr Laptop? Er hatte auf dem Schreibtisch gestanden. Weg!

Ihr Laptop war weg!

Das waren keine normalen Einbrecher, schoss es Sara durch den Kopf. Die haben etwas gesucht! Aber was?

Sie löste sich aus ihrer Erstarrung und lief zum Schreibtisch. In der oberen Schublade hatte sie in einer Schatulle ein paar hundert Euro Bargeld deponiert, nebst einigen Kunden-, PIN- und TAN-Nummern. Das Schloss hatte den Einbrechern offenbar keine Probleme bereitet: die Schatulle stand weit offen. Doch es schien nichts zu fehlen.

Aber was war das? O Gott, das hatte sie bisher gar nicht gesehen! Neben dem Schreibtisch auf dem Boden, zwischen Gehaltsabrechnungen und alten Schulzeugnissen: Fotos! Fotos einer nackten Frau. Einer Frau, die sich lasziv auf einem Sofa räkelte. Die die Zunge herausfordernd über die Lippen gleiten ließ. Die auf dem Boden kniete, ihren Pflaumenhintern dem Betrachter entgegenreckte und dabei den Kopf verführerisch lächelnd Richtung Kamera drehte.

Sara wusste, wer die Kamera gehalten hatte. Und sie wusste natürlich auch, wer die Frau war.

Sven hatte sie damals, in glücklicheren Tagen, dazu überredet, eine Reihe Aktfotos von sich machen zu lassen. Anfangs hatte sie sich gesträubt, doch dann hatte ihr das *Shooting* richtig Spaß gemacht. Sie hatte das erotische *Posen* – ebenso wie Sven – als äußerst erregend empfunden. Und sie fand auch anschließend, dass ein Großteil der Bilder gar nicht schlecht geworden war. Mehr noch: sie fand sich schön darauf. Deshalb hatte sie auch keinen Grund gesehen, sie nach der Scheidung – wie andere Fotos – zu zerreißen oder zu verbrennen. Sie nahm an, dass auch Sven die Abzüge noch besaß. Und war sich nie ganz sicher gewesen, ob er – womöglich nach einem heftigen Streit – die Bilder nicht aus Rache ins Internet stellen würde.

Das Internet! Sara lief es kalt über den Rücken. Nicht auszudenken, wenn der oder die Einbrecher die Fotos …

Hektisch hob sie den Stapel auf, zählte sie durch. 24 Bilder waren das damals. Ein Film voll. Nur noch 13 hielt sie in ihren zitternden Händen.

»Wer seid ihr? Was wollt ihr?«, schrie Sara. Sie sank auf die Knie. Tränen rannen über ihr Gesicht.

Nein, dämmerte es Sara, die Einbrecher hatten nicht einfach nach etwas gesucht. Sie wollten mehr. Sie wollten sie demütigen. Und ihr ganz offenbar drohen: Wir haben etwas in der Hand gegen dich. Wir machen dich fertig, wenn …

Sara erhob sich und wankte zu ihrer Handtasche, die sie neben der Tür liegen gelassen hatte.

Sie holte ihr Handy heraus und wählte Stefan Mäurers Nummer.

25

Martin Schwertfeger nahm hastig einen letzten Schluck im Stehen. Er schaute auf seine Armbanduhr. Schon viertel vor neun. »Verdammt!«

Zum ersten Mal seit wer weiß wie vielen Jahren hatte er den Wecker nicht gehört – oder ihn nicht hören wollen? Wie auch immer: das Frühstück fiel heute aus, ein Tässchen Kaffee musste genügen. Noch ein kurzer Blick ins *Tagblatt*: Es schien nichts Weltbewegendes passiert zu sein. Im Lokalen ein Zweispalter: *Polizei tappt im Dunkeln. Noch immer keine Spur von Mutius' Mörder.* Die übliche Leier. Schwertfeger packte die Zeitung in seine Tasche und eilte zur Tür.

Als er den Mercedes startete, beschloss er, gar nicht erst ins Präsidium zu fahren, sondern direkt ins *Exquisit*. Er hatte vor, dem Betreiberpärchen noch etwas genauer auf den Zahn zu fühlen. Sein Bauch sagte ihm, dass die beiden bisher nicht die ganze Wahrheit gesagt hatten.

Wenn er ehrlich war, war es ihm ganz recht, das Präsidium – soweit es eben ging – heute zu meiden. Der Grund war einfach und hatte einen Namen: Nadine Dürkheim.

Noch immer krampfte sich ihm der Magen zusammen, wenn er an die peinliche Abfuhr dachte, die er sich bei der Kollegin geholt hatte. Gestern hatte er versucht, ihr aus dem Weg zu gehen. Er hatte sich in seinem Büro verschanzt, Berichte gelesen, viel telefoniert. Trotzdem ließ sich eine Begegnung nicht gänzlich vermeiden.

Nadine lief ihm im Flur über den Weg. Sie blieb kurz stehen, sah ihm in die Augen, schien etwas sagen zu wollen, brachte aber nur mit belegter Stimme ein flüchtiges »Hallo!« hervor und ging weiter. Als sie schon an ihm vorbei war, entrang sich seinen Lippen ebenfalls ein gepresstes »Hallo!«.

So konnte es nicht weitergehen, das war Schwertfeger klar. Sie mussten wenigstens wieder eine ordentliche professionelle Ebene finden. Doch vorerst wusste er nicht wie. Und Scham war ein schlechter Ratgeber.

Schwertfeger parkte seinen Daimler vor dem *Exquisit* an genau der gleichen Stelle, an der er den Miet-BMW am Mord-Abend abgestellt hatte. Es fiel ihm erst auf, als er den Wagen mit dem Funkschlüssel verriegelte. Fast wäre er noch mal eingestiegen, um ihn umzuparken. Doch dann fand er, dass das erst recht auffällig wirken könnte. Er schlug den Mantelkragen hoch und bahnte sich einen Weg durch den ungemütlichen Schneeregen zur Eingangstür.

An diesem grauen kalten Vormittag wirkte das Gebäude ebenso wenig einladend wie das Wetter. Die Lichterkette mit den roten Glühbirnchen, die abends und nachts den Eingangsbereich illuminierte, war außer Betrieb. Auch die Neonleuchten, die an der Außenfassade den Schriftzug »*Exquisit – Der elegante Treff*« bildeten, hatten wohl noch dienstfrei.

Schwertfeger drückte den Klingelknopf.

Lange tat sich nichts. Dann eine heisere Stimme: »Wer stört?«

»Schwertfeger. Kriminalpolizei.«

»Ach, Sie send's, Herr Kommissar.« Sigurd Schmälzle entriegelte die Tür.

Der *maître de plaisir* hatte zu dieser Stunde so gar nichts von einem erotischen Zampano an sich. Er steckte in einem weiten olivgrünen Flanellhemd, das seine dunkelgrauen Schlabber-Jeans bis fast zu den Knien bedeckte.

Auch das Interieur verströmte bei Tageslicht keinen Hauch von Sünde. Irgendwie schäbig wirkten jetzt die plüschigen Sofas und Sesselchen, die eine stämmige Frau gerade mit einem heiser röhrenden Staubsauger umkurvte.

»Mach doch mol des Deng aus!«, schrie Schmälzle gegen den Lärm an. Die Frau mit der mausgrauen Kurzhaarfrisur schien nichts zu hören. »Herrgottnochmol Brischitt, mach halt Pause, mir hen B'such!«

Schwertfeger stutzte. Das war Brischitt? Sigurd Schmälzles Gattin? Die verruchte Stimme des Ansagebands? Die hatte er doch ganz anders in Erinnerung: Am Tag nach dem Mord war sie im Präsidium zur Vernehmung erschienen: eine heftig geschminkte dralle Blondine im hautengen Lederkostüm, der Kollege Dörflinger kaum von der Seite weichen wollte.

Hätte der sie heute gesehen, in dem hellblauen verschlissenen Jogging-Anzug, ohne Perücke und ohne Schminke, hätte er sich wohl kaum so nach der Vernehmung gedrängt. Schwertfeger lächelte insgeheim.

Inzwischen hatte sich Brischitt Schmälzle zu ihrem Mann gesellt. »Also der Sigurd und ich«, hob sie zu einer Erklärung an, »wir sind ja grad net unbedingt uff Bsuch eingestellt. Do müsset Se a bissle unsern Aufzug entschuldigen.«

»Kein Problem«, schmunzelte Schwertfeger. »Ich bin ja heute rein dienstlich hier.«

»Sind Sie des net immer?« Brischitt schien irritiert.

»Äh …, doch. Natürlich.« Schwertfeger biss sich auf die Lippen.

»Aber Sie könnet natürlich au mal privat kommen«, gurrte Brischitt. »Da können mir Ihnen …«

»Auf keinen Fall!«, schnitt ihr Schwertfeger das Wort ab.

»Ich mein ja nur«, sagte Brischitt mit beleidigtem Unterton. »Es isch ja au net so, dass wir unbedingt die Polizei als Gäschte brauchet, so wie des grad lauft, gell, Sigurd?«

»Mhm«, nickte der. »Ja, mir sen erstaunt. Also ich hätt ja gedacht, die Leut bleibet uns weg nach dem ganze Tohuwabohu.«

»Und das ist nicht der Fall?«, wunderte sich Schwertfeger.

»Noi, die rennet uns die Bude ein. Gestern Obend war's knallevoll. Ond vor allem viele neue Gäschte, die wo no nie do waret. A Nacht im Mord-Etablissement – des gibt scheint's viele 'n richtige Kick. Mir hen uns ja sogar scho überlegt«, kicherte Sigurd Schmälzle, »ob wir uns net in ›Club Zorro‹ umbenenna sollet.«

Schwertfeger runzelte die Stirn: »Ich weiß nicht, ob das eine gute Idee ist. Aber lassen Sie uns doch noch mal zu dem Abend zurückkehren, an dem der Mord passiert ist. Mir ist da manches nach wie vor nicht so ganz klar. Sie haben mir erzählt, Mutius war Stammgast. Wie oft war er denn so bei Ihnen?«

»Na ja, einmal im Monat mindeschtens«, sagte der Hausherr.

»Aber warum gerade das *Exquisit*? Also ohne Ihnen zu nahe zu treten: War Ihr Haus denn nicht ein bisschen ... unter seinem Niveau?«

»Also ich bitt Sie ...«, protestierte Sigurd Schmälzle.

»Ich meine«, fuhr Schwertfeger fort, »so ein richtig verschwiegener exklusiver Zirkel ist das hier ja nicht. Im Prinzip kann doch jeder rein. Hatte Mutius denn keine Angst, erkannt zu werden? Es war schließlich nicht jede Woche Maskenball!«

»Ja, anfangs hat er schon so seine Befürchtungen g'habt«, räumte Schmälzle ein. »Aber mir hen ihn dann ja ganz gut ausstaffiert.«

»Ausstaffiert?«

»Ja, ich hab ihm da so einiges b'sorgt.« In Schmälzles Stimme klang Stolz mit. »A gute Perücke, sah völlig echt aus – okay, war net ganz billig, aber er hat's ja g'habt –, untenrum ein Vollbart – also ich mein: untenrum im G'sicht! – und dann noch eine Brille mit getönten Gläsern, mit der mr auch im Halbdunkel ordentlich sieht. Also ich ben mir sicher, auch Sie hättet ihn nicht erkannt!«

»Und was hat ihn immer wieder gerade hierher gezogen?«

»Er hat ja schon bald des Ehepaar Michaelis kennenglernt. Mit denen hot er sich regelmäßig getroffen – und später dann eben au nur no mit dr Gudrun. Zu den andren Gäschten hot er kaum Kontakt g'habt. Ond zu uns – also zur Brischitt ond mir – des muss mr sagen, also des war ein richtiges Vertrauensverhältnis, des war ihm wohl auch sehr wichtig, gell?«

Brischitt nickte eifrig.

»Hmm«, brummte Schwertfeger. So ganz zufrieden war er mit den Auskünften nicht. »Aber was mich auch noch interessieren würde: Was ist Ihnen damals eigentlich an diesem Zorro aufgefallen? Ich meine, außer dass er dieses Kostüm trug.«

»Eigentlich nix Besonderes«, antwortete Schmälzle. »Aber warum fraget Se? Mr wird ihn ja jetzt wohl sowieso bald am Schlafittchen kriega.«

Schwertfeger war erstaunt. »Wie kommen Sie denn darauf?«

»Na, die Verkäuferin«, sagte Brischitt, »die hat ihn doch erkannt!«

»Welche Verkäuferin?« Schwertfeger fühlte Hitze in sich aufsteigen.

»Wie?« Brischitt schaute ihn verständnislos an. »Davon wisset Sie gar nix?«

Sie ging ein paar Schritte hinüber zum Tresen der Hausbar und kam mit der *Stuttgarter Rundschau* wieder.

»Ja, leset Sie denn koi Zeitung?« Brischitt war immer noch ganz perplex, als sie das Blatt auf das Bistrotischchen knallte, an dem die drei bei ihrem Gespräch gestanden hatten.

Schwertfeger beugte sich etwas vor – und zuckte zurück: Von der Titelseite der *Rundschau* lächelte ihm die Verkäuferin Gabriele Meinecke zu.

Er starrte sie an wie einen bösen Geist. Sein Oberkörper kippte leicht nach hinten, die rechte Hand klammerte sich um die Tischkante, sein Atem ging stoßweise.

»Isch Ihnen net gut, Herr Kommissar?« Brigitte Schmälzle machte Anstalten, Schwertfeger zu stützen.

Der riss endlich seinen Blick von der Zeitung los, schüttelte heftig den Kopf, als wollte er einen schlimmen Traum abschütteln, und murmelte: »Alles in Ordnung.«

Dann machte er kehrt und hastete Richtung Ausgang. An der Tür drehte er sich noch mal zu den Eheleuten

Schmälzle um, die seinen Abgang verdutzt verfolgt hatten. »Ich muss …«, keuchte er, machte eine Pause, schien nach einem passenden Wort zu suchen, doch es kam nur ein kaum hörbares, verzweifeltes »… mal weg«.

26

Sara Blohm wachte auf und wusste nicht, wo sie war. Viel erkennen konnte sie zunächst nicht. Die Vorhänge waren zugezogen; durch einen kleinen Spalt drang nur ein fahler Lichtstrahl ins Zimmer.

Sara richtete sich auf. Die Betthälfte neben ihr war leer, das Kissen zerknautscht, das Laken zerknittert.

Langsam kehrte ihre Erinnerung zurück.

Stefan Mäurer war sofort gekommen, als sie ihn gestern Abend angerufen hatte.

Er hatte sich die Verwüstung angeschaut, nicht lange gefragt, sie einfach in den Arm genommen, dicht an sich gedrückt und geschwiegen. Etwas Besseres hätte er nicht tun können.

»Natürlich schläfst du bei mir«, hatte er schließlich gesagt und sie in seinem Audi-Sportcoupé in seine Wohnung im Asemwald gefahren.

Sie hatten noch eine Weile auf der Couch zusammengesessen, eng aneinandergeschmiegt. Stefan hatte Leonhard Cohen aufgelegt. Sie redeten nur wenig, gaben sich einfach Wärme und Vertrauen. Es war traurig. Und es war schön.

Schließlich war sie in seinen Armen eingeschlafen.

Irgendwie musste sie dann ins Bett gekommen sein. Erst jetzt fiel ihr auf, dass sie nur ihren Slip trug. War da etwas geschehen, von dem sie nichts wusste?

»Frühstück ist fertig!« Sara fuhr herum. Stefan Mäurer stand in der Tür. Der Duft von frischem Kaffee strömte ins Zimmer.

Mit einem Mal war sie hellwach. »Wie hättest du mich denn gern am Frühstückstisch? Nackt oder angezogen?«

»Oh! Eine ganz schwierige Entscheidung.« Stefan lachte.

»Jetzt mal raus mit der Sprache: Wo sind meine Klamotten?«

»Liegen alle, fein säuberlich zusammengelegt, drüben auf dem Stuhl.«

»Und wie kommen die da hin?«

Stefan setzte sich zu Sara aufs Bett und strich ihr sanft über die Wange. »Du warst irgendwann selig entschlummert. Da hab ich dich hier rübergetragen und ganz vorsichtig bettfertig gemacht. Du hast immer mal wieder leicht gezuckt und die Lippen bewegt, aber friedlich weitergeschlafen. Es sah so süß aus!« Stefan strahlte sie an.

Sara fragte sich, ob sie gerade dabei war, sich zu verlieben.

»Vielleicht ist es ja am besten, wenn du dir heute mal freinimmst«, schlug Stefan Mäurer vor, als er mit einem gezielten Hieb sein Frühstücksei köpfte. »Ich kann dir auch helfen, die Wohnung wieder einigermaßen in Ordnung zu bringen.«

»Lieb von dir«, entgegnete Sara. »Aber ich glaube, ich hab heute Wichtigeres zu tun.«

»Was hast du vor?«

»Genau das, was die nicht wollen. Die sollen merken, dass sie mit der Tour nicht durchkommen.« Ihre Stimme bekam eine ungewohnte Schärfe. »Die Geschichte muss jetzt raus. Die ganze Geschichte!«

Sie schaute auf die Uhr. »Ich muss los.«

Stefan Mäurer fuhr sie mit seinem Wagen in die Redaktion.

Zum Abschied gab er ihr einen langen Kuss. »Viel Erfolg, mutige Frau!«, sagte er, als sich ihre Lippen schließlich getrennt hatten, und verpackte in seine Stimme alle Zärtlichkeit dieser Welt.

»Wunderschönen guten Morgen, Frau Blohm.« Hans Glöckner, Saras Lieblingspförtner, hatte heute Dienst im *Rundschau*-Haus. Er schwenkte die aktuelle Ausgabe der Zeitung wie eine Trophäe. »Tolle Sache, dass Sie das rausgefunden haben, das mit dem Zorro! Ganz großartig!« Und in verschwörerischem Ton fuhr er fort: »Von Ihrer Sorte bräuchte man hier mehr. Dann würden wir vielleicht anders dastehen.«

Sara lächelte ihm zu. »Vielleicht gibt's ja morgen noch was Interessanteres.«

»Tatsächlich? Jetzt bin ich aber wirklich gespannt.« Abermals verfiel er ins Flüstern: »Geben Sie einem alten Mann einen kleinen Tipp: Was ist es denn?« Er zwinkerte ihr zu: »Bleibt unter uns. Ehrensache.«

»Geht leider nicht.« Sara zuckte bedauernd die Schultern. »Ich weiß noch gar nicht, ob ich die Geschichte überhaupt veröffentlichen darf.«

»Ach, Sie schaffen das schon. Waschen Sie unseren hochbezahlten Bedenkenträgern ruhig mal ordentlich den Kopf!«

»Ich tu mein Möglichstes«, versprach Sara und eilte die Treppe zum Büro des Chefredakteurs hoch.

Sie stürmte ohne anzuklopfen in Schönfelds Vorzimmer.

»Was sind das jetzt für neue Moden?« Chefsekretärin Anja Striegel war keinesfalls geneigt, den Raumfriedensbruch ohne weiteres zu dulden. »Was glauben Sie denn ...?«

»Ich muss sofort Schönfeld sprechen«, fuhr ihr Sara über den Mund.

»*Doktor* Schönfeld ist im Moment gar nicht zu sprechen. Er sitzt gerade an seinem Leitartikel und verbittet sich jegliche Störung.«

»Das wolln wir doch mal sehn.« Sara durchquerte entschlossen den Raum und hämmerte gegen die Tür zu Schönfelds Büro, noch ehe die entgeisterte Striegel Abwehrmaßnahmen treffen konnte.

Ohne ein »Herein!« abzuwarten, trat Sara ein.

Schönfeld blickte irritiert auf. »Hatten wir einen Termin? Ich wüsste nicht.«

»Entschuldigen Sie, aber ich muss mit Ihnen etwas bereden, das keinen Aufschub duldet.«

Schönfeld schien beeindruckt ob so viel demonstrativer Entschlossenheit.

»Ja, dann setzen Sie sich doch, bitte.«

Als Sara ihm von dem Einbruch in ihre Wohnung berichtete, stiegen sie wieder hoch in ihr, die Bilder des vergangenen Abends. Sie kämpfte mehrmals mit den Tränen. Diesmal waren es Tränen der Wut.

Der Chefredakteur schien aufrichtig besorgt. »Wenn das jetzt solche Formen annimmt und Sie persönlich in Gefahr kommen, dann kann ich dafür nicht länger die Verantwortung übernehmen.«

In Saras Stirn grub sich eine steile Falte. »Was soll das heißen?«

»Frau Blohm«, sagte Schönfeld eindringlich, »ich habe eine Fürsorgepflicht Ihnen gegenüber. Was kommt denn als Nächstes? Dass die Ihrem Alfa die Bremsschläuche durchschneiden? Oder gleich eine Bombe zünden? Das Ganze ist jetzt kein Fall mehr für uns, sondern für die Polizei.«

Sara hielt es nicht mehr auf dem Stuhl. Sie stützte sich mit beiden Händen auf Schönfelds Schreibtisch. Jetzt war sie einen Kopf größer als ihr Chef.

»Was wollen Sie?« Ihre Stimme bebte. »Dass ich die Sache abblase? Den Schwanz einziehe?«

»Den nicht vorhandenen«, versuchte Schönfeld zu witzeln.

»Mir ist jetzt nicht nach Späßen«, sagte Sara kalt. »Es geht hier aber auch nicht um mich. Es geht um die Existenzberechtigung der *Rundschau*. Wollen wir uns wirklich die Jahrhundertstory entgehen lassen? Aus Feigheit?«

Schönfeld drückte sich tiefer in seinen Leder-Fauteuil. Er schien zu überlegen. »Das möchte ich nicht allein entscheiden«, sagte er schließlich. »Ich will schauen, ob ich Ihren Ressortleiter, unseren Justiziar und vor allem auch Herrn Meyer-Helbig kurzfristig zu einem Termin hierherbekomme. Ich geb Ihnen Bescheid.«

Eine Stunde später saßen tatsächlich alle vier Herren mit Sara an Schönfelds Besprechungstisch zusammen. Anja Striegel kredenzte mit säuerlicher Miene bitteren Kaffee und trockenes Gebäck, das wohl noch von Weihnachten übrig geblieben war.

»Sie machen ja schöne Sachen, Frau Blohm«, hob Meyer-Helbig altväterlich an. »Was sagt denn die Polizei? Gibt's schon eine Spur zu den Einbrechern?«

»Die Polizei weiß nichts von der Sache«, erwiderte Sara.

»Was?«, rief Schönfeld entgeistert. Auch die anderen Herren schauten bestürzt.

»Wenn wir die Polizei einschalten«, erläuterte Sara kühl, »dann erfährt es auch die Öffentlichkeit. Und das *Tagblatt* sowieso. Und die werden den Braten riechen, wenn sie erfahren, dass man bei mir die Wohnung auf den Kopf gestellt hat. Wobei ich mich sowieso wundere, wie wenig die Kollegen bisher in der Sache schnallen. Aber ewig können wir uns nicht darauf verlassen. Wir müssen jetzt schnellstens auf den Markt mit unserer Story.«

»Haben die Diebe denn nichts mitgehen lassen, was Sie für die Geschichte unbedingt brauchen?«, wollte Ressortleiter Marx wissen.

»Alle Dokumente sind in der Redaktion im großen Tresor. Mit meinem Laptop können die Kerle nicht viel anfangen. Außer mein Privatleben durchwühlen.« Sara schluckte.

Marx warf ihr einen mitfühlenden Blick zu.

Meyer-Helbig nahm das Wort: »Was glauben Sie denn, wer steckt hinter der Sache? Oder anders gefragt: Wer wusste, wie nahe dran Sie an diesen ganzen … ähm … Praktiken des KONZERNs sind?«

»Eigentlich nur der KONZERN selbst«, erwiderte Sara. »Ich hab mit Kisch, dem Pressechef, ein paar Mal telefoniert und ihm dabei einige konkrete Fragen gestellt, aus denen er wohl seine Rückschlüsse ziehen konnte.«

»Hmm«, machte Meyer-Helbig. Die anderen starrten vor sich hin.

Heinrich Gutbrod, der Justiziar, ein drahtiger Mittvierziger mit auffallend schmalem kantigem Gesicht, durchbrach das Schweigen. »Wie wasserdicht sind denn die Beweise, die Sie haben? Es sind ja nun wirklich schwerste Vorwürfe, die Sie da erheben wollen. Da muss jede Kleinigkeit stimmen.«

»Ich weiß«, sagte Sara. »Wir haben die Unterlagen von einem Wirtschaftsprüfer, einem echten Bilanzfreak, unter die Lupe nehmen lassen. Der konnte jetzt von außen natürlich nicht jeden Einzelposten nachprüfen. Aber er geht davon aus, dass die Dokumente echt sind. Die Fotos haben wir auch von einem Experten begutachten lassen. Seiner Ansicht nach sind sie nicht nachträglich bearbeitet worden. Aber ein letzter Rest Ungewissheit bleibt eben.«

»Wen können wir denn aufbieten, wenn es vor Gericht hart auf hart geht?« Der Justiziar ließ nicht locker. »Mutius können wir ja nicht exhumieren.« Er verzog den Mund zu einem schiefen Lächeln.

»Wir haben seinen Vertrauten, Stefan Mäurer.«

»Eine sichere Bank?«

»Ich denke schon.«

»Also mir ist das alles nicht hart genug.« Schönfeld schüttelte demonstrativ den Kopf. »Überlegen Sie sich, mit wem wir uns da anlegen! Wir sind doch alle geliefert, wenn die uns irgendwelche Fehler nachweisen. Wir sollten das jedenfalls heute nicht übers Knie brechen.«

»Finde ich auch«, sekundierte Marx.

Beide schauten erwartungsvoll Mayer-Helbig an.

Der stützte sich auf seine Ellenbogen und beugte den Kopf weit vor. »Warum so kleinmütig, meine Herren? Ich denke, Sie wollen das Blatt retten. Ich fürchte, so eine Chance, die uns hier auf dem Silbertablett serviert wird, bekommen wir in hundert Jahren nicht mehr. Und das *Tagblatt* wird sich davon nicht mehr erholen. Davon bin ich überzeugt.«

Schönfeld und Marx schienen irgendetwas auf der Tischplatte zu suchen.

Sara saß da mit offenem Mund. Hatte sie hier einen neuen Freund gefunden?

Steuerbetrug, Schmiergeld, schwarze Kassen
Die unfeinen Machenschaften des feinen KONZERNs
Vertriebschef Mutius wollte auspacken – Musste er deshalb sterben?

Sara las die Schlagzeilen noch mal durch, die sie eben in die Tasten gehämmert hatte. Eigentlich war sie ganz zufrieden damit. Nur die Verwicklung der Stadt Stuttgart hatte sie nicht untergebracht. Sie überlegte hin und her. Wenn die Stadt reinkommt, muss was andres raus. Aber was? Sie versuchte einige Umstellungen, landete dann aber doch wieder bei der ursprünglichen Version.

Sie schaute auf die Uhr. Sie war erst am Anfang, und schon lief ihr die Zeit davon. Sara fuhr sich nervös durchs Haar. Sie hatte die Geschichte zwar seit Tagen im Kopf. Und zu einigen Aspekten lagen schon druckreife Notizen in ihrer Schreibtischschublade. Trotzdem: Sie musste sich besser konzentrieren und zur Not auf »Kunst« verzichten, wenn sie ihr Werk bis zum Redaktionsschluss sauber ins Blatt kriegen wollte.

Sie schloss die Augen für einen Moment. *Du musst es schaffen. Du wirst es schaffen.* Dann legte sie los.

Der Stuttgarter KONZERN ist seit Jahren in kriminelle Machenschaften verstrickt. Dies geht aus Unterlagen hervor, die der Stuttgarter Rundschau exklusiv vorliegen. Demnach hat das Unternehmen der Stadt Stuttgart Millionen an Gewerbesteuer vorenthalten. Die Rathausspitze war in die Bilanzfälschungen großen Stils eingeweiht. Widerständen begegnete der KONZERN mit der Drohung, all seine Werke in der Region zu schließen und die Produktion in Niedrigsteuerländer zu verlagern. Widerborstige Finanzbeamte wurden gemaßregelt, »kooperationswillige« besto-

chen. Mit der Politik abgestimmt hat der KONZERN seine Machenschaften bei regelmäßigen Geheimtreffen in der Nobelherberge »Sonnenhof« im Schwarzwald.

Die Enthüllungen der kriminellen Praktiken des KONZERNs werfen auch ein neues Licht auf die Ermordung des Vertriebschefs Robert Mutius. Er war vergangene Woche in dem Sexclub »Exquisit« erdrosselt worden. Nach Informationen der Stuttgarter Rundschau wollte er die illegalen Methoden nicht länger decken.

(Einzelheiten auf den Seiten 2, 3 und 17)

»Also dann, gehn wir in die Einzelheiten«, sprach Sara laut zu sich. Ihre Hände flogen über die Tasten. Sie war jetzt wie auf Speed.

27

Seit gut einer Stunde fuhr Martin Schwertfeger ziellos durch die Stadt. Früher hatte ihm das Autofahren oft geholfen, den Kopf freizubekommen. Heute nicht. Seine Gedanken drehten sich im Kreis.

Hatte er noch eine Chance, seinen Kopf aus der Schlinge zu ziehen?

Zum wiederholten Mal versuchte er, die Fakten zu ordnen und Schlussfolgerungen zu ziehen.

Punkt eins: Womit hatte er Verdacht erregt?

Er hatte behauptet, er selbst sei im Kaufhof gewesen; dort sei ihm gesagt worden, man habe keine Zorro-Kostüme im Sortiment. Und jetzt kam diese dämliche Meinecke und sagte, sie habe eins verkauft. Und sie würde das vermutlich beweisen können. Wie sollte er diesen verdammten Widerspruch auflösen?

Martin Schwertfeger krallte seine Hände ins Lenkrad. *Jetzt nicht wieder gleich in Panik geraten! Bleib ruhig! Du kannst doch systematisch denken. Das hast du oft genug bewiesen!*

Also noch mal Punkt zwei: Wem wird der Widerspruch überhaupt auffallen?

Auf jeden Fall Gräber, seinem Stellvertreter. Ihm hatte er ja die Lüge am Telefon aufgetischt. Wenn er Glück hatte, hatte Gräber das nicht groß weitererzählt. Und in dem ganzen Trubel damals war das vielleicht untergegangen. Also müsste er sich womöglich nur an Gräber halten. Und ihn einlullen. Aber womit?

Tja, da kam er wieder zum ganz entscheidenden Punkt drei: Welche Erklärung war halbwegs plausibel?

Er könnte behaupten, er hätte wohl die falsche Person gefragt. Eine, die sich nicht auskannte und ihm deshalb eine falsche Auskunft über das Faschings-Sortiment gegeben hätte. Oder – der Gedanke schoss ihm jetzt durch den

Kopf – er könnte auch sagen, er habe gar nicht in der Kaufhof-Filiale am Hauptbahnhof nachgefragt, sondern beim anderen Kaufhof, oben an der Eberhardstraße.

Doch das alles funktionierte nur, wenn niemand die Behauptungen nachprüfte.

Und da war ja noch Punkt vier: der vermaledeite Aktenvermerk.

Schwertfeger hatte als Quelle für die angebliche Auskunft bei Kaufhof einen Fantasienamen eingetragen. Gab es noch eine Chance, die Notiz verschwinden zu lassen? Er überlegte fieberhaft.

Ein lautes Hupkonzert riss ihn aus seinen Gedanken. Er stand an einer Ampel. Einer grünen Ampel. Vermutlich schon eine Weile. Gerade sprang die Lichtanlage auf gelb um. Schwertfeger geriet in Hektik und würgte den Motor ab.

Auch schon egal, dachte er. Seine Gedanken kehrten zurück zu Gräber. Ob er ihn einfach ins Vertrauen ziehen sollte? Sie waren immer gut miteinander ausgekommen. Fast immer.

Andererseits: Gräber wäre der natürliche Nachfolger auf seinem Posten. Und er war karrieregeil. Aber ein Aasgeier? Günter?

Die Ampel zeigte wieder grün. Schwertfeger drückte das Gaspedal durch. Viel war ihm nicht klargeworden, nur eins: Er musste sofort ins Präsidium. Sonst würden die denken, er sei schon auf der Flucht.

Als Schwertfeger in die Hahnemannstraße einbog, war es halb zwölf. Wahrscheinlich kochte bereits die Gerüchteküche.

Auf dem Flur begegnete ihm Mellenkamp. »Na, Sie sind heut aber spät dran. Oder haben Sie sich schon Zorro geschnappt?«

Schwertfeger lächelte gequält. »Nicht vor dem Mittagessen.«

Mellenkamp grinste.

Schwertfeger wunderte sich, dass ihm noch kleine Scherze gelangen. Und er atmete ein wenig auf: Zumindest schien er hier noch nicht unter Generalverdacht zu stehen. Vielleicht würde doch alles gut werden. Jetzt bloß keine Verzagtheit aufkommen lassen, hämmerte er sich ein. Er straffte sich, als er sein Büro betrat.

»Da sind Sie ja endlich!«, begrüßte ihn Gudrun Merck. Sie machte sich wenig Mühe, ihren Ärger zu kaschieren.

»Na, das ist mal ein Empfang«, brummte Schwertfeger.

»Was erwarten Sie?« Seine Sekretärin war auf 180. »Alle Welt fragt nach Ihnen, und ich weiß nicht mal, wo Sie sind!«

»Mein Handy hat mich wieder mal im Stich gelassen.«

»Es gibt auch andere Möglichkeiten«, bemerkte Gudrun Merck spitz.

»Okay, soll nicht wieder vorkommen.« Schwertfeger probierte ein versöhnliches Lächeln. »Jetzt sagen Sie mir aber mal: Wer ist denn so wild auf meine Gesellschaft?«

»Ich kann Ihnen die Liste hier geben. Ganz oben steht Günter Gräber, der hat's glaub ich schon fünf- oder sechsmal versucht.«

»Das ist gut. Den wollte ich sowieso sprechen. Ich muss bloß noch ganz schnell was anderes erledigen.« Er eilte zur Tür hinaus. Gudrun Merck blickte ihm kopfschüttelnd nach.

Martin Schwertfeger durchquerte den Flur. Was er jetzt vorhatte, war ein Vabanquespiel. Nadine Dürkheim, das hatte er kürzlich bei seinem abendlichen Besuch im Präsidium festgestellt, hatte jede Menge Ordner durchgearbeitet. Und wenn er Glück hatte, lag der Ordner mit der Notiz seiner angeblichen Zeugenbefragung noch auf ihrem Schreibtisch. Und sie war, so die weitere Spekulation, im Moment mit den anderen Kollegen beim Mittagessen.

Er öffnete die Tür: Das Zimmer war leer.

Er stürzte zu ihrem Schreibtisch. Tatsächlich! Da war der gesuchte Ordner. Vorsichtig nahm er die Notiz heraus und ließ sie in seiner Tasche verschwinden.

Dann öffnete er die Tür einen Spalt breit: Niemand auf dem Flur. Er eilte zurück in sein Büro.

Gudrun Merck schaute kurz auf, verkniff sich aber einen weiteren Kommentar.

Martin Schwertfeger verschwand in seinem »Kabuff«, wie er sein nicht allzu geräumiges Refugium nannte. Er ging zum Schreibtisch und wählte Gräbers Nummer.

»Hallo Günter, bin jetzt grade erst reingekommen. Tut mir leid, dass du mich bisher nicht erreichen konntest. Komm jetzt einfach mal kurz rüber.«

Es entstand eine kleine Pause. »Es wäre besser, *du* kommst«, sagte Gräber schließlich mit belegter Stimme. »Wir haben da nämlich ein paar Fragen.«

»Wir?« Schwertfeger war sofort alarmiert.

»Martin, ich möchte Frau Dürkheim mit hinzuziehen. Sie hat ...«

»Was?« Schwertfeger war fassungslos. »Was willst du denn mit der ...«

»Die Kollegin Dürkheim«, unterbrach ihn Gräber schroff, »hat sich in den Fall Zorro ausgesprochen intensiv eingearbeitet. Sie kennt die Akten aus dem Effeff. Ich möchte, dass sie bei der Vernehmung dabei ist.«

»Sag das bitte noch mal!« Schwertfeger schnappte nach Luft. »Ihr wollt mich *vernehmen*? Ja, wo bin ich denn hier?«

»Es besteht der Verdacht der Urkundenfälschung und Falschaussage im Dienst«, sagte Gräber kühl.

Schwertfeger kam es vor, als ob das Zimmer brennen würde. Und blitzartig durchzuckte ihn eine Erinnerung: die Erinnerung an den Tag, an dem er genau dies Gefühl schon einmal gehabt hatte. Damals – als Bea ihm erklärt hatte, sie habe das Kind weggegeben. Sein Kind ...

Er zwang seine Gedanken in die Gegenwart zurück.

»Hör mal, Günter«, sein Ton war jetzt flehentlich, »das ist ... ich kann das alles erklären, lass uns doch einfach in einem ganz normalen Gespräch unter vier Augen ...«

»Dazu ist es zu spät, Martin. Die Sache ist so bereits mit dem Staatsanwalt abgesprochen.«

Mit dem Staatsanwalt … Der Hörer glitt Schwertfeger aus der Hand.

Wie oft hatte er in diesem kahlen, nur mit Tisch und ein paar Stühlen möblierten Raum schon gesessen? Hundert Mal? Zweihundert Mal? Er wusste es nicht. Nur eins wusste er: Er hatte immer auf der rechten Seite des Tischs gesessen. Rechts saßen die Guten. Als er jetzt den Vernehmungsraum betrat, war alles anders: Die Plätze der Guten waren besetzt. Er hatte gewusst, dass es so sein würde; und doch erschien ihm das Ganze wie ein böser Streich einer kranken Fantasie.

Auf jenem Stuhl, auf den er jetzt langsam zutrottete, hatten sie ihm gegenüber gesessen: Mörder, Totschläger, Vergewaltiger, Erpresser. Hatten getobt, geflennt, geleugnet, geflucht, geschwitzt, gelogen – und schlussendlich oft gestanden.

Das also war jetzt sein Stuhl. Vorsichtig, als ob er seiner Belastbarkeit nicht recht traute, ließ sich Martin Schwertfeger darauf nieder. Er schaute nach oben, zur großen dunklen Scheibe an der Längswand. Wer da jetzt wohl dahinter stand und das Spektakel beobachtete, ohne selbst gesehen zu werden? Bestimmt der Staatsanwalt. Vielleicht auch der eine oder andere Kollege der Soko. Schwertfeger deutete mit der linken Hand einen Gruß nach oben an. Eine Geste des Sarkasmus – oder der Hilflosigkeit? Er wusste es selbst nicht.

Günter Gräber und Nadine Dürkheim, die ihm gegenüber saßen, hatten bisher keinen Ton gesagt.

Jetzt räusperte sich Gräber. Erklärte, dass von der Vernehmung eine Tonaufzeichnung hergestellt würde. Wies Schwertfeger auf seine Rechte hin. Ganz amtlich.

Irgendwie putzig, dachte Schwertfeger. Und sagte: »Leg los!«

Gräber räusperte sich abermals. »Wir haben dich vorgeladen«, begann er, »weil wir den Verdacht haben, dass eine

Aussage von dir nicht den Tatsachen entspricht. Meine Frage, Martin: Warst du jemals in der Kaufhof-Filiale am Hauptbahnhof, um eine Zeugenbefragung durchzuführen?«

»Ja.«

»Wie hieß die Zeugin?«

»Es war eine Verkäuferin. An den Namen kann ich mich nicht erinnern.«

»Dem kann gegebenenfalls nachgeholfen werden«, sagte Nadine Dürkheim. Sie sagte es nicht auftrumpfend, eher mit der Miene, einer traurigen Pflicht nachkommen zu müssen.

Sie zog aus ihrem Aktenkoffer den Ordner, den Schwertfeger vor einer Stunde noch in Händen gehalten hatte.

Sie blätterte ein paar Seiten vor, dann wieder zurück. Einen Moment wirkte sie irritiert. Dann sah sie Martin Schwertfeger durchdringend an. Sah ihn an und schwieg.

Er senkte den Blick.

Nadine Dürkheim wandte sich an Gräber. »Der Aktenvermerk mit der Zeugenaussage ist verschwunden. Entwendet, nehm ich mal an.«

»Was?«, rief Gräber bestürzt. »Das ist ja wohl nicht wahr!«

Er fixierte Schwertfeger. »Martin!«

Der zuckte die Schultern.

»Ich erinnere mich noch genau an den Namen, den Hauptkommissar Schwertfeger der Zeugin ...« – Nadine Dürkheims Ton wurde spitz – »... gegeben hat: Schulze. Marianne Schulze.«

Jetzt blickte sie wieder Schwertfeger an. »Unsere Nachforschungen haben ergeben, dass eine Frau dieses Namens dort nicht arbeitet – und auch nie gearbeitet hat. Wie erklären Sie sich das?«

Schwertfeger verschränkte seine Finger ineinander. Seine Hände waren schweißnass. »Ich kann mir das momentan nicht erklären.«

»Nehmen wir mal an, diese Frau existiert tatsächlich«, setzte Gräber nach. »Warum sollte sie eine falsche Auskunft gegeben haben?«

»Vielleicht war sie neu und kannte sich nicht so aus«, sagte Schwertfeger ohne Überzeugungskraft.

Nadine Dürkheim sah ihm in die Augen. Jetzt lag Mitleid in ihrem Blick. Wie kürzlich, auf der Couch. Schwertfeger bohrte die Zähne in die Unterlippe.

»Okay«, sagte Gräber kühl. »Dann wenden wir uns jetzt der Aussage der Gabriele Meinecke zu. Sie hat den Mann beschrieben, der bei ihr ein Zorro-Kostüm gekauft hat. Die Beschreibung ist zugegebenermaßen nicht sehr genau. Sie passt aber interessanterweise in allen Punkten auf dich, Martin.«

»Und auch auf tausend andere«, parierte Schwertfeger. »Glaubst du im Ernst, ich würde mir ein Zorro-Kostüm kaufen?«

»Wir könnten eine Gegenüberstellung mit Frau Meinecke veranlassen.«

Sämtliche Schweißdrüsen seines Körpers schienen sich wie auf Kommando zu öffnen.

»Wo warst du am Abend des 12. Februar zwischen 20 und 22 Uhr?«, fuhr Gräber unerbittlich fort. »Wir konnten dich in diesem Zeitraum telefonisch nicht erreichen.«

»Ich hatte einen privaten Termin«, sagte Schwertfeger müde.

»Mit Robert Mutius?« Gräber schaute lauernd.

Schwertfeger stieß ein heiseres, verzweifeltes Lachen aus. »Klar, und du bist der Nächste, den ich mit meiner Plastiktüte heimsuche.« Er atmete schwer und sackte mit einem Mal in sich zusammen.

Lange saß er da, den Kopf in die Hände gestützt. Dann lehnte er sich zurück in dem Stuhl, in dem schon so viele andere ihr Geständnis abgelegt hatten.

»Hat ja alles keinen Sinn«, sagte Schwertfeger leise.

Dann erzählte er seine ganze Geschichte.

28

Wie groß Asiaten sein können!, wunderte sich Sara Blohm. Der Mann mit dem schwarzen dichten Haarwuchs, der zu seinem nachtblauen Anzug eine akkurat sitzende taubenblaue Krawatte trug, war in der Tat ein Hüne. Er machte eine knappe Verbeugung und lächelte der hinter ihrem Schreibtisch thronenden Enthüllungsjournalistin schüchtern zu. Dann rückte er die Aktenordner, die Sara zuvor auf dem Tisch drapiert hatte, ein paar Millimeter zur Seite.

»Better view«, erläuterte der Kameramann des japanischen Fernsehens und blickte sie entschuldigend an.

»It's okay«, lächelte Sara und nickte dem Riesen freundlich zu.

Ihr Büro glich heute Morgen einem Taubenschlag. Vor einer halben Stunde war ein SWR-Team da, das für die *Landesschau* und das *Mittagsmagazin* in der ARD drehte. Mehrere Radiointerviews und Telefongespräche mit Print-Medien hatte sie schon hinter sich, und ein Ende war nicht abzusehen.

Schönfeld hatte Anja Striegel dazu verdonnert, die eingehenden Interview-Wünsche zu bündeln und zeitlich zu takten. Die Chefsekretärin kam ihrer Aufgabe als Saras Vorzimmerdame mit Leichenbittermiene nach.

Der japanische Kameramann schien mittlerweile die richtige Einstellung gefunden zu haben. Er gab dem zweieinhalb Köpfe kleineren Reporter neben sich ein knappes Handzeichen.

»Misses Bloom«, hob der an, »how you get all this information?« Der kleine Mann deutete auf die Ordner-Phalanx. »Who give you?«

Sara lächelte insgeheim und nahm sich vor, den deutsch-japanischen Fremdsprachenwettstreit für sich zu entscheiden.

»It is all from the …« – verdammt, was hieß noch mal Vertriebschef? – »… from the manager, who … who was murdered last week.«

»Murdered?« Auf der glatten Stirn des Reporters zogen dünne Fältchen auf. »He is dead?«

»Yes.«

Der japanische Kollege öffnete die Lippen, schloss sie wieder und blies sich Luft in die Backen.

»Wie ein Koi-Karpfen«, dachte Sara und verbot sich sogleich die wohl irgendwie unzulässige Assoziation.

Der Fernsehmann entließ die Luft aus den Backen und fasste den irritierenden Stand seiner Erkenntnisse zusammen: »You get information from a dead man?«

»Yes! No!« Sara schaute heimlich auf ihre Armbanduhr. Das konnte sich ja hinziehen hier! Dabei hatte sie heute wirklich noch anderes zu tun.

Meyer-Helbig steckte den Kopf zur Tür herein. Er feixte, als er das japanische Kamerateam sah. »Tja, die Welt schaut auf Sie, Frau Blohm!« Sein Gesicht war leicht gerötet, eine tiefe Zufriedenheit blitzte aus jeder Pore. »Dann will ich mal nicht weiter stören«, sagte er und zog die Tür hinter sich zu.

Meyer-Helbig war heute schon ganz früh, noch vor Sara, in der Redaktion gewesen. Er hatte sie gleich zu sich ins Chefzimmer gerufen und sie zu ihrer »großartigen Leistung« beglückwünscht. Im Radio liefen gerade die 7-Uhr-Nachrichten. Natürlich mit Saras Geschichte als Top-Meldung. Danach ein Korrespondentenbericht, in dem ausführlich aus der *Rundschau* zitiert wurde. »Heute Abend«, hatte ihr Meyer-Helbig zugezwinkert, »heute Abend machen wir ein Fass auf. Aber jetzt geht's erst mal an die Arbeit. Ich glaube, da kommt heute einiges auf uns zu. Vor allem auf Sie.«

Es war viertel nach zehn, als Sara die japanischen Fernsehleute endlich hinauskomplimentiert hatte. Sie brauchte jetzt dringend einen Kaffee.

Als sie auf den Flur hinaustrat, stieß sie beinahe mit Gunnar Schönfeld zusammen. Der Chefredakteur wirkte äußerst besorgt.

»Frau Blohm!« Sein Atem ging kurz. »Was soll ich davon halten?« Er zog sie zur Seite. »Ich habe empörte Anrufe vom KONZERN und der Stadt Stuttgart erhalten. Die drehen dort völlig hohl. Sie haben ausführliche Gegendarstellungen angekündigt.«

Sara wurde etwas flau im Magen. Doch ihre Stimme klang fest: »Getroffene Hunde bellen.«

»Ich hoffe, Ihre Geschichte hält«, flüsterte Schönfeld. »Sonst gnade uns Gott.«

Patrick Münch kam aufgeregt über den Flur gerannt. Der Volontär, der gerade in der Wirtschaftsredaktion Station machte, schwenkte einen Ausdruck durch die Luft. »Die KONZERN-Aktie ist im freien Fall!«, jubelte er, riss seinen rechten Daumen nach oben und nickte Sara anerkennend zu.

»Schon mal was von journalistischer Objektivität gehört?«, schnauzte der Chefredakteur die Nachwuchskraft an.

Während die sich ohne erkennbares Schuldbewusstsein trollte, schüttelte Schönfeld missbilligend den Kopf. »Journalismus ist, wenn Aktien fallen und Köpfe rollen. Woher er das wohl hat?« Er blickte Sara stechend an.

»Also bitte, Sie wollen doch wohl nicht …«

»Wir sehen uns auf der Konferenz.«

Schönfeld drehte ab und ließ Sara einfach stehen. Bis zuletzt hatte er versucht, ihre Story zu kippen. Doch Meyer-Helbig hatte ihm keine Chance gelassen.

Sara trottete in Gedanken versunken zum Kaffeeautomaten. Was würde wohl in den Gegendarstellungen stehen? Sie schaute auf die Uhr. Fünf vor halb elf. Das reichte gerade noch für einen Schluck und einen letzten Check der E-Mails. Sie wusste: Sie durfte keine Minute zu spät kommen. Sie war heute die Hauptperson.

Als sie an ihren Schreibtisch zurückkehrte, sah sie die rote Rückruf-Taste ihrer Telefonanlage blinken. Meyer-Helbigs Name stand auf dem Display.

»Schauen Sie sich sofort die Gegendarstellung des KONZERNs an, die gerade gekommen ist«, fauchte er ohne Vorrede. »Ich hoffe, Sie können sie Punkt für Punkt widerlegen. Ich erwarte Ihren Bericht auf der Konferenz.«

»Die fängt in zwei Minuten an«, protestierte Sara, während sie den Anhang der KONZERN-Mail öffnete.

»Dann kommen Sie eben später. In einer Viertelstunde werden Sie sich ja wohl einen Eindruck verschafft haben. Wir erwarten Sie viertel vor elf.«

Aufgelegt.

Sara holte tief Luft – und erstarrte, als jetzt der Text der Gegendarstellung auf ihrem Monitor erschien.

»Das gibt's doch nicht!«, stieß sie hervor. Sie konnte kaum glauben, was sie da sah: In 27 Punkten verlangte der KONZERN eine Korrektur!

Sie fuhr sich durch die Haare. »Das ist doch ... was? ... wie? ... aber da stand doch ...!«

Sara wühlte hektisch in ihren Ordnern.

Nach einer Viertelstunde hatte sie erst die Punkte 1 bis 7 gegengecheckt. Sie musste gleich los. Noch kurz Punkt 8 vielleicht.

»Falsch ist«, las sie laut, *»dass gemäß eines Überweisungsbelegs 26,3 Millionen Euro auf das Konto der Virgin Bank auf den Cayman Islands verschoben wurden. Richtig ist, dass ein solcher Beleg nicht existiert und nie existiert hat.«*

»Ihr Drecksäcke!« Ohnmächtige Wut stieg in Sara hoch. Es war fast immer das gleiche Strickmuster: falsche Überweisungsbeträge, falsche Bestechungssummen, falsche Orte, falsche Jahreszahlen, falsche Namen.

Nie wurde das behauptete Faktum generell in Abrede gestellt. Es wurde nur der Eindruck erweckt, sämtliche belastenden Dokumente seien gefälscht.

Und wenn sie das waren? Sara spürte, wie ihr Herz schneller schlug. War es denn möglich, dass jemand Mutius' Dokumente manipuliert hatte?

Sie scrollte hektisch weiter. Was war das?

»Falsch ist …«, las sie atemlos, *»… Finanzchef des KONZERNs … Sonnenhof-Runde teilgenommen … angebliches Foto … richtig ist … niemals in diesem Hotel … Foto eine Fälschung … eidesstattliche Versicherung …«*

Sara schloss die Augen.

Das Telefon klingelte. »Wo bleiben Sie?« Schönfelds Stimme, harsch, ungeduldig.

»Ich komme«, sagte Sara tonlos.

Auf jedem Platz im Konferenzraum stand ein Sektkelch, in der Ecke eine Kiste *Veuve Cliquot*. Nichts davon war angerührt. Die große Sause – verschoben auf unbestimmte Zeit, vielleicht für immer.

Die Diskussion, die sich offenbar um Saras Geschichte gedreht hatte, erstarb wie auf Kommando, als sie den Raum betrat. Sara setzte sich. Sie sah in neugierige, verunsicherte, schadenfrohe, wütende Gesichter. Nur einer lächelte ihr freundlich zu: Valentin Fauser.

»Wir sind eigentlich zusammengekommen«, begann Schönfeld, »um heute den größten Erfolg in der Geschichte der *Stuttgarter Rundschau* zu feiern und mit Ihnen, Frau Blohm, auf eine journalistische Großtat anzustoßen, die die Wirtschaftswelt und unser Gemeinwesen in den Grundfesten erschüttert.« Er machte eine kurze Pause. »Ich hoffe, dass es am Ende nicht wir sind, die erschüttert sind – über Inkompetenz und Selbstüberschätzung.« Seine Stimme hatte einen drohenden Unterton bekommen.

»Frau Blohm!« Verlagschef Meyer-Helbig saß wie zum Sprung geduckt am Konferenztisch. »Was haben Sie uns zu sagen?«

Für Sara hörte es sich an wie: »Was haben Sie zu Ihrer Verteidigung vorzubringen, Angeklagte?«

Sie griff nach den Ausdrucken der KONZERN-Mail, die sie vor sich liegen hatte. Sie merkte, wie ihre Hände leicht zitterten.

»Nun ja«, sie räusperte sich, »der KONZERN behauptet, dass 27 Punkte falsch sind in unserer Darstellung.«

»In *Ihrer* Darstellung!«, korrigierte eine schneidende Stimme. Stefan Marx, ihr Ressortleiter. Für einen Moment trafen sich ihre Blicke. Okay, auch von ihm konnte sie keine Unterstützung mehr erwarten.

»Ich stehe zu meiner Geschichte.« Ihre Stimme bebte. »Ich bin nach wie vor überzeugt, dass sie im Kern richtig ist.«

»Und der KONZERN lügt in allen Punkten?«, fragte Gerald Maurer von der Landespolitik höhnisch.

»Die bestreiten gar nicht die große Linie«, antwortete Sara. »Die klammern sich an Details und machen einen Popanz draus.«

Chefredakteur Schönfeld schlug auf den Tisch. »Wenn die Details nicht stimmen, stimmt die ganze Geschichte nicht!«

Aus dem zustimmenden Raunen drang eine sanfte, aber kräftige Stimme hervor: »Wir können doch jetzt nicht so einfach den Stab über der Kollegin brechen. Ist doch klar, dass der KONZERN sich da herauswinden will. Bringen wir halt seine Gegendarstellung. Und bleiben im Wesentlichen bei unserer Geschichte. Vielleicht können wir ja sogar noch nachlegen.«

Valentin Fauser nickte Sara aufmunternd zu. Wenigstens auf ihn war Verlass.

Schönfeld aber brachte Fausers Widerrede richtiggehend in Rage. »So einfach, wie man sich das im Feuilleton vorstellt, ist die Welt nicht!«, polterte er. »Der KONZERN verlangt von uns den Abdruck der Gegendarstellung auf Seite eins – quasi als Aufmacher! Andernfalls droht uns Zwangsgeld. Stellen Sie sich das mal vor: diese Demütigung!«

Wieder ging ein Raunen durch die Runde. »Wir sind auf alle Zeiten blamiert!«, rief einer. Und dann fiel ein Wort, das die Konferenz für einen Moment erschrocken innehalten ließ: »Hitler-Tagebücher«.

Sara zuckte zusammen. Wer hatte das infame Wort in den Mund genommen? Sie wusste es nicht.

Das erschrockene Schweigen ging in ein allgemeines Tohuwabohu über.

Meyer-Helbig saß noch immer seltsam unbewegt in einer Art Lauerstellung. Plötzlich erhob er sich ruckartig. »Disziplin, meine Damen und Herrn!«, bellte er. »Die Lage ist zu ernst für Plauderstündchen!«

Abrupt erstarben die Gespräche.

Meyer-Helbig war stehen geblieben. *Er* würde das weitere Procedere bestimmen.

Der Verlagschef blickte Sara eindringlich an. »Ich weiß immer noch nicht, was Sie den Einwänden des KONZERNs konkret entgegenzusetzen haben.«

Tja, was hatte sie entgegenzusetzen? Sie versuchte ihre Gedanken zu ordnen.

»Die behaupten, wir seien gefälschten Dokumenten aufgesessen. Aber wer sagt denn, dass ihre angeblichen Original-Dokumente echt und nicht nachträglich manipuliert sind?«

»Sie haben eben nur Kopien«, wandte Meyer-Helbig ein.

»Und wir haben schriftliche Aussagen des ehemaligen Vertriebschefs.«

»Der tot ist«, konterte der Verlagschef lapidar.

»Aber sein Vertrauter lebt. Stefan Mäurer.«

»Dann bringen Sie uns diesen Mäurer!«

»Ich hab ihm absolute Vertraulichkeit zugesichert. Und der Informantenschutz …«

»Ihren Informantenschutz können Sie sich an die Kniescheibe nageln!«, schrie Meyer-Helbig. »Treiben Sie den Burschen auf. Der muss raus aus der Deckung! Wenn wir den gegen die anderen KONZERN-Ärsche aufbieten können, steht wenigstens Aussage gegen Aussage.«

Es war mucksmäuschenstill im Konferenzsaal. Sara saß wie versteinert.

»Worauf warten Sie? Sie sind von der Konferenz freigestellt. Bringen Sie den Kerl! Es geht jetzt um jede Minute!«

Sara erhob sich wie in Trance.

Auf dem Flur kam ihr Anja Striegel entgegen. »Gerade sind umfangreiche Gegendarstellungen des Finanzministeriums und der Stadt Stuttgart eingegangen.«

Es klang fast triumphierend.

Sara nickte nur. Jetzt hatte erst mal Mäurer Vorrang. Vermutlich hatte ja Meyer-Helbig recht: Stefan war ihr letzter, ihr einziger Trumpf.

Sie wählte seine Handy-Nummer.

»Ich bin im Moment nicht erreichbar …« Auch auf der Mailbox diese einschmeichelnde Stimme, die so vieles versprach!

Zum ersten Mal hatte Sara überhaupt keinen Sinn dafür.

Sie prügelte seine Dienstnummer in die Tastatur. Niemand ging ran. Ein Anflug von Panik. Sara rannte Richtung Ausgang.

Wenigstens ihr Alfa hielt heute zu ihr. Er sprang widerstandslos an, obwohl das Thermometer fünf Grad unter null zeigte.

Sara heizte hoch Richtung *Hannibal.*

Sie fand einen Parkplatz direkt vor dem Eingang. Eine alte Dame mit Kostüm und Hütchen kam ihr entgegen und blickte sie misstrauisch an, als sie aus ihrem Roadster stürmte. Sara war es egal.

An der Haustür rasten ihre Augen hektisch über die langen Reihen von Klingelknöpfen und Namensschildern. Sie schüttelte den Kopf. *Das gibt's doch nicht! Wo ist denn …? Ich bin doch nicht das erste Mal hier!*

Und dann sah sie die Klingel. Die Klingel von Mäurers Wohnung. Doch das Namensschild: Es war weg!

Sara lief es kalt über den Rücken. Sie drückte wahllos mehrere Klingelknöpfe. »Ja, wer ist da?«, schepperte es aus einer Gegensprechanlage.

»Blohm, können Sie mich bitte reinlassen?«

»Wer sind Sie denn?«

»Ein Notfall, machen Sie bitte auf!«

Der Türöffner surrte, Sara stürzte zum Aufzug.

17. Stock. Sara zitterte am ganzen Leib. Warum öffneten sich die Türen so entsetzlich langsam? Sie rannte auf den Flur.

An Mäurers Tür: ebenfalls kein Namensschild mehr. Sie drückte den Klingelknopf.

Nichts.

Sie hämmerte mit den Händen gegen die Tür.

»Sie brauchet net so ’n Lärm mache.« Ein älterer Herr streckte seinen Kopf aus der Tür schräg gegenüber. »Der Mann isch gestern auszoga. Der wohnt nemme hier.«

Saras Schultern sackten nach vorn. Mit der linken Hand hielt sie sich am Türrahmen fest, mit der rechten fingerte sie nach ihrem Handy. Sie wählte nochmals Mäurers Dienstnummer.

Nach fünfmal Tuten eine neutrale weibliche Stimme. »Tut mir leid. Herr Mäurer arbeitet nicht mehr bei uns.«

»Was sagen Sie? Aber das ist doch …!«

Freizeichen. Aufgelegt.

Sara sank auf die Knie. Tränen schossen ihr in die Augen. »Du Dreckschwein!«, schluchzte sie. »Du gottverdammtes Dreckschwein!«

Ihr Handy klingelte. Sie fuhr herum. Ein winziger Funke Hoffnung. Doch auf dem Display: kein Mäurer. Nur Schönfeld.

»Ja, Blohm«, meldete sich Sara mit dünner Stimme.

»Wie sieht’s aus, haben Sie Mäurer?«

»Er ist weg.«

»Was heißt weg?«

»Ausgezogen. Fort. Ich weiß nicht ...« Ihre Stimme kippte.

»Wo sind Sie denn?«

»Vor seiner Wohnung.«

»Hä? Na, wie auch immer: Kommen Sie sofort in die Redaktion!« Und nach einer kleinen Pause: »Wir haben da übrigens noch ein Schmankerl für Sie: Zorro ist enttarnt. Sie werden sich wundern.«

29

Anja Striegel war gerade dabei, ihren himbeerfarbenen Lippenstift nachzuziehen, als Sara Blohm atemlos hereinstürzte.

Die Sekretärin blickte nur kurz über den Rand ihres Taschenspiegels und deutete mit einer leichten Kopfbewegung in Richtung Chefzimmer.

Sara Blohm drückte die Klinke und sah – *Sara Blohm*. Wie sie am Schreibtisch saß. Vor sich ihre Aktenstapel. Wie sie einen Ordner aufschlug. Irgendetwas unterstrich. Eine sinnlose Bemerkung an den Rand kritzelte.

Dazu eine sonore Stimme aus dem Off:

»Heute Morgen hatte es noch so ausgesehen, als ob die Reporterin der Stuttgarter Rundschau einen Jahrhundertcoup landen würde. Der KONZERN, die Landesregierung und die Stuttgarter Rathausspitze seien in ein Komplott verwickelt, schrieb das Blatt. Von Korruption und Steuerhinterziehung in großem Stil war die Rede.«

Gunnar Schönfeld saß tief in seinen schwarzen Ledersessel geduckt, die Ellbogen auf die Knie gestützt. Den Kopf zwischen den Händen, stierte er auf den riesigen Flachbildschirm.

Sara schien er gar nicht zu bemerken.

»Da bringen die vom SWR am helllichten Nachmittag eine Sondersendung – sind doch sonst nicht so fix«, knurrte er. »Aber klar: Wenn sie uns schon mal eins reinwürgen können, dann immer feste druff!«

Sara wusste nicht, ob Schönfeld mit ihr oder mit sich selbst sprach.

»Der KONZERN hat die Vorwürfe allerdings entschieden zurückgewiesen«, fuhr die sonore Stimme fort. Ein Zoom auf die Firmenzentrale. Schnitt. O-Ton KONZERN-Sprecher Otfried Kisch.

»Es handelt sich um bösartige Unterstellungen, die wir Punkt für Punkt widerlegen können. Das hat mit kritischem Journalismus nichts zu tun. Das ist Rufmord. Ein erbärmlicher Versuch, einem Unternehmen, das in der Verantwortung für zehntausende Arbeitsplätze in der Region steht, zu schaden. Das Ganze ist Ausfluss einer engstirnigen ideologischen Verblendung, die wir einem Blatt wie der Stuttgarter Rundschau nicht zugetraut hätten. Wir verlangen nicht nur eine unverzügliche Richtigstellung der haltlosen Anschuldigungen, wir behalten uns auch ausdrücklich rechtliche Schritte vor.«

Schönfeld hangelte nach der Fernbedienung. Der Bildschirm erlosch.

Langsam drehte er sich zu Sara hinüber. In seinem Blick eine Mischung aus Wut und Resignation.

»Setzen Sie sich, Frau Blohm.«

Sara nahm auf einem der Besucherstühle Platz.

»Sie haben also diesen Mäurer nicht auftreiben können. Das hab ich richtig verstanden?«

Sara nickte.

Schönfeld blies Luft durch die Backen. »Das heißt: Wir haben nichts in der Hand. Nichts.«

Er schüttelte missmutig den Kopf.

»Dabei hätte dies heute ein richtig großer Tag für die *Rundschau* werden können. Und sogar für Sie. Wenn Sie sich statt auf Ihre Hau-den-KONZERN-Nummer auf Zorro konzentriert hätten. Denn dass der heute gefasst worden ist, haben wir Ihnen zu verdanken. Ihrer Hartnäckigkeit. Ihrer Recherche. Damit hätten wir uns schmücken können: *Die Stuttgarter Rundschau gab den entscheidenden Hinweis ...* Aber nein: Sie wollten ja ganz hoch hinaus, Sie mussten ja ...«

»Wer ist es denn?«, unterbrach ihn Sara.

»Wer ist wer?« Der Chefredakteur schaute sie irritiert an. Er war gerade so schön dabei gewesen, sich in seine Suada hineinzusteigern, dass er den Ausgangspunkt seiner Erregung irgendwie aus den Augen verloren hatte.

»Na, wer ist jetzt Zorro?«, versuchte ihm Sara auf die Sprünge zu helfen.

»Ach so, Sie wissen ja noch gar nicht. Eine unglaubliche Geschichte. Mit der wir morgen natürlich aufgemacht hätten. Wenn wir nicht ganzseitig diverse Gegendarstellungen auf der Eins abdrucken müssten.«

Er sah sie vernichtend an.

Sara senkte den Blick. »Also, wer ist es?«, fragte sie müde.

»Wir haben vor einer Stunde eine Pressemitteilung der Polizei erhalten. Sie haben einen hohen Beamten vom Dienst suspendiert.«

Sara schaute verständnislos auf. »Aber warum denn? Ist doch ein Erfolg, wenn sie jetzt den Mörder geschnappt haben.«

»Ich glaube, Sie verstehen nicht. Der hohe Beamte … *ist* Zorro!«

»Was?«

»Ja. Der Mann, den die Verkäuferin in Ihrem Artikel beschrieben hat, ist kein anderer als – der Chef der Mordkommission, Martin Schwertfeger.«

Sara riss die Augen auf. Sie formte die Lippen zu einem unhörbaren Schrei. Ihr Blick flatterte. Ihr Atem ging in kurzen, ganz kurzen Stößen.

»Nein!«, schrie sie auf. »Nein! Nein! Nein!« Ihre Schreie gingen in ein Schluchzen über, ein hemmungsloses Schluchzen.

Dann rannte sie aus dem Zimmer.

Sara wankte über den Flur. Sie musste allein sein jetzt, und – sie musste dringend telefonieren.

Sie betrat die Damentoilette. Prüfte die Kabinen. Niemand drin. Sie verriegelte die Tür und setzte sich auf die Klobrille. Dann klaubte sie ihr Handy aus der Handtasche. Ihre Finger zitterten, als sie die Nummer eintippte.

Lange her, dass sie sie zum letzten Mal gewählt hatte.

Viermal das Freizeichen, dann eine müde mürrische Stimme.

»Schwertfeger.«

Sara schnürte es den Hals zu. Sie schluckte.

»Ich bin's, Sara«, sagte sie mit tränenerstickter Stimme. »Hallo Papa.«

30

Als sein Handy klingelte, war Martin Schwertfeger gerade dabei, die wenigen persönlichen Dinge, die er in den Schreibtischschubladen aufbewahrte, in einen Pappkarton zu befördern.

Kein Name auf dem Display – er zögerte, das Gespräch anzunehmen. Verdammt, womöglich war das schon die Presse! Nein, er wollte jetzt mit niemandem sprechen. Mit der Presse schon gar nicht. Er wollte allein sein – mit seinem Schmerz, mit seiner Wut. Doch dann siegte die Neugier.

Als er die Stimme hörte, war ihm, als ob seinen Körper ein brennender Strahl durchzuckte. Sein Ohr schien zu glühen.

»Was? ... Du?«, stammelte er. »Sara?!«

Wann hatten seine Tochter und er das letzte Mal miteinander gesprochen? Und wie lange war es her, dass sie ihn »Papa« genannt hatte?

Er wischte sich eine Träne von der Wange.

»Es tut mir leid, so unendlich leid«, schluchzte sie.

Schwertfeger verstand nicht ganz. »Warum muss es *dir* leid tun? Ich bin doch derjenige, der alles versaut hat. Ist doch alles meine Schuld.«

»Aber ich hab dich ans Messer geliefert«, sagte Sara leise. »Ich hab meinen Vater ans Messer geliefert.«

»Aber warum denn *du*?«

»Hast du nicht meinen Artikel gelesen? *Die Frau, die Zorro ohne Maske sah*?«

»Der war von dir?« Schwertfeger stockte der Atem. Natürlich hatte er den Artikel gelesen. Oder besser gesagt: überflogen. Gestern, als er noch mal im *Exquisit* war, hatten ihm die Club-Betreiber das Blatt ja direkt vor die Nase geknallt. Doch die Autorenzeile hatte er nicht zur Kenntnis genommen. Er wäre auch gar nicht auf die Idee gekommen, dass seine Tochter, die Wirtschaftsredakteurin, mit dieser Sex-and-Crime-Geschichte etwas zu tun haben könnte.

»Woher sollte ich denn wissen …? Ich hatte doch keine Ahnung …!« Saras verheulte Stimme katapultierte Schwertfeger wieder in die Gegenwart.

»Ist schon gut«, sagte er matt. »Wie sollen wir auch etwas voneinander wissen, wenn wir nicht miteinander reden. Und das tun wir ja schon lange nicht mehr.«

Ja, die Kinder … das war ein heikles Kapitel. Daniel, sein Sohn, hatte sich kurz nach dem Abi auf und davon gemacht. In Kanada suchte er die große Freiheit, das Abenteuer jenseits der großstädtischen Zivilisation. Er schlug sich als Waldarbeiter durch, fand schließlich eine Anstellung als Ranger in einem großen Naturschutzpark. Er heiratete eine Tierärztin, Kinder hatten sie keine. Der Kontakt zu den Eltern war nie besonders intensiv, wurde in letzter Zeit aber immer spärlicher und beschränkte sich mittlerweile auf E-Mails zu Weihnachten.

Viel mehr allerdings bekümmerte Schwertfeger die Beziehung zu Sara. Sie wohnte nicht im fernen Ausland, sondern in der gleichen Stadt, nur zwanzig Minuten Autofahrt entfernt. Und doch hatte es den Anschein, als läge ein Ozean zwischen ihnen.

Zunächst waren nur Gespräche über »Dienstliches« zwischen Vater und Tochter tabu gewesen. Es war Sara, die darauf bestanden hatte. Als Journalistin wollte sie nie in die Versuchung kommen, Polizeiinterna für ihre Arbeit zu nutzen. Und sie wollte auch nicht, dass Kollegen auf die Idee kämen, sie für solche »Spitzeldienste« – wie sie das nannte – zu missbrauchen. Sie hatte deshalb auch nach ihrer Scheidung ihren angeheirateten Namen beibehalten – um ja keine Fährte ins Polizeipräsidium zu legen. Und so war es für sie im Fall Zorro ganz selbstverständlich, dass sie – selbst wenn es manchmal in den Fingern juckte – nie den »kleinen Dienstweg« über ihren Vater in Betracht zog.

Doch das war nur die eine Seite. Viel gravierender war: Seit gut einem Jahr hatten sie sich auch privat nichts mehr zu sagen.

Das Zerwürfnis hatte begonnen, als Saras Ehe in die Brüche ging. Das Problem war, dass Sven, ihr Mann, Schwiegermutters Liebling war. Stets höflich, allzeit freundlich, nie um Komplimente verlegen. Sogar Blumen brachte er Esther ab und an mit – was Martin reichlich affig fand.

Esther dagegen blühte förmlich auf, wenn Sven im Haus war. Die beiden steckten dann oft die Köpfe zusammen, gackerten und alberten herum wie ein frisch verliebtes Pärchen.

Um so schroffer reagierte Esther, als ihre Tochter zum ersten Mal von Scheidung sprach. Für sie stand außer Frage, wer die Schuld an der Ehekrise hatte – und sie ließ dies Sara mehr als einmal in aller Deutlichkeit wissen.

Als Esther sich dann auch im Streit um das Sorgerecht für Mischa kompromisslos auf Svens Seite schlug, war das Tischtuch endgültig zerschnitten. Mutter und Tochter verkehrten nur noch schriftlich miteinander. »Ich will mit dir nichts mehr zu tun haben und möchte, dass du das respektierst«, schrieb Sara in ihrem letzten Brief an Esther. Danach herrschte Funkstille.

Martin hatte noch eine Zeitlang versucht, als Mittler zwischen Mutter und Tochter aufzutreten, sah sich aber immer mehr zwischen den Fronten zerrieben. Als Sara das Gefühl hatte, auch Martin sei jetzt auf die Seite Esthers gewechselt, traf sie das um so härter. Denn sie mochte ihren Vater. Nun warf sie ihm »Verrat« vor. Und brach den Kontakt ab. Nichts ging mehr. Bis heute.

»Tja, in der Katastrophe finden wir wieder zusammen«, sagte Schwertfeger bitter.

»Katastrophe?«, echote Sara. »Du hast doch mit dem Mord nichts zu tun!« Es klang sehr überzeugt.

Martin musste fast ein bisschen lächeln. »Nein, natürlich nicht. Aber ich war dort. Und ich hab den Kopf verloren.«

»Das heißt aber, du bist nicht verhaftet, oder?«

»Nein. Sie haben mich stundenlang verhört und kamen zum Schluss, dass zunächst kein hinreichender Tatverdacht vorliegt. Ich muss mich aber zur Verfügung halten. Und vom Dienst bin ich natürlich suspendiert. Ich bin grade dabei, meinen Schreibtisch zu räumen.«

»Ach du Scheiße«, sagte Sara. Und nach einer Pause: »Aber vielleicht geht's mir ja bald genauso.«

»Warum das denn?«

»Ach, das ist eine lange Geschichte…«

Es klopfte zweimal. Dann steckte Günter Gräber den Kopf zur Tür herein. »Martin, ich muss dich bitten …«

»Du kriegst den Schreibtisch noch früh genug«, zischte Schwertfeger.

Der Chef in spe drehte wieder ab.

»Da können's manche nicht abwarten, bis ich weg bin. Aber was reg ich mich auf? Hab's ja selber verbockt. Lass uns ein andermal weiterreden, meine … Kleine.«

Schwertfeger drückte die »Auflegen«-Taste – und schüttelte über sich selbst den Kopf. Hatte er gerade tatsächlich »meine Kleine« gesagt? Er lächelte wehmütig, packte seine Sachen zusammen und verließ das Büro, das einmal *sein* Büro gewesen war.

Im Vorzimmer war Gudrun Merck gerade mit einem Privatgespräch beschäftigt; sie legte schnell auf, als Schwertfeger auf sie zutrat.

Er gab ihr die Hand. »Vielen Dank für alles. Eine gute Zeit wünsche ich Ihnen.«

Seine langjährige Sekretärin hielt seine Hand fest.

»Ich wünsch Ihnen alles erdenklich Gute und viel Kraft. Und dass Sie das jetzt alles heil überstehen.«

»Danke.« Martin Schwertfeger nickte ihr zu und wandte sich zum Gehen. Als er schon an der Tür war, brach es doch noch aus Gudrun Merck heraus: »Warum mussten Sie denn auch unbedingt …? Warum hat das denn sein müssen?«

Schwertfeger schloss die Tür, ohne sich noch mal umzudrehen.

Im Treppenhaus kamen ihm Zielinski und Dörflinger entgegen.

»Tut mir leid für Sie, Chef«, sagte Zielinski, und es klang aufrichtig. »Ich hoffe sehr, wir sehn Sie hier wieder.«

»Wenn nicht, rächen Sie halt Witwen und Waisen auf eigene Faust«, grinste Dörflinger.

»Arschloch!«, fauchte Zielinski.

Schwertfeger sagte gar nichts. Er hoffte nur, dass ihm nicht auch noch Nadine Dürkheim über den Weg lief.

31

Es regnete Kleingeld. Metall prasselte auf Metall. Eine Münzenflut, sturzbachgleich. Dann war wieder Ruhe.

»Das Glück ist ein Rindvieh und sucht seinesgleichen«, rief die Frau hinter der Theke, eine blondierte Matrone in den Fünfzigern, dem Mann am Einarmigen Banditen zu, und ließ ein raumfüllendes Lachen folgen.

»Der Neid der Besitzlosen«, brummte der schmächtige Automatenspieler gutmütig und begann, seinen frisch erworbenen Besitz umgehend zu reinvestieren. Die bunten Zahlenreihen rotierten aufs Neue.

Ein *bisschen* Glück, sinnierte Martin Schwertfeger dumpf, ist halt immer nur ein bisschen Glück – und damit nicht genug. Darf's ein bisschen mehr sein? Aber sicher! Her damit! Und plötzlich verlässt es einen ganz, das Glück …

Er stierte in sein leeres Glas. »Noch ein Pils bitte.«

»Ein Pilschen? Klärchen, kommt sofort«, ließ die Matrone hinterm Tresen vernehmen.

Eigentlich war Schwertfeger kein großer Biertrinker, aber besser als schlechter Wein war's allemal. Und dem Weinangebot in dieser Kaschemme traute er nun wirklich nicht über den Weg.

Wenn ihn morgen jemand fragen würde, wo er denn gestern Abend gewesen sei: er hätte es noch nicht mal sagen können. Eine Pilsbar, irgendwo in der Neckarvorstadt. Um den Namen des Lokals hatte er sich nicht gekümmert, als er am frühen Abend hineingestolpert war. Wozu auch? Hier war er noch nie gewesen, und die Gefahr, an diesem Ort jemandem zu begegnen, der ihn kannte, war einigermaßen gering. Nur das zählte.

Er wusste, dass die Pressestelle der Polizei noch am Nachmittag die Mitteilung herausgegeben hatte, die wie eine Bombe einschlagen würde. Sicher hatten die Abendnachrichten in Radio und Fernsehen schon über die sensationelle Wendung im Fall »Zorro« berichtet, morgen würden die Zeitungen voll sein.

Die Matrone knallte sein Pils auf die Resopalplatte, auf der unzählige Biergläser ihre Abdrücke hinterlassen hatten.

»Prösterchen, der Herr!« Die Blondierte – war sie eigentlich Kellnerin oder Wirtin hier? – musterte ihn neugierig.

Zu neugierig, wie er fand. Sollten die im Fernsehen etwa schon ein Foto von ihm verbreitet haben?

Schwertfeger seufzte. Spätestens ab morgen würde er das Freiwild der Öffentlichkeit sein.

Einen kleinen Vorgeschmack hatte er heute Nachmittag schon bekommen. Als er seinen Schreibtisch in der Hahnemannstraße geräumt hatte und in Sillenbuch in die Friedrich-Zundel-Straße einbog, sah er einen Übertragungswagen des Fernsehens stehen – direkt vor seiner Haustür.

Er hatte kurz entschlossen den Rückwärtsgang eingelegt. Seitdem war er auf der Flucht – und nach einer ziellosen Fahrt durch die Stadt schließlich in der Pinte in der Neckarvorstadt gelandet.

Viel los war dort heute nicht. Der Mann am Einarmigen Banditen hatte seinen Gewinn mittlerweile fast vollständig der Glücksmaschine zurückverfüttert und fluchte leise vor sich hin.

Ein paar Tische weiter turtelte ein junges, verliebtes Pärchen. Beide chic und modisch gekleidet, eigentlich nicht das typische Publikum für dieses Lokal. Was mochte sie ausgerechnet hierher getrieben haben?

Verschwörerisches Flüstern, einverständliches Lachen, flüchtige Berührungen, Blicke, die alles versprachen: Die beiden schienen – Umgebung hin oder her – in einer eigenen Welt sich selbst zu genügen.

Schwertfeger beobachtete sie fast verschämt.

Der Zauber des Anfangs. Die Unbeschwertheit. Wie lange mochte sie anhalten? Ob sie den Enttäuschungen des Alltags gewachsen waren? Das kümmerte sie jetzt nicht. Natürlich nicht.

Sie hatten noch alles vor sich. Er hatte alles hinter sich. Alles?

Er bestellte sich einen Brandy. *Macieira* hatten sie hier nicht. Ein *Asbach* tat's heute auch.

Das Pärchen am Nebentisch gluckste. Jetzt schauten die zwei zu ihm her. Musterten sie ihn nicht seltsam? Lachten ihn aus?

Paranoia. Oder?

Sicher war eins: Er würde zum Gespött der ganzen Stadt werden. Alles, was er sich in seinem Leben aufgebaut hatte: futsch!

Und dann? Konnte man so weiterleben? Wie viel Unglück vertrug der Mensch?

Er kippte den *Asbach* hinunter.

Selbstmord. Für ihn war das nie ein Thema gewesen. Es gibt immer eine Alternative. Das war sein Credo. Bis heute.

Er musste an Elvira denken. Seine erste große Liebe. Zwei Jahre waren sie alles füreinander. Dann hatte er sie verlassen. Wegen einer anderen.

Elvira wohnte damals in einer Altbauwohnung im Stuttgarter Süden. Wohngemeinschaft, fünfter Stock. Dort hatte er ihr gestanden, dass er sie betrogen hatte. Dass er Schluss machen würde. Es war ihm schwergefallen, er hatte es kaum ausgehalten, sie in ihrem Schmerz zu erleben. Und doch war er irgendwie erleichtert, als er die Wohnungstür hinter sich zugemacht hatte.

Doch dann der Schock, als er unten aus dem Haus trat.

Elvira stand auf dem Fenstersims. »Ich springeeee!«

Diese gellende Stimme! Die Erinnerung verschaffte ihm heute noch eine Gänsehaut.

»Wenn du jetzt gehst, springe ich.« Sie stand nur noch auf einem Bein.

Martin machte kehrt. Hastete die Stufen hoch in den fünften Stock. Zog Elvira herunter vom Fenstersims. Schloss sie in die Arme. Sah in ihre verheulten Augen.

»Bleibst du jetzt bei mir?«, hatte sie gefragt. Ihm brach fast das Herz.

Er schüttelte langsam den Kopf.

Ehe er sich's versah, stand Elvira wieder auf dem Fenstersims.

»Jetzt springe ich wirklich!«

Minutenlang hatte er mit sich gerungen. Dann war er gegangen. Sie war nicht gesprungen.

Doch über Monate hinweg galt sein erster banger Blick, wenn er morgens die Zeitung aufschlug, den Todesanzeigen.

Selbstmord und die Drohung damit: Das war seither für ihn vermintes Gelände. Er empfand es einfach als unfair – gegenüber den anderen, den Freunden, Geliebten, der Familie.

Doch was, wenn es diese »anderen« gar nicht mehr gab? Wenn sich alle von einem abwandten?

Er dachte an Ramona. Ein Stich ins Herz.

Und Esther? Würde sie zu einem Mann halten, der ihr nichts mehr bieten konnte? Der sich unmöglich gemacht hatte. Der keinen Job hatte, keine Pensionsansprüche. Den man durchfüttern musste. Wer wollte so jemanden?

»Würden Sie dann zahlen? Wir schließen jetzt!«

Schwertfeger sah sich um. Er war der letzte Gast. Fahrig tastete er nach seiner Brieftasche.

32

Die Titelseiten beider Blätter starrten sie an. Schrien sie an. Kotzten sie an.

Ihre Schlagzeilen waren eine einzige Anklage. Gegen sie: Sara Blohm.

Mit einer groben Handbewegung wischte sie die papierenen Scharfrichter vom Küchentisch. Die Freitagsausgaben der *Stuttgarter Rundschau* und des *Stuttgarter Tagblatts* gingen zerfleddert zu Boden.

Mit leerem Blick stierte Sara auf die grünen Kacheln über der Spüle. Die Fugen, dachte sie. Die Fugen müssten endlich mal nachgezogen werden. Beim letzten Einkauf im Baumarkt hatte sie wieder nicht an den Fugenweißer gedacht. Sie musste sich das mal aufschreiben.

Kleine Sorgen. Überschaubare Probleme. Sie hatte nie gedacht, wie sehr man sich danach sehnen konnte.

Sara trank einen Schluck Kaffee. Er war kalt und bitter. Sie fröstelte. Zog ihren Morgenmantel enger. Dann stand sie auf und drehte die Heizung hoch.

Auf dem Weg zurück hob sie die Zeitungen wieder auf. Sie hatte sie noch nicht mal richtig gelesen. Jetzt zwang sie sich.

Sie strich die zerknitterte Titelseite der *Rundschau* glatt.

Der Aufmacher hieß: Sara Blohm lügt.

Ihr Name musste dazu gar nicht erwähnt werden.

»GEGENDARSTELLUNG« lautete die Schlagzeile. Groß und breit. So groß und breit wie ihre gestrige Titelgeschichte.

Es folgte der akribische Abdruck der 27 Einsprüche des KONZERNs. Dazu die Gegendarstellungen der Landesregierung und der Stadt Stuttgart. Eine Bleiwüste voller Zündstoff.

Nur noch eine weitere Geschichte hatte es auf die Seite Eins geschafft.

»Kripo-Chef unter Mordverdacht« hatte Kollege Mattern gedichtet und sich offenbar nichts daraus gemacht, dass weiter unten im Text die Polizei mit dem Befund zitiert wurde, gegen Martin Schwertfeger bestehe »kein dringender Tatverdacht«. So richtig abfinden wollte er sich damit augenscheinlich nicht, denn weiter hieß es:

Beobachter äußerten sich erstaunt, dass der als Zorro enttarnte Kriminalhauptkommissar nach wie vor auf freiem Fuß ist. Dies um so mehr, als nach Angaben gut informierter Polizeikreise keine andere Person im Verdacht steht, den KONZERN-Manager Robert Mutius ermordet zu haben.

»Kanaille!«, zischte Sara. Sie griff nach dem *Tagblatt.*

»Zorro-Jäger IST Zorro« hieß dort die Schlagzeile. Frank Schultes' Handschrift. Griffig. Musste man ihm lassen.

Und er hatte noch mehr zu bieten: einen namentlich gezeichneten Meinungs-Artikel mit der Dachzeile *»Stuttgarter Rundschau unter Druck«* und der Überschrift *»Die Beschuldigten schlagen zurück«.*

Sara konnte sich gut vorstellen, welch inniges Vergnügen es Schultes bereitet haben musste, das Konkurrenzblatt auf diese Weise in die Tonne zu treten. Und dann stockte ihr der Atem, als sie las:

Bemerkenswert ist, dass die Verantwortlichen der Stuttgarter Rundschau eine solche Geschichte einer Journalistin anvertraut haben, die sich in der Vergangenheit durch demonstrative Voreingenommenheit gegenüber dem KONZERN ausgezeichnet hat. Und jetzt stellt sich auch noch heraus, dass diese Redakteurin die Tochter des Ex-Kripo-Chefs Martin Schwertfeger ist, der offenbar als ›Zorro‹ ein Doppelleben geführt hat. Könnte es da nicht sein, dass die Rundschau-Kollegin Sara Blohm, geborene Schwertfeger, ihren Feldzug gegen den KONZERN so vehement geführt hat, um damit von den Verstrickungen ihres Vaters abzulenken? Diese Frage sollten die Herren der Stuttgarter Rundschau einmal gründlich prüfen.

»So ein Drecksack!« Sara schossen Tränen in die Augen. Tränen ohnmächtiger Wut. Was sollte sie jetzt tun? Hatte es überhaupt einen Sinn, noch in die Redaktion zu gehen? Sich dem absehbaren Spießrutenlauf auszusetzen?

Eine bleierne Müdigkeit überfiel sie. Die ganze Nacht hatte sie kein Auge zugetan. Und jetzt … jetzt würde sie sich einfach die Bettdecke über den Kopf ziehen. Und schlafen. Nichts als schlafen. Und wenn sie aufwachen würde – nach Tagen, nach Wochen – wäre alles vorbei …

Ihr Handy klingelte. *Meyer-Helbig*.

Sara zögerte. Dann drückte sie auf »Grün«.

»Frau Blohm, ich nehme an, Sie sind bereits auf dem Weg in die Redaktion. Ich erwarte Sie dann umgehend in meinem Büro.«

Sara drückte auf »Rot«, erhob sich in Zeitlupe, warf einen sehnsüchtigen Blick durch die offene Schlafzimmertür, hielt einen Moment inne, warf mit einem Ruck ihren Morgenmantel ab und beschleunigte ihre Schritte in Richtung Dusche.

Im *Rundschau*-Haus hatte heute wieder Saras Lieblings-Pförtner Dienst. Er wirkte bekümmert, als er sie begrüßte.

»Das ist doch unglaublich! Die ganze Zeitung eine einzige Gegendarstellung! Die kriechen da einfach zu Kreuze! Jetzt sagen Sie selbst, Frau Blohm: Das ist doch nicht alles falsch, was Sie geschrieben haben?«

»Nein, sicher nicht«, antwortete sie.

»Dann lassen Sie sich nicht kleinkriegen! Kämpfen Sie!«

Sara lächelte schwach und nickte.

»Ah, traust du dich doch noch rein!«, waren Gerhard Bauschs Begrüßungsworte, als Sara ihr gemeinsames Büro betrat.

»Na, hör mal ...«

»Ich meine, uns hast du ja einen Bärendienst erwiesen«, unterbrach sie ihr Zimmerkollege. »Aber eigentlich kann mir's ja schnuppe sein. Inzwischen bin ich schon fast froh, dass die mich mit 'nem goldenen Handschlag verabschieden. Als Mitarbeiter der *Rundschau* giltst du ja als Aussätziger.«

Sara biss sich auf die Lippen, hob den Hörer ab und teilte Meyer-Helbigs Sekretariat mit, dass sie nun da sei.

Der Verlagschef stand an der bodentiefen Fensterfront seines Büros und schaute auf Stuttgart hinab. Er bewegte sich nicht, als Sara eintrat.

»In der Stadt, Frau Blohm«, sagte er grimmig, »ist die *Rundschau* heute wieder Tagesgespräch. Und ich sage Ihnen« – er drehte sich ruckartig um – »ich hätte darauf verzichten können! Ver-zich-ten, verstehen Sie?« Die letzten Worte hatte er förmlich herausgeschrien.

Sara Blohm zog erschrocken den Kopf ein, richtete sich aber schnell wieder auf. »Ich denke, wenn wir die Sache offensiv angehen ...«, begann sie, doch Meyer-Helbig fuhr ihr schroff in die Parade.

»*Sie* werden hier überhaupt nichts mehr angehen, dafür sorge ich!«, donnerte er. »Und wenn ich gewusst hätte, was ich heute weiß, hätte ich niemals ...«

»Mit meinem Vater hat dies alles nichts zu tun, wenn Sie das meinen«, sagte Sara schnell. »Wir haben schon seit längerem nicht mehr miteinander gesprochen.«

»So, so.« Meyer-Helbig ließ sich in seinen ledernen Schreibtischsessel fallen, lehnte sich zurück, verschränkte die Arme und ließ den Kopf in den Nacken rollen. Sara bot er keinen Stuhl an.

Langsam rollte der Kopf wieder nach vorn. Der Verlagschef fixierte Sara kalt.

»Sie wollen also allen Ernstes behaupten, Sie hätten in letzter Zeit keinerlei Kontakt zu Ihrem Vater gehabt?«

»Richtig.«

»Und die Erde ist eine Scheibe und Sara Blohm eine seriöse Journalistin.« Meyer-Helbig grinste höhnisch.

Sara begriff, dass sie hier nichts mehr zu verlieren hatte. »Ich muss mir das nicht bieten lassen«, sagte sie fest.

»Oh, die Dame stellt auch noch Ansprüche«, ätzte Meyer-Helbig und wurde dann wieder laut: »Ziemlich dreist, nach dem, was Sie sich hier geleistet haben. Tischen uns Lügengeschichten über eine fantastische Weltverschwörung auf, nur um von dem perversen Treiben Ihres Herrn Vater abzulenken!«

Saras Herz raste. Doch sie zwang sich zur Ruhe. »Sie sollten nicht alles glauben, was im *Tagblatt* steht«, sagte sie beherrscht, wenn auch mit belegter Stimme.

Meyer-Helbig sprang auf. »Raus!«, brüllte er. »Raus! Sie sind fristlos entlassen! In einer Stunde will ich Sie hier nicht mehr sehen!«

Sara machte auf dem Absatz kehrt.

Als sie den Flur der Chefetage Richtung Aufzug entlangging, öffnete sich ein paar Meter vor ihr die Tür zum Büro des Personalchefs. »Herzlichen Dank für das gute Gespräch«, hörte sie – und dachte: »Die Stimme kennst du doch.«

»Das eröffnet dann doch ganz neue Perspektiven«, fuhr die Stimme fort. »Vielen, vielen Dank nochmals.« Jetzt hatte sich der Mann, dem die Stimme gehörte, endgültig zum Verlassen des Büros entschlossen. Hinter der Tür trat Gerhard Bausch hervor – und lief Sara fast in die Arme. Erschrocken hielt er an, seine Augen zuckten nervös. Doch er fing sich schnell wieder.

»Des einen Leid, des andern Freud«, grinste er und ließ die Ex-Kollegin stehen.

33

Sein Schädel brummte. Sein Magen rebellierte. Nein, nicht ins Bett kotzen, befahl er sich.

Als er sich aufsetzte, schien das Zimmer Karussell zu fahren. Doch es half nichts. Er drückte sich von der Bettkante ab und sprintete auf die Toilette. Keine Sekunde zu früh.

Eine gefühlte Stunde hing er über der Kloschüssel.

Plötzlich stand Esther in der Tür. Sah hinunter auf das Häufchen Elend zu ihren Füßen. Sie kramte ein *Tempo* aus ihrer Hosentasche und reichte es ihm. Dann verschwand sie wieder.

Martin Schwertfeger wischte sich den Mund mit dem Papiertaschentuch ab.

Wie kam Esther hierher? War sie nicht in der Schule?

Er schaute auf seine Uhr. Oh Gott, schon viertel nach eins!

Wann war er eigentlich nach Hause gekommen? Und vor allem wie? Doch nicht etwa mit dem eigenen Auto?

Er stützte sich auf der Einfassung der Kloschüssel ab und gelangte langsam, ganz langsam wieder in die Senkrechte.

Dann schlurfte er in die Küche, legte sich zwei Paracetamol auf die Zunge und spülte sie mit einem Glas Wasser hinunter. Erst jetzt fiel ihm auf, dass er noch vollständig angezogen war.

Er zerrte sich die zerknitterten, verschwitzten Klamotten vom Leib und stieg unter die Dusche.

Die eiskalten Wasserstrahlen bohrten sich wie feine Nadelspitzen in seinen Schädel. Bis Schwertfeger meinte, gleich müsse er zerspringen. Danach fühlte er sich besser.

Er zog seine Jogginghose und ein Sweatshirt an und marschierte wieder in die Küche.

Dort hantierte Esther gerade mit der Kaffeemaschine.

»Für dich auch?«, fragte sie tonlos.

Er nickte. Die Ruhe vor dem Sturm, dachte er.

Mit dem Rücken zu Martin füllte sie eine frische Packung Bohnen nach. Zögernd machte er einen Schritt auf sie zu und blieb dann unschlüssig stehen.

Ein Meter lag zwischen ihnen. Ein Meter räumliche Distanz. Und wie viel emotionale?

Esther drehte sich um und blickte ihn an. Sah ihm direkt in die Augen.

Schwertfeger hielt das nicht lange aus. Er senkte den Blick, fixierte den terracottafarbenen Fliesenboden, als sähe er ihn gerade zum ersten Mal, und wartete. Wartete einfach ab.

Wieder und wieder hatte er sich ausgemalt, wie Esther wohl reagieren würde.

Es musste ein Schock für sie gewesen sein. Ohne Vorwarnung war das Mediengetöse über sie hereingebrochen. Nur er hätte sie warnen können. Doch er war geflüchtet. In die Pilspinte und wer weiß wohin sonst noch. Erst im Stadium geistiger Unzurechnungsfähigkeit hatte er sich nach Hause getraut.

Doch jetzt war die Flucht zu Ende. Er musste sich stellen: ihren Vorwürfen, ihren Beschimpfungen, ihrer Enttäuschung, ihrem Schmerz.

Er blickte hoch. Ja, er war bereit.

Und dann geschah das, womit er am allerwenigsten gerechnet hatte.

Sie nahm ihn in die Arme. Wortlos. Einfach in die Arme.

Er war so überwältigt, dass er hemmungslos zu heulen anfing. Sein ganzer Körper zuckte und bebte.

»Esther, ich versteh dich nicht«, schluchzte er. »Nach dem, was ich dir angetan hab …«

»Ich versteh mich auch nicht«, sagte sie mit etwas gequältem Lächeln, und wischte sich Martins Tränen von der Wange.

»Komm, lass uns einen Kaffee trinken.« Esther löste sich von ihm und stellte zwei Tassen auf den Küchentisch. Beide setzten sich.

»Wie …«, Martin machte eine verlegene Pause, »wie hast du es erfahren?«

»Gestern Abend, zum Bügeln, hab ich die *Landesschau* eingeschaltet. Es war gleich der erste Beitrag. Große Sensation, die Moderatorin war ganz aufgeregt. Und dein Foto als Hintergrundbild. Mir fiel fast das Bügeleisen aus der Hand.«

»Mein Foto?«, fragte Martin erschrocken.

»Ja. Du bist jetzt ein Star.« Den Sarkasmus konnte sie sich nicht verkneifen.

Martin schluckte. »Und … was haben sie gesagt?«

»Na ja, kannst dir vorstellen. Kripochef auf Abwegen. Sexparty, Sadomaso, Schmuddelmilieu. Das ganze Programm. Schon ziemlich reißerisch aufgemacht, aber noch einigermaßen seriös. Will gar nicht wissen, was die da auf RTL gebracht haben. Jedenfalls: dein oberster Chef … dein ehemaliger oberster Chef kam auch ausführlich zu Wort.«

»Meise.«

»Mhm. Er hat das Ganze als Erfolg schwieriger interner Ermittlungen verkauft. Immerhin hat er noch angemerkt, dass gegen dich kein dringender Mordverdacht besteht.«

»Immerhin … Ja sag, und du: Du bist heut Morgen einfach so in die Schule gegangen?«

»Ist ja mein Job, oder?«

Dann schüttelte Esther den Kopf. »Nein, es war natürlich nicht *business as usual*. Es war sogar ziemlich furchtbar.«

Sie atmete tief durch, ehe sie fortfuhr: »In der Neunten ging es noch. Da haben zwar manche ein bisschen schräg geguckt, und getuschelt wurde anfangs auch immer mal wieder, aber dann lief die Stunde einigermaßen – abgesehen davon, dass ich ziemlich neben der Kappe war. In der Zehnten war dann aber Ende. Als ich reinkam, lag schon die heutige Ausgabe des *Stuttgarter Tagblatts* auf meinem Tisch. Was an der Tafel stand, hab ich erst mal gar nicht gesehen. Erst als immer mehr Schüler kicherten und dorthin starrten, hab ich mich umgedreht.«

»Und?«, fragte Martin bang.

»Da war so ein stilisiertes … Hinterteil aufgemalt. Mit einer umgebundenen Maske. Und daneben stand: ›Zorros Po macht Frauen froh.‹«

Martin stöhnte auf.

»Ich bin dann sofort zum Rektor, und der war sehr verständnisvoll, jedenfalls tat er so, und hat gesagt: ›Lassen Sie sich krankschreiben. Wegen Psyche und so. Und dann gönnen Sie sich wenigstens ein paar Tage Auszeit.‹«

Martin vergrub den Kopf in seinen Händen. »Und die Nachbarn?«, fragte er schließlich.

»Heucheln Mitgefühl. Als ich vorhin von der Schule kam, lief mir die alte Bollacher übern Weg. Scheißfreundlich gegrüßt, und dann: ›Schlimm, das mit Ihrem Mann. War so ein netter Herr.‹ Als wenn du schon tot wärst.«

»Bin ich ja vielleicht auch. Für viele.«

»Für mich nicht«, sagte Esther.

Martin rang sich ein Lächeln ab. Dann fasste er sich ein Herz: »War's sehr schlimm für dich, als du das erfahren musstest, dass ich … also dass ich in diesem Sexclub war … und dass das jetzt alles in der Öffentlichkeit breitgetreten wird, das ist doch für dich …« Er brach ab.

Esther sah ihn nachdenklich an. »Natürlich war ich erst mal völlig fertig, aber als ich mich einigermaßen beruhigt hatte, war ich – das klingt jetzt komisch vielleicht – sogar irgendwie ein bisschen erleichtert.«

»Erleichtert?«

»Ja. Die Sache mit diesem Sexclub ist zwar oberpeinlich. Und ich weiß, dass die Leute sagen: Diese frigide Tuss, die besorgt's ihm nicht richtig. Muss der arme Kerl außer Haus und maskiert seinen Trieb abführen. Das wird ein Spießrutenlauf, und ich hab Bammel davor, ganz ehrlich. Aber … letztendlich ist das für mich alles weniger schlimm, als wenn du mich mit einer Jungen betrogen hättest.«

Schwertfeger betrachtete eingehend seine Fingernägel. Er dachte an Nadine Dürkheim.

»Ja, ich hatte dich in Verdacht«, gab Esther zu und lächelte undurchdringlich.

Martin biss sich auf die Lippen, Vielleicht, dachte er, ist dies der Augenblick, der Sache eine positive Wendung zu geben. »Lass uns wegfahren für ein, zwei Wochen, bis sich hier alles beruhigt hat«, schlug er vor. »Vielleicht tut das ja auch uns ganz gut. Unserer Beziehung, mein ich.«

»Ja, vielleicht.« Esther wirkte etwas abwesend.

»Kannst du dir denn überhaupt vorstellen, dass es zwischen uns wieder werden könnte ... wie früher?« Er legte seine Hand auf ihre.

Esther schwieg lange. »Ich weiß nicht«, sagte sie dann. »Ich weiß wirklich nicht. Es ist so viel zerbrochen zwischen uns in all den Jahren.«

»Das nicht mehr zu kitten ist?«

»Wir könnten's versuchen. Aber ...« Sie zog ihre Hand sacht zurück. »... da ist noch etwas, was du wissen musst.« Jetzt war es Esther, die den Blick senkte. »Es gibt da«, sagte sie leise, »noch einen anderen Mann in meinem Leben.«

34

Sara Blohm lag auf ihrer Wohnzimmercouch und starrte auf die nackte Glühbirne, die an einem Kabel von der Decke baumelte. Bei dem Einbruch war der Lampenschirm aus Kunstseide heruntergerissen und zertrampelt worden. Sie hatte noch keine Muße gefunden, nach einem Ersatz Ausschau zu halten. Aber jetzt würde sie ja viel Zeit haben …

»Habt ihr's jetzt endlich erreicht, euer Ziel?«, knurrte sie in Richtung Glühbirne und gab sich selbst die Antwort: Ja, vermutlich hatten sie es erreicht. Sie war nur eine Figur in einem Spiel gewesen, das sie nicht kannte. Und am Ende: rausgeworfen. Ein Feld vor dem Ziel. Wie beim *Mensch-ärgere-dich-nicht*, das Mischa immer so gern mit ihr spielte.

Mischa!

Im Trubel der vergangenen Tage hatte sie keine Sekunde an ihren Sohn gedacht. Und jetzt auf einmal: eine unbeschreibliche Sehnsucht! Sie presste eins ihrer Sofakissen fest an die Brust – und sprang dann jäh entschlossen auf. Sie lief in den Flur und wählte Svens Nummer.

»Was willst du denn«, blockte ihr Ex-Mann sofort ab, »du bist doch erst nächstes Wochenende dran.«

»Lass mich wenigstens kurz mit ihm sprechen«, bettelte Sara.

»Ist mir jetzt gar nicht so recht«, nölte Sven.

»Ist da die Mama dran?« Mischas Stimme aus dem Hintergrund. »Mama!«

Sven kapitulierte. »Aber nur kurz!«

Und dann war Mischa auch schon am Apparat und erzählte begeistert, wie toll es gestern gewesen sei, bei dem Ausflug, den er mit Papa und Luisa in den Schwabenpark im Schwäbischen Wald gemacht hatte. »Und stell dir vor, die Affen sind sogar Motorrad gefahren! Bärenstark, oder?«

»Ja, bärenstark, mein Schatz.« Sara schluckte.

Mischa ging umstandslos zum nächsten Thema über. »Papa hat gesagt, du musst jetzt nicht mehr arbeiten.«

»So, hat er das?«, sagte Sara und dachte: »Perfides Aas!«

»Doch, das hat er gesagt«, bekräftigte Mischa. »Hast du denn dann jetzt mehr Zeit für mich?«

Sara lächelte bitter. »Eigentlich schon, mein Kleiner. Aber das hängt nicht nur von mir ab. Dies Wochenende bist du bei deinem Papa.«

»Dann tausch doch einfach.«

»Wenn das so einfach wäre.«

»Papa, Papa! Mama möchte mich heute schon holen«, krähte Mischa nach hinten.

»So, das reicht jetzt!« Sven hatte sich den Hörer wieder gegriffen. »Ist das die neueste Masche, hinter meinem Rücken die Wochenenden zu vermauscheln?«

»Ich habe nichts gemauschelt.«

»Na, da hatte ich einen anderen Eindruck. Aber abgesehen davon: Ich weiß nicht, ob es überhaupt gut ist, wenn du den Jungen in nächster Zeit siehst.«

»Was soll das heißen?«

»Ich möchte nicht, dass er auch noch in diese ganze unerfreuliche Geschichte mit reingezogen wird. Du bist doch momentan das gefundene Fressen für die Medien. Und wenn die das mit Mischa noch spitzkriegen: ›Erst verriet sie ihren Vater. Doch ihrem Söhnchen will sie eine gute Mutter sein.‹ Dazu groß das Foto von Mischa an deiner Hand. Nein danke! – Und außerdem …«

»Ja?«

»Nach allem, was du durchgemacht hast und vielleicht noch durchmachen wirst …«

»Danke für die Mitleidsbezeugung.«

»… denke ich, ist es besser, wenn der Junge nicht damit belastet wird.«

»Womit?«

»Mit deinen … nervlichen Problemen.«

»Was?«, schrie sie außer sich. »Was faselst du da für ein Zeug? Du spinnst doch, du …«

»Siehst du, genau das ist es, was ich Mischa ersparen will. Beruhige dich erst mal wieder. Komm wieder ins Gleis.«

»Hör mal, du bist nicht mein Psychiater. Und du hast nicht das Recht …«

Doch die Leitung war schon tot.

Sara stand wie betäubt. Sie schloss die Augen. Wohin jetzt mit dieser grenzenlosen Wut?

Manchmal halfen ihr Entspannungsübungen – heute nicht. Die Wut musste raus.

Sie warf sich in ihre Joggingklamotten und startete den Alfa. In fünf Minuten war sie im Kräherwald. Im Sprint-Tempo ging sie ihre sieben Kilometer lange Hausstrecke an. Schon nach wenigen Minuten bekam sie kaum mehr Luft. Egal. Sie musste jetzt laufen bis zur totalen Erschöpfung. Jeder Schritt auf dem festgefrorenen Waldboden war ein Tritt gegen Sven, und der Sieg über den inneren Schweinehund war ein Beweis, dass sie noch da war, dass sie nicht aufgab, dass man mit ihr rechnen musste. Fast eine halbe Stunde hielt sie das mörderische Tempo durch. Dann, nach einem letzten Anstieg, ging definitiv nichts mehr. Ihr Puls raste, sie war kurz davor zu erbrechen, ihre Lungen brannten. Kurzum: Sie fühlte sich besser.

Der weiche, warme Strahl der Dusche schließlich spülte die Wut vollends hinweg. Vorerst zumindest. Was ihr jetzt noch fehlte, war jemand, der sie in den Arm nahm. Fest in den Arm nahm.

Dabei war sie vermutlich gleich selber als Seelentrösterin gefragt. Sie schnappte sich ein Badetuch und sah auf die Uhr. In einer Viertelstunde erwartete sie ihren Vater zu Besuch.

Ursprünglich hatten sie vorgehabt, sich auf »neutralem Terrain« irgendwo in einem Café zu treffen. Doch angesichts des Presserummels hatten sie davon Abstand genommen.

Nein, in der Öffentlichkeit konnten sie sich vorerst nicht zusammen blicken lassen. Und da Saras Wohnung bis dato noch kein Gegenstand der fürsorglichen Belagerung durch die Medienmeute war, hatten sie sich bei ihr verabredet.

Besonders besucherfreundlich sah es hier freilich nicht aus. In der Küche stapelte sich schmutziges Geschirr, im Wohnzimmer Bügelwäsche. Kurz entschlossen verfrachtete sie die Wäscheberge samt Bügelbrett ins Schlafzimmer. Jetzt noch den Teppichboden gesaugt, dann konnte Vater kommen.

Tat er aber nicht. Schon zwanzig Minuten über der Zeit – das hätte zu ihr gepasst, nicht aber zu Martin.

Sara wurde unruhig. Als sie gerade zum Telefon griff, summte die Klingelanlage.

Sie stand im Türrahmen, als Martin die letzten Stufen hochkeuchte.

»Schlecht siehst du aus«, bemerkte sie.

»Danke, du auch«, sagte Martin.

»Okay, Schluss mit den Komplimenten!« Sara lachte, ihr Vater deutete ein Grinsen an.

Dann nahmen sich beide in die Arme.

»Du bist spät dran«, sagte sie, als sie Platz genommen hatten. »Ein Tag nicht mehr im Dienst, und schon verfallen die Sitten«, frotzelte sie.

Martin schien nicht ganz in der Stimmung, darüber zu lachen.

»Fast hätte ich's ganz absagen müssen«, sagte er. »Die campieren seit heute früh vor unserem Haus. Gestern Abend ist es nur ein Ü-Wagen gewesen, und der ist dann wohl nach Sendeschluss erst mal abgezogen. Heute steht ein ganzer Fuhrpark da, unsere kleine Straße ist quasi für den Durchgangsverkehr gesperrt, einige der Herren Journalisten haben sich's auch schon auf Klappstühlchen bequem gemacht. Also Wallensteins Lager ist nichts dagegen.«

Sara lächelte über den gewagten Ausflug in die Hochliteratur. »Und wie bist du ihnen entkommen?«

»Ich bin hinten raus, durch den Garten, dann bei Nachbars über die Hecke. Gott sei Dank hat mich keiner gesehn. Ans Auto bin ich so natürlich nicht rangekommen Also hab ich ab Silberwald die Straßenbahn genommen, dann hier hoch noch mit dem 43er Bus. Und das dauert.«

»Und macht bestimmt auch Durst.« Sara verschwand in der Küche und kam mit zwei Gläsern und einer Flasche Wein wieder.

»Alkohol um die Zeit?« Martin zog die Stirn hoch.

»Ich kann auch Apfelsaftschorle holen.«

»Ach nee, lass nur«, winkte Martin ab. Er hatte das Etikett studiert und den Tropfen als einen im Holzfass ausgebauten *Cabernet Mitos* aus dem Remstal identifiziert.

»Wenigstens hast du einen ordentlichen Geschmack von mir geerbt«, bemerkte Martin.

»Wenn ich dir auch ansonsten nur Ärger mache«, ergänzte Sara bekümmert. »Wie sieht's denn aus, was passiert jetzt mit dir?«

»Ich bin vom Dienst suspendiert und warte auf mein Disziplinarverfahren.«

»Und ich blöde Ziege …«

»Hör auf! Irgendwann wär's doch rausgekommen. Es sei denn, wir hätten den wirklichen Täter geschnappt. Aber davon waren wir ja weit entfernt. Nein, mach dir da keine Vorwürfe.«

Eine Weile schwiegen beide. Dann nahm Sara einen Anlauf.

»Darf ich dich etwas sehr Persönliches fragen, Papa?«

Über das ungewohnte »Papa« konnte er sich immer noch freuen. »Nur zu«, lächelte er.

»Warum bist du eigentlich hingegangen, in diesen … Club?«

Er hatte die Frage erwartet. Und sich auch schon ein paar Antworten zurechtgelegt. Doch das alles schien ihm so klischeehaft, so banal. Aber vielleicht war es das ja auch.

»Ich war … wie soll ich sagen? Vielleicht musst du dir das so vorstellen: Du weißt genau, dass der größere Teil deines

Lebens vorbei ist, mit jedem Tag, jeder Minute, jeder Sekunde wird der verbleibende Rest weniger. Und du merkst, wie die Zeit plötzlich rast, und du fragst dich: Was kommt eigentlich noch? Geht's jetzt nur noch bergab? Und du weißt, dass du mit der Frau, die du einmal geliebt hast, nur noch gemeinsam einsam bist, und dann …«

»… geht man zu einer so piefigen Veranstaltung wie dem Maskenball im Swingerclub?«

Martin fing Saras zweifelnden Blick auf. »Natürlich glaubt man nicht, dass das Leben dadurch plötzlich einen höheren Sinn bekommt. Aber allein die Vorstellung, etwas anderes zu erleben, das man so noch nicht kennt, ein Abenteuer, etwas Verruchtes, Verbotenes zu tun, sich neu erleben, sich überhaupt wieder spüren, in einer anderen Rolle …«

»Als Zorro«, bemerkte Sara lakonisch.

»Ach Zorro!« Martin machte eine wegwerfende Handbewegung: »Das Kostüm war doch völlige Nebensache, es ging einfach um den besonderen Kick, ja, sicher auch um … äh … Sex – das kannte ich ja schon gar nicht mehr …«

»Du hättest auch in den Puff gehen können.«

»Danke für den Hinweis«, sagte Martin trocken. Er sah seine Tochter ernst an. »Ich habe noch nie eine Frau gekauft in meinem Leben. Und dabei soll's auch bleiben.«

Er ließ einen kräftigen Schluck Cabernet in seinem Mund kreisen.

Sara schwieg. War sie zu weit gegangen? Doch dann siegte ihre Neugier:

»Wie soll's denn weitergehen mit dir und Esther?«

»Keine Ahnung. Sie hat das Ganze unglaublich tapfer weggesteckt. Es ist nur so, dass sie …« – Martin stockte kurz – »… einen Liebhaber hat.«

»Was?? Seit wann?«

»Seit einiger Zeit wohl schon. Aber ich merk so was ja nicht. Weißt du, wenn man nur so nebeneinanderher lebt …«

»Ist denn noch eine Chance, dass ihr zusammenbleibt?«
Martin zuckte die Schultern. »Ich weiß nicht. Ich weiß auch nicht, zu wem ich da in Konkurrenz stehe. Und so ’ne richtig gute Partie bin ich im Moment ja nicht …«
Er lächelte bitter und nahm einen weiteren Schluck.
»Themenwechsel«, sagte Martin, als er sein Glas wieder absetzte. »Wie sieht’s bei dir denn aus?«
»Wie bei dir. Rausgeschmissen. Gestern.«
»Einfach so?«
»Einfach so.« Und dann erzählte Sara ihre Geschichte.

»Was ich nicht ganz verstehe«, sagte Martin Schwertfeger, als er die zweite Flasche des *Cabernet Mitos* entkorkte, »was ich nicht ganz verstehe, ist die Rolle, die dieser Mäurer da gespielt hat. Warum bietet er dir überhaupt die Dokumente an? Warum der unglaubliche Aufwand, sie in Teilen zu fälschen? Das macht für mich keinen Sinn.«
»Ich hab auch lange drüber nachgedacht«, sagte Sara. »Und ich glaube, ich begreife erst langsam, was da gespielt worden ist. Wenn man davon ausgeht, dass Mutius im Auftrag der KONZERN-Oberen ermordet wurde …«
»… was bisher eine unbewiesene Hypothese ist …«, warf Martin ein.
»… aber eine, die viel Plausibilität besitzt«, ließ sich Sara nicht beirren. »Also: Mutius wird aus dem Weg geräumt, damit er die Dokumente nicht weitergibt. Jetzt kommt Mäurer ins Spiel. Ihn hatte Mutius offenbar ins Vertrauen gezogen und mit Vollmachten ausgestattet, für den Fall, dass ihm etwas zustößt. Doch als dieser Fall eintritt, zeigt sich: Mäurer steht auf der anderen Seite. Er ist Teil des Systems, das Mutius anprangern wollte. Und er kommt zu dem Schluss, dass ein toter Mutius nicht ausreicht, um das System zu retten. Denn – da ist ja noch diese Journalisten-Tussi im Spiel. Die hat zwar nicht die Dokumente, aber Mutius hat ihr viel erzählt. Die Journalistin bleibt ein Risikofaktor. Sie ist angefixt. Sie gilt als hartnäckig. Sie wird

weiterrecherchieren. Und so beschließt Mäurer, sie mundtot zu machen, indem er sie beruflich bis zum Geht-nicht-mehr diskreditiert.«

»Er allein?«

»Ganz sicher nicht. Er muss von höchsten Stellen im KONZERN, vielleicht auch in der Politik, gedeckt worden sein. Da stand ein Apparat dahinter. Denk doch nur: diese ganzen Manipulationen. Das Anmieten der Wohnung im Asemwald. Jetzt sein spurloses Verschwinden. Das muss ja alles generalstabsmäßig organisiert gewesen sein.«

»Und dieser Einbruch in deine Wohnung – wie passt der dazu?«

»Tja, da haben sich Mäurer und seine Kumpane eine besonders geschickte Finte ausgedacht. Sie haben ja gemerkt, dass ich immer viel hinterfragt habe, die ganzen Dokumente auf Stimmigkeit und Plausibilität prüfen lassen wollte. Mäurer wusste auch, dass die Veröffentlichung in der Redaktion durchaus umstritten ist – ich Idiot hab's ihm ja brühwarm erzählt –, und da hat diese Einschüchterungsaktion mir und der Zeitung signalisieren sollen: Die Blohm ist auf dem richtigen Weg, jetzt versucht man die Veröffentlichung schon mit solchen Methoden zu unterbinden. Also: Alle Bedenken hintanstellen und die Geschichte raushauen! Und so ist's ja dann auch geschehen.«

Sara nippte hektisch an ihrem Rotweinglas.

»Und weißt du, was mir nachträglich erst aufgegangen ist: Dieser Gutachter, der uns erzählt hat, dass die Fotos vom Sonnenhof keinesfalls manipuliert sein könnten, den hat …«

»Mäurer empfohlen?«, tippte Martin.

»Genau. Dieser Mistkerl! Und ich Vollidiot hab ihn …« Sara schlug sich mit der Hand gegen die Stirn und schüttelte heftig den Kopf.

Martin legte ihr den Arm um die Schulter und zog sie sacht zu sich heran. Er strich ihr über die Wange, auf der eine einsame Träne nach unten kullerte.

»Eins interessiert mich noch«, sagte Martin. »Hat eigentlich der Sonnenhof in irgendeiner Weise auf deine Veröffentlichung reagiert?«

»Sie haben eine kurze Mitteilung rausgebracht, in der sie sich beschweren, dass sie und ihre Gäste diffamiert worden seien. Im Übrigen ist der Sonnenhof ab heute wegen Renovierung geschlossen. Der Geschäftsführer hat eine sechswöchige, angeblich schon lange geplante Auslandsreise angetreten.«

»Sauber«, kommentierte Martin.

»Ja, sie haben sich viel Mühe gegeben«, bekräftigte Sara bitter. »Sie wussten halt die ganze Zeit nicht, wie viel ich wusste. Aber sie wussten, dass ich immer eine Gefahr sein würde. Deshalb wollten sie mich kaltstellen. Für immer. Nur nicht ganz so brachial wie Mutius.«

»Du bist dir also ganz sicher, dass der KONZERN hinter dem Mord an Mutius steckt?«

»Hast du eine andere Idee?«

Martin Schwertfeger schwenkte das bauchige Glas in seiner Hand und verfolgte das sanfte Wellenspiel der schwarzroten Flüssigkeit. Schließlich schüttelte er langsam den Kopf.

35

Sechs Wochen später. Ein kalter, ungemütlicher Abend im April. Tagsüber noch hatte sich ab und an die Frühjahrssonne schüchtern hervorgewagt, doch jetzt peitschten scharfe Windböen aus wechselnden Richtungen den Regen kreuz und quer durch die Straßen der Stadt.

Martin Schwertfeger kümmerte das wenig. Er saß im Trockenen. Ihn umfing wohlige Wärme. So zumindest empfand er die 100-Grad-Hitze in der Sauna des Mineralbads *Leuze*.

Langsam bahnten sich die ersten Schweißbäche ihren Weg. Alles war im Fluss. Er dachte an Esther. An Esther und ihren Liebhaber.

Ein-, zweimal die Woche traf sie sich mit ihm. Ganz offen. Es gab keine Heimlichkeiten mehr. »Er weiß, dass du es weißt.«

Er wusste nichts über ihn. Wollte nichts wissen. Wie lange sollte das gutgehen?

»Hallo, ich bin der Holger.« Der Saunameister riss Schwertfeger aus seinen Gedanken. »Ich hab für Sie heute einen ganz besonderen Duft mitgebracht: Bergminze mit Maracuja.« Beifälliges Raunen in der überfüllten Schwitzkabine.

Holger galt als besonders »scharf«, was die Aufgusszeremonie anging. Für sein Handtuch, wurde unter Saunafreunden gemunkelt, bräuchte er streng genommen einen Waffenschein. Wenn er mit seinem Arbeitsgerät die Hitze im Raum verteilte, meinte man draußen, drin würde scharf geschossen. Die Hölle, befand so mancher, habe nach drei Aufgüssen mit Holger ihren Schrecken verloren.

Auf der dritten, der obersten Stufe, wo's gleich am unerträglichsten würde, saßen sie aufgereiht wie die Vögel auf der Stange: Martin Schwertfeger und fünf weitere Herren in den Fünfzigern – die alten Kumpel der traditionellen Sauna-Runde.

Zum ersten Mal seit seiner Entlassung aus dem Polizeidienst hatten sie wieder zusammengefunden. Es waren zwar gerade mal halb so viele wie früher dabei. Der Rest der Clique hielt es offenbar nach wie vor nicht für ratsam, sich mit dem wochenlang durch die Medien gezerrten »Skandal-Polizisten« in der Öffentlichkeit zu zeigen.

Doch dass überhaupt noch ein harter Kern zu ihm hielt, tat Martin Schwertfeger in der Seele gut. »Um die anderen ist's nicht schad«, sagte er sich trotzig.

Holger war gerade dabei, eine erste »Aufwärmrunde« zu starten, in der er sein Handtuch wie einen Propeller durch die Luft wirbeln ließ. Da witschte noch einer durch die Tür herein und drückte sich an Holger vorbei. Ein böser Blick vom Zeremonienmeister, missbilligendes Raunen von den Rängen.

Eine Dame, die gut und gerne zwei Plätze auf einmal belegte, drückte die mächtigen Schenkel auseinander und gewann damit noch etwas an Breite hinzu. »Hier kommt er nicht rein«, erklärte sie ihrem schmächtigen Sitznachbarn, der seinerseits die Arme etwas enger an den Körper legte. »Soll er doch stehn«, befand die Breitärschige mitleidlos und warf dem Spätankömmling einen vernichtenden Blick zu.

Der Mann, wohl so Mitte vierzig, ein sportlicher Typ mit raspelkurzem dunklem Haar und energischem Kinn, stand etwas unschlüssig da, machte aber nicht den Eindruck, als wollte er den schweißtreibenden Ort wieder verlassen.

Auf der zweiten Etage beschloss man schließlich, dem Eindringling Schwitzasyl zu gewähren. Zwei Pärchen rückten noch enger zusammen, so dass zwischen ihnen eine schmale Sitzgelegenheit entstand.

Behände erklomm der Mann die zweite Stufe, nicht ohne dabei einer Dame in der ersten Etage auf die Hand zu treten und dafür ein herzliches »Grasdackel!« zu kassieren. »Tschuldigung«, murmelte der Gescholtene und platzierte sich dann auf der Stufe direkt vor Martin Schwertfeger.

Holger hatte die Aktion mit wachsender Ungeduld verfolgt und schritt jetzt endlich zur Tat. Langsam goss er die Flüssigkeit mit dem speziellen Duft auf die glühenden Kohlen. Dichter Dampf stieg auf: für Holger das Signal, sich endlich in seiner Spezialdisziplin zu präsentieren.

Und er gab alles. Stellte sich vor sein schwitzendes Publikum, warf die Arme in die Höhe und riss mit aller Kraft das Handtuch nach unten. Ein peitschenknallähnliches Geräusch – dann prallte die komprimierte Hitze wie ein Geschoß auf Gesicht und Oberkörper. Besonders Hartgesottene setzten sich dabei aufrecht hin, warfen den Kopf in den Nacken, verschränkte die Arme hinter demselben und boten sich so gänzlich ungeschützt als Opfer dar.

Zu diesen Hardlinern gehörte Schwertfeger nicht. Als Holger seine Heißluftwaffe in Anschlag brachte, drückte Martin das Kinn auf die Brust. Er schloss die Augen bis auf einen winzigen schmalen Schlitz, durch den er die Schweißperlen auf der Haut seines Vordermanns wie durch ein Vergrößerungsglas wahrnahm. Seine Gedanken schwebten zwischen Tag und Traum. Die Schweißperlen verwandelten sich in ein Wasserloch in der Savanne. Dickhäuter hatten sich darum versammelt. Elefanten. Oder nein, es waren keine Elefanten. Sie waren kleiner, gedrungener, mit einer markanten Nase. Ja, natürlich, es waren Nashörner! Eines bestieg jetzt das andere. Sieht man auch selten: kopulierende Nashörner!

Holger hatte seine Hitze-Attacke inzwischen in die andere Ecke der Sauna verlegt. Schwertfeger öffnete die Augen ein Stück weiter. Und riss sie mit einem Mal ganz auf.

Dies hier war kein Traum. Die Nashörner keine von flirrender Hitze erzeugte Fata Morgana. Sie waren ein fein gearbeitetes Tattoo auf dem rechten Schulterblatt seines Vordermanns. Dieses Tattoo, da war sich Schwertfeger plötzlich sicher, hatte er schon einmal gesehen. Und dann wusste er auch, wo.

Nach dem letzten Aufguss leerte sich die Saunakabine schlagartig. Der Nashorn-Mann blieb sitzen. Schwertfeger auch.

»Machst du heute auf ›Letzter Held‹?«, frotzelte einer seiner Kumpel, der zur gläsernen Ausgangstür eilte. Schwertfeger nickte nur abwesend.

Der Mann mit dem Tattoo saß immer noch da. Schwertfeger fragte sich, ab wann ein Festkörper unter Hitzeeinwirkung in den flüssigen Aggregatzustand übergehen würde.

Jetzt endlich: Der Nashorn-Mann erhob sich gemächlich, schlang sein Badetuch um die Hüften und schritt dem Ausgang zu.

Schwertfeger wartete noch einen Moment. Er hatte keine besondere Idee, was nun folgen würde. Es interessierte ihn einfach, wo der Mann nach dem Saunagang hingehen würde. Ob er alleine da war? Mit einer SM-Gespielin? Mit der er vielleicht anschließend in den Club *Exquisit* gehen würde? So wie an jenem Abend, als er ihn, in einer luftigen Musketier-Verkleidung, am Büffet gesehen hatte?

Schwertfeger verließ die Kabine. Draußen brauchte er ein paar Sekunden, um seinen Kreislauf wieder auf Normaltemperatur zu bringen.

Der Nashorn-Mann hatte das Abduschen bereits beendet und stieg gerade aus dem eiskalten Tauchbecken.

Schwertfeger verzichtete auf die Abkühlung und folgte ihm.

Der Mann hatte inzwischen einen schwarzen Frottee-Bademantel übergezogen und schlenderte Richtung Warmbadehalle. Das Sitz- und Liegebecken dort war überfüllt, wie fast immer.

Mit dem Rücken zum Beckenrand, an dem sie die Ellenbogen aufstützten, aalten sich dort etliche Dutzend Badegäste in dem 34 Grad warmen Mineralwasser. Schwertfeger hatte noch nie so ganz verstanden, worin der Reiz dieser Übung bestand. Die Leute schwammen nicht, sie schwitzten nicht, sie froren nicht. Sie lagen einfach da.

Jetzt schien der Nashorn-Mann entdeckt zu haben, wonach er suchte. Er beschleunigte seinen Schritt und lächelte jemandem zu.

Eine platinblonde Frau im Becken lächelte zurück und deutete mit dem rechten Arm ein Winken an.

Er eilte auf sie zu, ging am Beckenrand in die Knie, beugte sich hinab und drückte ihr einen Kuss auf den Mund.

Schwertfeger hielt den Atem an.

Die Frau kannte er.

Zwar hatte nicht er sie damals vernommen. Das hatte Gräber getan. Aber um sie zu identifizieren, genügte das Foto, das durch die Presse gegangen und auch in den Polizeiakten eingescannt war.

Es gab überhaupt keinen Zweifel: Die Frau mit den blonden Haaren, die da im Warmbadebecken des *Leuze* zu Füßen ihres mutmaßlichen Liebhabers lag, war niemand anders als Sibylle Mutius, die Witwe des ermordeten KONZERN-Managers. Schwertfeger konnte seinen Blick von dem Paar gar nicht losreißen. Was für eine Entdeckung! Bisher hatte es keinerlei Verbindung gegeben zwischen Mutius' Gattin und dem *Exquisit*. Jetzt war sie da. Aber was hieß das?

Die »schöne Witwe«, wie sie in den Zeitungen genannt worden war, drehte ihren Kopf mit einem Mal zur Seite. Sie schien in Schwertfegers Richtung zu blicken. Er erschrak. Hatte sie ihn gesehen? Er drehte sich rasch um und verließ die Warmbadehalle.

Von den Kumpels verabschiedete er sich dann recht abrupt. Er müsse dringend etwas erledigen, sagte er und erntete fragende Blicke. Doch damit musste er jetzt leben.

Daheim setzte er sich an seinen Schreibtisch und rief im Präsidium an.

Schwertfeger hatte Glück. Thomas Mellenkamp war noch am Platz.

»Sie, Herr Schwertfeger? Das ist ja eine Überraschung! Wie …?«

»Mir geht's gut, danke der Nachfrage«, kürzte Schwertfeger die Formalien ab. »Hören Sie, Mellenkamp, Sie können mir einen großen Gefallen tun.«

»Ja?« Es klang misstrauisch.

»Ich bräuchte die Daten eines der Gäste des *Exquisit* von damals.«

»Was haben Sie vor?«

»Ich bin da auf etwas gestoßen, ich muss das einfach überprüfen. Vielleicht eine Spur, und wenn ich da etwas klarer sehe, werd ich mein Wissen natürlich mit euch teilen …«

»So gern ich Ihnen einen Gefallen täte – ich darf Ihnen keine Akten rausgeben.«

»Sie müssen keine Akten rausgeben. Aber wenn Sie einfach mal die Fotos der Befragten durchgehen. Und mir dann alle, die so Mitte 45 sind, kurze schwarze Haare und ein ausgeprägtes Kinn haben, zumailen könnten, damit wäre mir schon sehr geholfen.«

»Hmm«, machte Mellenkamp. »Also nach der Beschreibung … da fällt mir einer ein, den ich selber vernommen habe. Warten Sie …« Er schien zu überlegen. »Ich mail Ihnen das Foto von dem ich denke, dass er's ist.« Er schnaufte. »Wenn das Gräber rauskriegt, kann ich Ihnen demnächst unter der Brücke Gefolgschaft leisten.«

Schwertfeger lächelte. »Danke. Sie werden's nicht bereuen.«

Und dann hatte er auch schon das Foto auf dem Schirm.

»Bingo. Das ist er.«

»Der Bursche heißt Moritz Thorwald, ist 47, wohnt auf der Gänsheide, ganz vornehme Gegend, dort ist auch der Sitz seiner Werbeagentur.«

»Danke nochmals, Mellenkamp.«

»Fast gern geschehn. Und ich erfahr als Erster, wenn Sie ›etwas klarer sehn‹?«

»Ganz sicher. In ein, zwei Tagen hören Sie von mir.«

36

Das weiße Leinentischtuch mit dem eingestickten Lilienmuster war seit Ewigkeiten nicht mehr in Gebrauch gewesen. Zu feierlich für den Alltag, und große Festessen für gemeinsame Freunde hatten sie schon lange nicht mehr ausgerichtet.

Doch heute musste das Weiße auf den Tisch. Und auch die etwas altmodische Porzellankanne aus Esthers Aussteuer-Service. Sicher, die Thermoskannen, die man jetzt immer hatte, waren viel praktischer.

Doch das zählte heute nicht. Für Martin Schwertfeger war dies ein Festtag.

Er erwartete Sara, seine Tochter, zum Kaffeeplausch.

Zum ersten Mal seit über einem Jahr würde sie wieder nach Haus kommen.

Esther war damit einverstanden gewesen, dass sie bei diesem ersten Mal nicht dabei war. Die Gefahr, dass gleich wieder alte Wunden aufgerissen würden, war einfach zu groß. Das, so fand Schwertfeger, musste sich erst langsam wieder einspielen.

Er hatte in der Konditorei eine halbe Käsekirschtorte gekauft – Saras Lieblingskuchen. Gerade machte er Anstalten, ihn in vier großzügige Stücke zu zerteilen, als es klingelte.

»Jetzt schon?« Schwertfeger schaute auf die Uhr. Seine Tochter war nicht gerade dafür bekannt, zu früh zu Verabredungen zu kommen. Normalerweise musste man mindestens eine Viertelstunde zugeben. Aber auch das konnte sich ja in der Zwischenzeit geändert haben.

Gut gelaunt eilte er zur Haustür, öffnete sie mit einem Schwung … und wich zurück.

»Guten Tag, Herr Schwertfeger.« Der Nashorn-Mann, in langem schwarzem Kamelhaarmantel und einer ledernen Umhängetasche um die Schulter, zeigte ein höfliches Lächeln.

»Ich hoffe, ich störe nicht allzu sehr, aber ich war gerade in der Gegend …«

»Was wollen Sie, Herr Thorwald?«, fuhr Schwertfeger dazwischen.

»Nun, ich wollte mit Ihnen einfach mal unter vier Augen über ein möglicherweise entstandenes Missverständnis reden.«

»Ein Missverständnis, so, so.«

»Ja. Ich habe mitbekommen, dass Sie mich im *Leuze* mit Frau Mutius zusammen gesehen haben, und da ich an jenem fraglichen Abend, an dem ihr Gatte bedauerlicherweise … aber sagen Sie, müssen wir das zwischen Tür und Angel besprechen?«

»Okay, dann kommen Sie mal kurz rein. Ich hab allerdings nicht viel Zeit.«

Schwertfeger bot ihm einen Stuhl an der gedeckten Kaffeetafel an.

»Sie erwarten Besuch«, konstatierte Thorwald.

Schwertfeger nickte.

»Keine Sorge, es geht rasch.«

»Ich höre«, sagte Schwertfeger kurz angebunden und setzte sich.

»Nun, wie gesagt, es ist ja aktenkundig, dass ich an jenem Abend im *Exquisit* war, da bin ich ja auch von Ihren Kollegen verhört worden …«

»Die allerdings keinen Verdacht geschöpft haben, weil keine Verbindung zwischen Ihnen und Frau Mutius erkennbar war …«

»Genau. Diese Verbindung, zumindest die Bekanntschaft, könnten Sie jetzt aber vielleicht insofern missinterpretieren …«

»Was ich interpretiere, kann Ihnen doch eigentlich egal sein. Ich bin nicht mehr bei der Polizei.«

»Trotzdem«, beharrte Thorwald. »Mir ist daran gelegen, dass Sie da auf keine falsche Fährte setzen. Ich kann Ihnen nämlich beweisen …« – er rückte näher an Schwertfeger heran und zog den Reißverschluss seiner Umhängetasche auf – »schauen Sie mal, Sie werden Augen machen!«

Mit einer blitzartigen Bewegung zog Thorwald eine durchsichtige Plastiktüte aus der Tasche und stülpte sie Schwertfeger über den Kopf.

Der Kommissar riss die Arme hoch, umklammerte Thorwalds Handgelenke und versuchte keuchend, sie wegzudrücken. Doch seine Reaktion kam den Bruchteil einer Sekunde zu spät. Die reißfeste dünne Schnur, die am Saum des Riesen-Kondoms eingearbeitet war, grub sich in seinen Hals.

Schwertfeger machte eine Ausweichbewegung nach rechts. Der Stuhl, auf dem er saß, kippte um. Doch der Nashorn-Mann ließ sich nicht abschütteln. Er ging mit ihm zusammen zu Boden, dabei klebten seine Finger an der Schnur wie angewachsen. Er versuchte stärker zuzuziehen. Schwertfeger hielt dagegen. Verzweifelt bohrte er die Fingernägel in die Haut seines Peinigers. Doch die Schnur zog sich enger, Millimeter um Millimeter. Noch ein kräftiger Ruck, und sie würde die Halsschlagader zerfetzen.

Ding-Dang-Dong. Der Dreiton der Türklingel.

Thorwald hielt einen Moment inne. Dann zog er weiter zu. Schwertfeger japste nach Luft. Noch hielt er Thorwalds Handgelenke umklammert.

Doch seine Kräfte schwanden. Er schlug mit dem Hinterkopf auf den Boden. Über ihm das vor Anstrengung verzerrte Gesicht Thorwalds. Puterrot.

So also sah er aus, der Tod.

Dann verschwammen die Konturen, das Gesicht verglühte in tausend Farben. Ein Feuerwerk zum Abschied.

Sara Blohm klingelte zum vierten Mal. Nichts regte sich. Doch da … ein Geräusch. Als ob etwas umgefallen wäre. Ein Stuhl vielleicht? Sie presste ihr Ohr an die Tür. Oder war jemand zu Boden gestürzt? Ein Schwächeanfall ihres Vaters? Sie rannte zum Fenster, das auf die Terrasse führte.

Durch die zugezogenen Stores konnte sie mehr erahnen als erkennen, was sich im Wohnzimmer abspielte. Ein Mann schien auf dem Boden zu liegen, ein anderer kniete über ihm. Dann ein Röcheln, das abrupt erstarb.

Sara überlegte nicht lange. Sie nahm einen kurzen Anlauf und warf sich, die rechte Schulter voraus, die Arme schützend um den Kopf geklammert, gegen die Balkontür.

Wie ein Geschoss durchbrach sie das splitternde Glas. Als sie sich auf dem Parkettboden abrollte, schrie sie auf: Ein langer Splitter hatte sich, durch die Jeans hindurch, in ihren linken Oberschenkel gebohrt.

Als sie versuchte, auf die Füße zu kommen, stöhnte sie auf. Was sie dann sah, ließ sie allerdings die eigenen Schmerzen vergessen. Auf dem Boden ein lebloses Bündel Mensch, den Kopf in Cellophan verpackt – ihr Vater? Über ihm kniend ein Mann in schwarzem Mantel, der jetzt, da Sara auf ihn zustürzte, aufsprang.

»Ein sehr effektvoller Auftritt! Respekt!«, höhnte er.

»Was haben Sie mit meinem Vater gemacht?«, schrie Sara.

Der Mann grinste dreckig. »Ihm geht es gut. Luftdicht verpackt – der hält noch lange frisch.«

»Du elendes Schwein!«

Sara trommelte mit ihren Fäusten auf ihn ein, versuchte sich den Weg zu ihrem Vater freizukämpfen, mit aller Kraft, die Wut und Verzweiflung ihr gaben. Doch der Mann war stärker. Viel stärker. Wie ein Schraubstock umklammerten seine Hände ihre Unterarme. »Das Töchterchen also. Journalistin, nicht wahr? Oder sollte man eher sagen: gewesene Journalistin? Jammerschade jedenfalls, dass man über den eigenen Tod nicht schreiben kann. Das würde Auflage bringen!« Er lachte meckernd.

Sara kniff die Augen zusammen. Sie sah die nackte Haut. Eine kleine Fläche nur, knapp über dem Handgelenk. Freigelegt, weil der rechte Ärmel des Mantels im Kampfgetümmel etwas nach oben gerutscht war.

Wie ein Habicht stieß sie darauf zu. Ihre Zähne bohrten sich in das weiße Fleisch.

Tiefer und tiefer, bis auf die Knochen. Und sie ließ nicht los – bis sie Blut schmeckte und ein länglicher Lappen zwischen ihren Zähnen hing.

»Uaaaaaaaah!« Ein langgezogener markerschütternder Schrei. Der Mann ließ von ihr ab und presste seine linke Hand auf die klaffende Wunde.

Sara stürzte sofort zu ihrem Vater und löste mit zitternden Händen die Schnur. Vorsichtig begann sie, den Plastiksack von seinem Kopf zu ziehen. Lebte er noch? Sie fühlte seinen Puls.

Plötzlich wurde sie mit eisernem Griff an den Haaren gepackt. Thorwalds linker Arm hatte noch genug Kraft, sie wegzustoßen. Sara krachte mit dem Rücken gegen ein Tischbein und ging zu Boden. Als sie sich wieder aufrappelte, war er schon bei ihr. Um seine Bisswunde hatte er sich ein Geschirrtuch gebunden, das er wohl nebenan in der Küche gefunden hatte. Über dem blau-weißen Karomuster hatte sich ein dunkelroter Fleck gebildet.

Auch seine Augen waren blutunterlaufen. Aus ihnen sprach Hass – und kalte Entschlossenheit. Er packte Sara am Hals und drückte zu. Mit der rechten Hand weniger stark, aber es reichte auch so.

Sara versuchte auszuweichen. Sie drückte sich mit den Zehenspitzen hoch, nach hinten weg, so dass sie mit dem Rücken fast auf der Tischplatte lag. Doch es gab kein Entkommen.

Er war jetzt über ihr, sie sah seine höhnische Fratze. Aus den Augenwinkeln sah sie den Kuchen auf dem Tisch. Ihren Lieblingskuchen. Und sie sah noch etwas.

Mit letzter Kraft griff sie danach – und stieß zu.

Der Griff um ihren Hals lockerte sich ganz allmählich. Der Gesichtsausdruck des Mannes über ihr changierte zwischen Schmerz und ungläubigem Staunen. Er richtete sich jäh auf, öffnete den Mund, als wolle er den unerwarteten

Ausgang noch kommentieren – fiel dann aber lautlos vornüber. Dabei klammerte er sich mit beiden Händen an das weiße Leinentischtuch, zog mit einem Ruck das Kaffeeservice für zwei Personen vom Tisch, samt dem Käsekirschkuchen, der vergeblich darauf gewartet hatte, in vier großzügige Portionen zerteilt zu werden.

Sara schlug die Hände vors Gesicht – als könnte sie sich damit unsichtbar und alles um sie herum ungeschehen machen. Dann zog sie, wie in Trance, das Küchenmesser aus seinem Rücken.

Während sie ungläubig auf den Solinger Stahl starrte, bildeten sich auf dem Käsekuchen unregelmäßige dunkelrote Flecken, die eindeutig nicht von den verarbeiteten Kirschen herrührten.

37

Von fern schlug irgendeine Kirchturmuhr zwölf Mal.

Sara Blohm nahm die Hände von der Tastatur ihres Laptops und lehnte sich erschöpft zurück. Sie konnte es noch immer kaum glauben: Vor zwanzig Stunden hatte sie fast einen Menschen getötet.

Abermals lief der gestrige Tag wie ein Film vor ihr ab.

Sie hatte, nachdem sie die erste Schockstarre überwunden hatte, Notarzt und Polizei verständigt.

Martin kam sofort in die Notfallaufnahme des Marienhospitals, ebenso wie sein verhinderter Mörder, von dessen Identität Sara zu diesem Zeitpunkt keine Ahnung hatte. Er werde wohl überleben, hieß es, obwohl er viel Blut verloren habe.

Saras weit größere Sorge aber galt ihrem Vater. Würde er bleibende Gehirnschäden davontragen, nachdem die Blutzufuhr durch die Strangulation für längere Zeit unterbrochen worden war? Am liebsten hätte sie ihn gleich mit dem Krankentransport begleitet. Doch die Polizei hielt sie erst mal fest. Sie war die einzige der drei Beteiligten, die vernommen werden konnte. Und ihre Rolle war zunächst alles andere als klar.

Nachdem sie ihre Version zu Protokoll gegeben hatte, durfte sie schließlich gehen.

Sie trieb ihren Alfa mit 110 über die Alte Weinsteige. In der Böheimstraße ließ sie den *Spider* im Halteverbot stehen. Im Laufschritt hetzte sie zur Pforte des Marienhospitals.

»Tut mir leid«, sagte die Dame am Informationsschalter. »Herr Schwertfeger kann heute keinen Besuch empfangen.«

»Warum? Was ist mit ihm?«

»Kann ich Ihnen nicht sagen. Fragen Sie Dr. Dimitroff. Am besten morgen.«

Sara atmete tief durch. »Kann ich hier warten?«

»Sie können auf dem Flur Platz nehmen. Aber wie gesagt …«

Sara war schon an ihr vorbei.

Auf einer Bank im dritten Stock, am Ende des Flurs, saß eine Frau mit einer modischen schwarzen Kurzhaarfrisur. Sara erkannte sie erst, als sie ein paar Meter von ihr entfernt war.

Sie stockte. Dann ging sie langsam auf ihre Mutter zu.

Esther erhob sich unschlüssig. Beide sahen sich an. Dann umarmten sie sich scheu.

»Weißt du, wie's ihm geht?«, fragte Sara. »Mich wollen sie nicht zu ihm lassen.«

»Mich auch nicht«, beschwerte sich Esther. »Er wird noch untersucht, heißt es, auf Folgeschäden hin. Und danach braucht er Ruhe, sagen sie.«

»Weißt du, wer dieser Mensch ist, der ihn umbringen wollte?«, fragte Sara.

»Nein. Nur eins hat mir die Nachtschwester verraten. Er liegt direkt im Zimmer neben Martin. Makaber, oder?«

Sara zog die Augenbrauen hoch. Dann setzten sich beide. Und schwiegen vor sich hin.

Kurz vor Mitternacht dann endlich die erlösende Nachricht: Martin werde voraussichtlich keine bleibenden Schäden davontragen. Doch jetzt brauche er Schlaf. Viel Schlaf. Morgen gegen Mittag könne er besucht werden.

Sara verdrückte eine Träne und umarmte ihre Mutter noch einmal. Ja, auch sie werde morgen Mittag da sein, versprach sie.

Ihr Plan allerdings, den sie während der langen Wartezeit auf der Besucherbank ausgeheckt hatte, war ein anderer. Sie würde schon früher da sein. Viel früher.

Es war kurz vor halb acht, als sie anderntags im Marienhospital in den Aufzug stieg.

»Guten Morgen!«, begrüßte sie ein Mann im weißen Kittel, der lässig an der Kabinenwand lehnte. »Darf ich fragen, was Sie hier suchen?«

»Meinen Vater. Martin Schwertfeger. Ich sehe an Ihrem Namensschild, Sie sind Dr. Dimitroff. Sie können mir bestimmt sagen, wie es ihm geht.«

»Es geht ihm gut. Aber ...«, er musterte sie streng, »Sie können jetzt nicht zu ihm. Er braucht Ruhe. Er schläft. Auch die Polizei darf erst heute Mittag kommen, um ihn zu vernehmen.«

Genau das war der Punkt. Sie musste vor der Polizei bei ihm sein. Und sie brauchte einen Vorlauf bis zu der Pressekonferenz, die es sicher heute noch geben würde.

»Ich will die Ruhe meines Vaters nicht stören. Ich will nicht mit ihm sprechen. Ich möchte einfach bei ihm sitzen, während er schläft.« Sie versuchte einen treuherzigen Augenaufschlag.

»Okay, dann gehen Sie halt rein. Aber verständigen Sie sofort die Schwester, wenn er aufwacht.«

»Mach ich. Vielen Dank.« Sara verließ den Aufzug und drückte vorsichtig die Klinke zu Zimmer 502.

Martin lag auf dem Rücken und schlief friedlich. Sein Hals war dick bandagiert.

Sara zog den Besucherstuhl ganz nah ans Bett heran. Dann stieß sie ihren Vater sacht in die Rippen. Er rührte sich nicht.

Sara überlegte einen Moment. »Sorry, es muss sein«, flüsterte sie und zwickte ihn heftig in den Oberarm.

Schwertfeger fuhr herum. Er riss erschrocken die Augen auf.

»Keine Angst, ich bin's.« Sara lächelte ihn an.

Der Schreck in seinen Augen verflog langsam. Er öffnete den Mund, brachte aber nur ein unartikuliertes Röcheln heraus.

»Ganz ruhig, Papa, du musst nicht sprechen.« Sara klaubte ein Blöckchen und einen Kugelschreiber aus der Tasche und drückte ihm beides in die Hand. Dann hob sie vorsichtig seinen Kopf an und verstellte das Bettoberteil, so dass er einigermaßen aufrecht sitzen konnte.

»Ich frage, du schreibst«, lächelte Sara aufmunternd.

So geschah es.

Martin Schwertfeger kritzelte Antwort um Antwort auf das Blöckchen. Wie er im *Leuze* auf Thorwald gestoßen war. Wie er dessen Verhältnis zu Sibylle Mutius auf die Spur gekommen war. Wie Thorwald sich Zutritt zur Wohnung verschafft hatte, et cetera.

Als Sara genug wusste, gab sie ihrem Vater einen sachten Kuss auf die Wange. »Bis später, Papa.« Jetzt lächelte auch er zum ersten Mal.

Sara schloss die Tür zu Zimmer 502 und spähte durch den Flur. Niemand zu sehen.

Kurz entschlossen schlich sie ein paar Schritte nach rechts und schlüpfte ins Zimmer mit der Nummer 503.

Inmitten eines Gewirrs aus Schläuchen und Kanülen lag Moritz Thorwald in seinem Bett auf dem Bauch.

»Hat vermutlich Rücken«, dachte Sara gehässig und musste fast kichern.

Thorwald drehte den Kopf etwas zur Seite und sah sie aus den Augenwinkeln entsetzt an. Er langte nach der Alarmtaste, doch Sara war schneller und drückte seine Hand auf die Matratze.

»Keine Angst, ich tu Ihnen nichts. Schauen Sie, kein Messer weit und breit.«

Sie grinste höhnisch.

»Ich hab Ihnen nichts zu sagen.«

»Sollten Sie aber. Weil ich die erste Journalistin sein werde, die über den Fall berichtet. Vielleicht kann ich ein gutes Wort für Sie einlegen.«

»Warum sollten Sie?«, knurrte er.

»Vielleicht weil ich Ihre geliebte Sibylle noch weniger leiden kann als Sie. Die Gute hat bereits ausgesagt, sie sei geschockt über Ihre Taten«, log Sara munter. »Sie hatte keine Ahnung von alledem, hat sie der Polizei erzählt.«

»*Sie* hat das alles ausgeheckt!«, brach es aus ihm heraus.

»Weil sie auf die Millionen der Lebensversicherung scharf war?«, fragte Sara schnell.

»Weil sie ihn gehasst hat. Und weil sie mich …« Er brach ab.

»… geliebt hat?«, schlug Sara vor.

»Ich war nur ihr Werkzeug«, stöhnte er. »Und jetzt verschwinden Sie endlich!«

Ab halb zehn war Sara dann an ihrem Laptop gesessen. Hatte all das niedergeschrieben, was ihr Martin erzählt hatte, und es angereichert mit ihrem eigenen Erleben.

Vergangene Nacht, auf der Besucherbank im Marienhospital, hatte sie beschlossen, journalistisch in die Offensive zu gehen. Sie hatte zwar keine Zeitung im Rücken, aber eine Geschichte, von der andere nur träumen konnten.

Nur sie wusste zu diesem Zeitpunkt, wer – aller Wahrscheinlichkeit nach – der Mörder von Robert Mutius war. Und sie selbst hatte einen weiteren Mord in letzter Minute verhindert.

Es war die einmalige Chance, ihren Vater zu rehabilitieren. Sie konnte ihn, den Verspotteten, den Geächteten, zu einem Helden des Alltags aufbauen. Ihn als den Mann präsentieren, der nach seiner Entlassung – im Unterschied zu den Sesselfurzern im Präsidium – den Mörder dingfest gemacht und dies um ein Haar mit dem eigenen Leben bezahlt hatte. Dass bei alledem eine gehörige Portion Zufall im Spiel war, musste ja nicht im Vordergrund der Geschichte stehen.

Als die Kirchturmuhr zwölf schlug, hatte sie fast die ganze Story im Kasten. Und plötzlich kamen ihr Zweifel.

Sie wählte die Nummer von Valentin Fauser. Hoffentlich war ihr Ex-Kollege und einziger Vertrauter nicht schon in der Mittagspause. Sie ließ lange klingeln. Dann endlich seine warme Stimme:

»Fauser, *Stuttgarter Rundschau*.«

»Blohm, ehemals *Stuttgarter Rundschau*.«

»Sara! Welche Überraschung! Wie geht es dir?«

»Wie es einem halt geht, kurz nachdem man einem Mann ein scharfes Messer in den Rücken gerammt hat.«

Sie erzählte ihm, was vergangenen Tags vorgefallen war.

Valentin Fauser war platt. Immer wieder unterbrach er sie und fragte nach, weil ihm das Ganze so unglaublich erschien.

»Und sag«, hakte er wieder mal ein, »du hast dem Kerl tatsächlich ein Stück aus dem Arm gebissen?«

»Eigentlich geht das gar nicht«, kicherte sie. »Der Arzt hat gesagt, dazu bräuchte man das Gebiss eines Raubtiers.« Sie fauchte durch den Hörer. »Also nimm dich in Acht.«

»Du wirst mich nur noch mit Mantel, Handschuhen und Sturmhaube sehen«, lachte Fauser.

»Aber im Ernst, Valentin.« Sara schlug einen anderen Ton an. »Ich frage mich, ob ich da auf dem richtigen Weg bin. Ich schreib da ja auch über mich. Die Tochter, die ihren Vater rettet und den Mörder todesmutig außer Gefecht setzt, und stell dir vor, das Ganze in der Ich-Form – ist das nicht … peinlich?«

»Lies doch einfach mal vor.«

Sara tat es mit gewissem Widerwillen.

Als sie geendet hatte, entstand erst mal eine lange Pause.

»Das ist eine verdammt gute Geschichte«, sagte Fauser schließlich. »Und exzellent geschrieben.«

»Nicht zu reißerisch, zu gefühlig, zu ich-bezogen?«

»Natürlich«, räumte Fauser ein, »der Boulevard wird dir ein Denkmal setzen. Sollen sie. Was bist du denn bis jetzt für sie? Die Lügentante, die sich unsterblich blamiert hat. Jetzt werden sie dich zur Heldin machen. Was ist da besser?«

»Du hast ja recht. Auf der anderen Seite: Meine zentrale These ist zusammengebrochen. Und ich selber muss mit meinem Artikel jetzt ja zugeben, dass Mutius eben nicht von einem Auftragskiller im Dienst des KONZERNs umgebracht wurde. Es war schlicht ein Nebenbuhler und Versicherungsbetrüger, der verhindert hat, dass Mutius die Machenschaften des KONZERNs öffentlich machen konnte.«

»Aber sie dürften dem Kerl, der ihnen die Arbeit abgenommen hat, ausgesprochen dankbar gewesen sein«, meinte Fauser. »Und so richtig getraut haben sie dem Ganzen ja trotzdem nicht. Sonst hätten sie nicht alles daran gesetzt, dich außer Gefecht zu setzen.«

»Womit sie alle weiteren Nachforschungen diskreditiert haben.«

»Vorläufig«, sagte Fauser. »Vorläufig. Aber wer sagt denn, dass du nicht in den Journalismus zurückkehrst? Vielleicht ist ja gerade dieser Artikel jetzt der Startschuss für eine ganz neue Karriere. Als freie Autorin. Oder du machst ein Journalistenbüro auf.«

»Mit dir, Valentin? Das könnte vielleicht was werden«, schoss es ihr durch den Kopf. Über die Lippen kam ihr der Gedanke nicht.

Schlussendlich hatte sie sich dazu durchgerungen, die Geschichte zu veröffentlichen. Valentin Fauser erklärte sich bereit, all seine Kanäle zu nutzen, um sie möglichst breit in den Medien zu platzieren.

»Ob ich sie auch in der *Rundschau* unterbringe, weiß ich allerdings nicht«, lachte er. »Aber vielleicht übernehmen die sie ja dann von den Agenturen.«

Als zwei Polizisten um 13 Uhr Martin Schwertfeger am Krankenbett besuchten, ahnte er nichts davon, dass seine Tochter gerade dabei war, ihm ein journalistisches Denkmal zu setzen.

Die ehemaligen Kollegen Zielinski und Mellenkamp waren gekommen und hatten ihn in sehr freundlichem Ton befragt. Dass Gräber, ihr neuer Chef, die Begegnung scheute – Schwertfeger war dankbar dafür.

Langsam kam er wieder zu Stimme, doch er fühlte sich noch schwach, und sein Hals schmerzte.

Als die beiden gegangen waren, lehnte er sich erschöpft zurück. Eine Trauer ergriff ihn wieder. Eine Trauer, die über ihn gekommen war, als er vor der Vernehmung den Anrufbeantworter seines Handys abgehört hatte. Als er Beas Stimme erkannte, wusste er gleich: Es geht um Ramona. Seit ihrer Begegnung hatte er nichts von seiner unehelichen Tochter gehört. SMS von ihm blieben unbeantwortet. Jetzt wusste er, warum.

In kühlem selbstgefälligem Ton teilte ihm Bea mit, Ramona wolle keinen Kontakt mehr zu ihm. Sie habe sich ihren Vater anders vorgestellt.

»Und dabei konnte sie sich gewiss auf deine Beratung verlassen«, dachte Schwertfeger grimmig.

In diesem Moment öffnete sich die Tür. Sara trat ein, mit einem gewaltigen Blumenstrauß im Arm.

Schwertfegers Gesicht hellte sich auf.

»Hallo Papa. Wie geht's?« Sara gab ihm ein Küsschen auf die Stirn. »Ich organisier grade mal eine Vase.«

Schwertfeger sah ihr lächelnd nach.

»Eine Tochter verloren, eine gewonnen«, dachte er. Unentschieden – wie sein weiteres Leben.

Apropos – er drückte die Videotext-Taste des kleinen Zimmer-Fernsehers: Wie hatten eigentlich die Kickers heute gespielt?